目次

孤剣に悔いあり

一

朝からの雨が、土砂降りになっている。川岸の宿か、近くに滝のある家に泊っているようで、水の音そのものが静寂となり、あたりを支配していた。土砂降りの雨の音以外には、何も聞えないのである。

芹沢鴨は、夜具の上に大の字になった。酔眼を見開きながら、芹沢鴨はふと一抹の不安を覚えた。あるいは、と思ったのである。丸行燈の光が、天井を照らしている。それが、深酒した目に眩しかった。

ひどく、蒸し暑い。芹沢鴨は、全裸であった。寝るときは、全裸になる。それが京都へ来てからの、習慣になっていたのだ。もともと暑がりだったし、連夜の酒が身体を火照らせるのであった。

芹沢鴨は単純で荒っぽいが、この頃にはあまり見られなくなった豪傑肌の男である。万事、中途半端を嫌う性格だった。下帯一つで寝るよりは、素っ裸になったほうがいい。体裁を構うことはない。

自分の好きなように、すればいいのである。火照った身体を、冷たい夜具の上に横たえる。シーンと冷たさが、肌にしみ渡る。その心地よさを知るのも、また大酒飲みの常であった。特に全裸だと、爽快感が倍加する。

十畳間が、すっと薄暗くなった。天井に、女の影が映った。お梅が、行燈の燈心を一本だけにしたのである。そのお梅が、芹沢鴨の脇にすわった。脚を伸ばしてから上体を傾けて、お梅は横になった。

二十八歳の大年増は、脂の乗りきった肢体を長襦袢に包んでいた。長襦袢というのは、江戸の音羽の私娼が着始めたものである。そうした類いの女が用いるものとして、あまり一般的ではなかった。

武家の女はもちろんのこと、商家でも堅いところは長襦袢に縁がなかった。だが、お梅はかつて四条堀川の太物問屋、菱屋太兵衛の妾だった女である。長襦袢に、縁がないはずもない。

芹沢鴨も、長襦袢を着た女の色っぽさが好きだった。緋色よりも、水色を好んだ。お梅はその注文に応じて、水色の長襦袢をつけるようにしていた。色の白いお梅には、またそれがよく似合ったのである。

「暑い」

目を閉じて芹沢鴨は、添い寝したお梅を押しやるようにした。長襦袢を着た女の色っぽさは、目で見て楽しむものである。肌にそれが触れたのでは、暑苦しいだけであった。お梅もその点は、十分に心得ていた。

最初から、腰ヒモなどは巻いていない。お梅は寝たままで袖から両腕を抜き取り、背中へ滑らせて長襦袢を脱いだ。二枚重ねの本紅の湯文字だけの姿になったのである。全裸に変りなく、女としてはこの上もなく大胆な恰好になったのである。

そうしてから改めて、お梅は芹沢鴨に寄り添った。むっちりとした肉付きの、お梅の肌は冷たかった。その肌を押しつけられて、芹沢鴨は冷たい畳の上に寝転がったような気持よさを味わっていた。

芹沢鴨は、そのままでいた。お梅を、抱き寄せようとはしなかった。荒々しくお梅の上に、跨がろうとする気配も見せない。ひどく酔っていて、そうした気になれないというのではない。どれほど泥酔していようと、男の機能を失ってしまう芹沢鴨ではないのである。三十五歳のこの豪傑は、酒と女に対して異常なほど精力的であった。これまでも長襦袢を脱いだお梅を、そのままにしておくということは、ただの一度もなかったのだ。

いわば、異例の夜であった。当然お梅も、意外に感ずることになる。お梅は挑発するように、芹沢鴨の胸の側面に乳房を押しつけながら、手を伸ばして男の毛深い太腿を撫でさすった。

「まさか……」

芹沢鴨は、そう呟いた。

「何どすえ」

お梅が、手の動きをとめた。芹沢鴨は、答えなかった。お梅の手が再び動き始めて、撫で回す位置を徐々に男の股間へ移してゆく。だが、芹沢鴨は女の愛撫に、反応を示さなかった。

「しかし……」

芹沢鴨は、また呟きを声にした。

どうも、気になるのである。近藤勇とその一派の出方に、無気味なものが感じられるのだ。まさかとは思いたいが、あるいはという気持も強かった。近藤勇にその意志があるとしたら、今夜こそ絶好の機会ではないか。

新選組が結成されて、まだ半年しかたっていない。それなのに、早くも派閥の対立が深まっている。芹沢鴨のほうには、対立する気持など毛頭なかった。しかし、近藤勇とその一派が作為的に、溝を深めようとしているのである。

清河八郎以下二百三十四名の浪士隊が上洛して、洛外壬生村の新徳寺に落着いたのは文久三年二月二十四日のことであった。そして三月十三日には、浪士隊が江戸へ呼び戻されることとなった。

京都に残留した浪士十七人は京都守護職松平容保に嘆願書を提出、二十八万石会津藩御預りという身分保証を得た。十七人は壬生村の郷士八木源之丞の屋敷を本拠として、壬生村浪士隊を誕生させた。

十七人のうち阿比留鋭三郎は一カ月もたたないうちに病死し、粕屋新五郎は間もなく脱走、斎藤一は飛び入り隊士、佐伯又三郎は五カ月後に暗殺されているので、新選組結成に尽力したのは十三人ということになる。

隊士に応募する者は、一カ月の手当が高給だということもあって、少なくはなかった。手当は局長五十両、副長は四十両、助勤は三十両、平の隊士でも十両が支給されたのである。少しでも腕に覚えのある浪士が、押しかけるのは当然のことであった。

そのようにして新選組が大きな組織へと発展すれば、そこに浮き彫りにされるのは中心人物たちである。隊の中心人物、指導者、首脳部、実力者となるのは、もちろん新選組結成の発起人だった十三人ということになるだろう。

清河八郎たちと袂をわかち、浪士隊を結成した十三人は、それぞれ剣の使い手であった。剣の心得に自信がなければ、新選組結成の発起人になれるはずもない。京都に残る勇気も、なかったのに違いない。

また相応の使い手と認められたからこそ、十三人が揃って会津藩御預りの身分保証を得られたのである。流儀にこそ違いはあっても、十三人全員が水準以上の剣士であった。十三人の流派別は、次のようになる。

神道無念流

水戸　芹沢鴨

同　新見錦

同　平山五郎

同　平間重助

同　野口健司

松前　永倉新八

天然理心流

江戸　近藤勇

同　土方歳三

同　沖田総司

同　井上源三郎

北辰一刀流

江戸　藤堂平助
仙台　山南敬助
宝蔵院流
松山　原田左之助

この十三人の剣の流派が、派閥を作るのに重大な影響を与えているのである。出身地や親交の度合以上に、剣の流派というものが結束を左右する。それが、いかにも剣士らしい。彼らは同じ流派の剣士ということで、相互信頼を強められる人種だったのだ。

大きな派閥は、神道無念流と天然理心流の両派である。ただひとりの一派である宝蔵院流の原田左之助は、近藤勇の天然理心流に吸収された。また同じ神道無念流でも、永倉新八は芹沢鴨と肌が合わなかった。

その上、神道無念流の一派のうちで、永倉新八だけが水戸出身ではないのである。それに加えて大の芹沢嫌いであった永倉新八は、近藤勇の天然理心流へ鞍替えをした。残るは、北辰一刀流の二人であった。

北辰一刀流の藤堂平助と山南敬助は、いわば中間派であった。ただ個人的な関係から、近藤寄りであることは確かだった。少なくとも、芹沢鴨の味方ではなかった。表面上は、間違いなく天然理心流派であった。

だが、心まで許していたわけではなかった。近藤勇たちも、藤堂平助と山南敬助を真の盟友とは思っていなかったのである。そのことは後日、明確な事実となって表われる。やはり剣の流派の違いが、大きな影響を及ぼしていると言えるのだった。

それはともかく、北辰一刀流の藤堂平助と山南敬助は中立的な存在ではあるが一応、近藤派に属することになったのである。結局、天然理心流の近藤派と、神道無念流の芹沢派という二派に分れたのであった。

この二派の新選組創設者たちが幹部となって、組織は拡大されたのであった。当然、新選組が大きくなることによって、派閥争いは激しくなる。新選組の創設者即ち(すなわ)幹部は、数の上で近藤派のほうが勝っていた。

十三人のうち芹沢派が五人、近藤派が八人だった。幹部の人事も、派閥均衡の上に立っていた。

局長筆頭　芹沢鴨（芹沢派）
局長　近藤勇（近藤派）
同　新見錦（芹沢派）

副長　土方歳三（近藤派）
同　山南敬助（準近藤派）
副長助勤　平山五郎（芹沢派）
同　平間重助（芹沢派）
同　沖田総司（近藤派）
同　井上源三郎（近藤派）
同　永倉新八（近藤派）
同　藤堂平助（準近藤派）
同　野口健司（芹沢派）
同　原田左之助（近藤派）

助勤は近藤派のほうが多く、副長も近藤派と準近藤派が占めている。だが局長は三人のうち二人が芹沢派であり、芹沢鴨自身が局長筆頭のポストについたのであった。ここまでは明らかに、派閥の均衡人事である。

しかし、あらゆる組織が独裁によって、運営される時代であった。派閥の均衡人事などが、長続きするはずはなかった。両派の首領どちらかが独裁者の椅子を獲得するために、相手を斃(たお)

すということになる。

この場合、芹沢鴨にそうした気持がないのは、当然のことと言えた。芹沢鴨はすでに、最高権力の座についているのである。新選組の局長筆頭として、好きなように振る舞えるのであった。

その芹沢鴨を斃すとすれば、次の新選組独裁者となれる人間のほかにはいない。それは近藤勇であった。芹沢鴨が初めて、近藤勇のそのような野望に気がついたのは、八日前のことだった。

その前にも、不愉快なことはあった。近藤勇からいきなり、『局中法度書』なるものを見せつけられたときである。『局中法度書』は副長の土方歳三と山南敬助が作成し、近藤勇が決裁したのであった。

一、士道ニ背キマジキコト
一、局ヲ脱スルヲ許サズ
一、勝手ニ金策致スベカラズ
一、勝手ニ訴訟取扱フベカラズ
一、私ノ闘争ヲ許サズ

右条々相背キ候者切腹申付クベク候也

以上の局中法度書の内容は、至極もっともなことである。無用なものだと、反対するわけにはいかなかった。また局長筆頭の自分や同じ局長の新見錦に相談もなしにと、文句をつけることもできないのだった。

それまでの芹沢鴨は、面倒な取り決めや手続き、事務上のことに一切タッチしなかったのである。局長筆頭は新選組のシンボルであり、細かいことにまで口出しをするものではない。新選組の威信を示すシンボルとして、それ相応の存在であればいい。幹部の会合に顔を出し、新選組そのものを動かすような重大事の最終決裁を下す。局長筆頭の仕事は、それぐらいに留(とど)めておく。

芹沢鴨は、そうした考えでいたのだった。新見錦にしても、同じようなものであった。新見錦もまた豪傑肌で、荒っぽく金を集めては派手に遊んでいた。そのために、芹沢鴨は局中法度書を承認するほかはなかったのである。

だが、不快な思いを強いられたことは、確かであった。芹沢鴨はかなり、返済する気のない借金を重ねていたのである。その中でも大坂の鴻池(こうのいけ)善左衛門から二百両を捲(ま)き上げたことは、どうやら会津藩の公用掛の耳にもはいったらしい。

芹沢鴨のそうした行為は、局中法度書の第三条『勝手ニ金策致スベカラズ』に抵触するのだった。切腹という処罰付きの禁を、局長筆頭がみずから犯している。芹沢鴨は、そう指摘されたような気がしたのだ。

つまり芹沢鴨は、近藤勇の面当てというふうに受け取ったのであった。その時点で、野望達成のための近藤勇の下工作を感じ取れなかったのは、芹沢鴨の読みの甘さと策士になりきれない性格のせいだった。

間もなく、いやがらせといった生易しいものではなかったことに、芹沢鴨も気づいたのである。芹沢の右腕であり、局長のひとりでもあった新見錦が、近藤一派によって死へ追いやられたのだった。

それは八日前の、文久三年九月十日のことであった。そのとき新見錦は、祇園新地の貸し座敷『山の緒』で遊興中だった。そこへ、近藤勇、土方歳三、山南敬助、沖田総司、永倉新八の五人が乗り込んだのである。

新見錦は、その場で切腹した。局中法度書に違反する『勝手な金策』と、『士道に背く行為』の数々を挙げられて、詰め腹を切らされたのであった。新見錦にしてみれば、逃れる術もなかったのだ。

新選組の組織作りが軌道に乗って、まだ間もなかった。考えてみれば、『新選組』という組織名が決ったのは、文久三年八月十八日の政変の直後であった。それまでは、『壬生浪士組』だったのである。

新選組と命名されてわずか二十日後には、早くも局長のひとり新見錦が同志から切腹を強いられたのであった。このことによって、派閥の均衡は破れた。神道無念流の芹沢派が、著しく不利になったのだ。

「しかし、まさか……」

睡魔に襲われながら、芹沢鴨は胸のうちで囁いた。新見錦は、近藤勇と同格の局長だった。だから、処断もできたのだ。

「ところが、この芹沢は局長筆頭なのだ。たとえ近藤であろうと、局長筆頭を罰するわけにはゆくまい。もし近藤が企むとすれば、闇討ちによってわしを殺すことだ」

芹沢鴨は、自分にそう言い聞かせた。その芹沢鴨の右手が伸びて、大刀と重さ三百匁の大鉄扇を引き寄せた。

雨の音が、間断なく聞えている。

二

秋の日射しが、眠たそうに地上へ降り注いでいる。まだ日中は、涼しさをそれほど感じない。

赤トンボはすでに姿を消し、青空の高さに心細さを覚える。いい陽気だが、何となく頼りない季節であった。

見渡す限りの田園風景であった。近くにあるのは壬生郷士の屋敷であり、遠くに見えるのは百姓家だった。ほかにある建物は、寺院だけである。視界の殆どが空と田畑と、雑木林によって占められている。

畑では麦蒔きが始まり、田圃ではやがて稲刈りとなるはずだった。新選組の浪士たちは、このあたりの壬生郷士の屋敷に分宿していた。その中心となっていたのが、この前川邸であった。

広大な屋敷である。貸したはいいが恐ろしげな浪人たちが足繁く出入りするということで家人が閉口し、屋敷をそっくり新選組に明け渡したのだった。誰にも遠慮することなく、広い屋敷を使えるようになったのだから、そこが自然に屯所とされたわけである。

この前川邸が慶応元年二月までの二年たらず、新選組の壬生屯所として使われたのであった。土塀に囲まれた屋敷は広大で、部屋数も多かった。土間も庭も広く、二棟の土蔵のほかに納屋などもある。

南に新徳寺、やや西寄りに壬生寺があった。西側には、八木邸がある。いつの間にか芹沢鴨、新見錦、平山五郎、平間重助、野口健司の五人の芹沢派幹部だけが、その八木邸に寝泊りするようになっていた。

昼間のうちは屯所となった前川邸にいるが、夜は八木邸へ移るのであった。それは別に、芹沢派幹部の結束とか孤立とかを、裏付けるものではなかった。とにかく芹沢派の幹部は揃いも揃って、酒と色の道にかけて奔放だったのである。

ところが、まさか屯所に妾を置いたり、女を引っ張り込んだりするわけにはいかない。また、泥酔して騒いだりすることも、許されなかった。そこで自由の利く八木邸のほうに、寝泊りするようになったのである。

その八木邸の屋根の上に、西へ傾きかけた太陽があった。屯所の裏庭から見ると、田園風景がそっくり金色に染まっていた。夜になれば田園の彼方（かなた）に、島原の廓（くるわ）の灯（ひ）が点々と浮き上がるのであった。

沖田総司は、納屋の板壁に凭（もた）れかかっていた。盲縞（めくらじま）の着物に、よれよれの袴（はかま）をはいている。白い鼻緒がやたらと太い朴歯（ほおば）の下駄を突っかけて、腰に手拭をぶら下げていた。沖田総司は屯所にいる限り、好んでそのように野暮ったい恰好をしたがるのだった。

長身で、痩（や）せていた。頰が削（そ）げ落ちているので、顔が小さく見えた。その顔に大髻（おおたぶさ）に結った髷（まげ）が、重そうであった。顔色が悪い。青黒かった。顔立ちは、悪くなかった。切れ長な目が、キラキラ光っている。

体温が高いせいか、目が潤んでいるのだった。鼻が高く、口許（くちもと）が引き締っている。唇が紅を塗ったように、鮮やかに赤かった。幼さが感じられるのは、童顔だからである。だが、童顔でありながら、分別臭さが印象に残る。

明るい表情を作っても、眼差し(まなざ)の暗さが消えないのである。それは、気持が沈んでいるためではない。心の翳り(かげ)が、眼差しに表われているのだ。忘れたい過去を連れている人間の顔であった。

二十歳の若者の生気というものが、感じられなかった。では分別臭く、何事か考え込んでいるのかというと、そうでもないのである。精神的な負担と肉体的疲労が、若者から生気を奪っているのに違いなかった。

「近藤局長の腹は読めた。まず新見局長を、追放するつもりだ」

沖田総司の前にしゃがみ込んでいた男が、小枝で地面に字を書きながら言った。その男は、副長の山南敬助だった。

「追放……?」

沖田総司は腕を組み、やや青さが薄れた空を振り仰いだ。

「つまり、この世から追放するのだ」

山南敬助は、暗い目を宙の一点に据えた。山南敬助は、このとき三十歳であった。しかし、見かけは若くて、二十五、六としか思えなかった。それを意識してか、山南敬助も髷を大髻に結っていた。

「ほう……」

沖田総司は、表情を動かさなかった。無関心という面持だった。

「局中法度書を楯に、新見局長に腹を切らせるのだろう」

山南敬助は、吐き捨てるような言い方をした。

「そうですか」

沖田総司は、ふと目を伏せた。

「まずい。局中法度書に背いたからという口実は、通用せんのだ。新見局長が士道に背くような行動をとり、勝手に金策をしたからということで切腹する。それを正しいとするならば、芹沢局長筆頭、近藤局長を含め、副長も助勤も残らず腹を切らなければならなくなる」

山南敬助は、熱っぽい口調で言った。

「そうでしょうね」

沖田総司は口許に、微かな笑いを漂わせた。両頬に、笑窪ができた。

「近藤局長と新見局長に、どれほどの違いがあるだろうか。近藤局長は、酒を飲まない。派手な遊興をしない。そのくらいのものではないか」

「まあね」

「近藤局長も、強引な金策をしたことがある。それは局中法度書が定められる以前のことだからで、すまされるものだろうか。近藤局長は士道に背くようなことは、何一つした覚えがないと断言できるだろうか」

「さあ……」

「近藤局長は確かに、新選組育成に真面目に取り組んでおられる。みずからの役目に、熱心でもある。それに引き替え、芹沢さんと新見さんは酒と女に明け暮れて、役目をおろそかにしておる。しかし、それだけ芹沢さんや新見さんは、無邪気であって何の野心も持たずにいると言えるのではないか」

「そうした見方も、できるでしょう」

「芹沢さんや新見さんは局長風を吹かしているというより、局長風に浮かれてしまっておられるのだ。だが、それを裏返してみれば、どういうことになるか」

「そのときが来たら、いつでも命を投げ出すということでしょう」

「その通りだ。明日は、命を捨てるかもしれぬ。だから今宵（こよい）は、遊興三昧（ざんまい）にわれを忘れようということにもなる」

「猪武者（いのししむしゃ）の気質ですね」

「古い侍気質だ。やはり芹沢さんも新見さんも、武士の出だからな」

「近藤先生には野心があると、おっしゃりたいんでしょう」

「そうだ。潔癖かもしれぬが、純粋ではない。常に何かを企み、何かを踏み台にして野心を遂げようとしておられる」

「その野心とは……？」

「沖田さんにも、よくわかっているはずだ」

「まず、武士になりきることでしょう」

「そうだ。そして、武士として出世することだ。極端な言い方をすれば、近藤局長は大名になることを目ざしておられるのかもしれぬぞ」

「面白いですね」

沖田総司はそこで、またニッと笑った。

「相変らずだな、沖田さんは……」

山南敬助は、沖田総司の笑顔を見上げて言った。

山南敬助は副長であり、沖田総司は副長助勤だった。しかも山南敬助は沖田総司より、十も年上であったのだ。だが、山南敬助は総司のことを、『沖田さん』と呼んでいた。それは、剣客としての尊称だったのである。

剣を学ぶ者は、自分より腕が勝る者を尊敬する。身分、年齢には、関わりないことだった。

山南敬助は千葉周作門下で、北辰一刀流は免許皆伝の腕前である。剣客として、恥ずべきところはなかった。

しかし、山南敬助は天然理心流の試衛館に出入りして、近藤勇との親交も決して浅くはなかった。その頃、山南敬助は沖田総司とも親しくなり、二人で多摩地方の代稽古に出向いたりしていた。

それだけに山南敬助は、天然理心流免許皆伝の沖田総司の腕前を、熟知しているのであった。沖田総司の天才的な素質による恐るべき剣の強さを、山南敬助は畏怖（いふ）してさえいた。その自分より数段上だという見方が、尊敬の念になっているのである。

西日はすでに、八木邸の屋根の彼方に没していた。屯所の裏庭は、完全な日蔭（ひかげ）になっている。地上はすべて、屯所の建物の影で占められた。空は青と乳色とピンクに分けて染まり、風が冷たくなっていた。

だが、二人はまだ納屋の脇を、離れようとしなかった。この納屋の脇は、いつも二人が話し込む場所になっていた。人目にもつかないし、近づく者もいない。屯所内では口にできないことを吐き出すのに、絶好の場所だったのである。

裏庭の納屋の脇で、山南敬助が話すことは近藤勇に対する批判であった。もともと山南敬助は中立派で行きがかり上、準近藤派になっているから、批判者にもなり得るのだというのではなかった。

山南敬助は近藤勇との個人的な付き合いが古かったし、どこまでも行動をともにしたいと思ったほど尊敬もしていた。心酔とまではいかないが、近藤勇の人柄に魅力を感じていたのである。

だからこそ、近藤勇と一緒に浪士募集に応じて、京都まで来る気にもなったのだ。しかし、その近藤勇のほうが京都で浪士隊結成に取り組み始めてから、まるで別人のように一変してしまったのである。

山南敬助が尊敬し、魅力を感じていた近藤勇はもう存在しなかった。芋道場と言われていた江戸の試衛館時代の近藤勇は、人柄や性格の違った別人になりきってしまった。山南敬助に残されたのは、不満と失望だけであった。

そうした山南敬助の批判を聞く相手は、いつも沖田総司であった。総司に限られているのである。単純な解釈を下せば、その行為は山南敬助にとって甚だ危険なことと言えそうだった。

沖田総司が近藤勇を神のように信奉し、肉親みたいに慕っているということを、知らない者はいなかった。まるで主君であるかのように、近藤勇に対して忠実な総司であった。肉親以上の仲とも、言われているくらいだった。

沖田総司にとって、近藤勇の命令は絶対であった。総司は近藤の手足だという蔭口を、江戸で耳にしたことがある。そのような総司に、近藤勇の悪口を聞かせるのだ。相手が悪いという危険性が、大いに感じられるのであった。

だが、山南敬助は沖田総司の気持もまた、近藤勇から離れつつあることを見抜いていたのだった。総司にとって近藤勇が神であり、主君であり、肉親以上のものであったのは、やはり試衛館時代までだったのである。

京都へ来て新選組創設に取りかかってからの近藤勇が、人間的にも一変したということに、沖田総司が気づかないはずはなかった。総司もまた近藤勇に対する見方を、変えることを余儀なくされたのである。

さすがに沖田総司は、近藤勇を批判しようとはしなかった。悪くも言わない。その代りに、総司は傍観者になっている。心が冷えつつある。同時に、そこには苦悩が生ずる。それがこの若者を、疲れさせているのだ。

山南敬助は、そう読み取っていたのである。それに沖田総司は、信頼できる若者だった。何事も口にはおろか、顔にも出さない男であった。剣の道を極めた者に、告げ口による裏切りなどできるはずはなかった。

「いずれにしても、局中法度書というのは厳しすぎますね」

沖田総司は笑窪を見せながら、遠くを見やる目を夕映えの空へ向けた。

「その通りだよ」

山南敬助は小枝で地面に、局中法度書と書いた。

「その通りだって、局中法度書の案文は山南さんと土方さんが作られたのでしょう」

沖田総司は、地面の文字に目を落とした。

「それは、表向きだ。むしろ土方さんとわしは、反対する側に回ったくらいだ」

山南敬助は、局中法度書という字の上に、×印を書いた。

「では……」

「あれは近藤局長が独断で作成し、土方さんとわしの案文によるものとされたのだ。わしらは特に第二条の局を脱することを許さずというのに、強硬に反対した。それに、すべて切腹という処断に結びつけることにも、賛同しかねると主張した。だが、近藤局長は頑として、譲られなかったのだ」

「そうだったのですか」

「局を脱する者は切腹、それではまるで主君に仕える以上に厳しい。新選組に加わる浪士には、脱藩した者が多くおる。脱藩の経験があるだけに信頼できず、よって切腹という処断で縛りつける。そのように受け取られても、仕方があるまい。同時に、それまでしなければ隊士たちが次々に逃げ出すような新選組かと、解釈もされよう」

「そういうことに、なるかもしれませんね」

「切腹というのは、便利なものだ。罪を償わせるという大義名分のもとに、邪魔者を死へ追いやる手段にもなる。また切腹を恐れて、局長に忠誠を誓う者も多くなるだろう。それにもう一つ、なぜ近藤局長がこうまで切腹というものにこだわるのか……」

そう言って、山南敬助は口を噤(つぐ)んだ。

いつ、いかなる事情で新選組を離れなければならない、ということになるかわからないのである。それは新選組の幹部であろうと、同様であった。だが、それを脱走と看做(みな)されるのだ。新選組との絶縁は、死を意味する。それではまるで、島送りになった罪人と同じであった。新選組と絶縁することがないと言いきれるのは、局中法度書を作った近藤勇だけということになる。

新入隊士は、軽い気持で応募して来るのが殆どであった。新選組とはどんなものか、という興味も手伝っている。とにかく、暴れてやりたいというのもいる。高額の手当だけを狙(ねら)って、応募する浪人もいた。

彼らはまず、芹沢、近藤、新見、土方、山南たちの前に平伏して、局中法度書の内容を聞くことになる。局中法度書を読み上げるのは、総司も含めた副長助勤であった。それを最後まで聞いた新入隊士の三分の二が、愕然(がくぜん)となって顔を上げるのだった。

最後に、右条々相背き候者には切腹申付くべく候也、と宣告されるからである。誰もが第二条の局を脱するを許さずと、それに背けば切腹だということを、結びつけて考える。そして、大変なことになったと、気づくのであった。

近藤勇は、切腹ということにこだわりすぎる。換言すれば、切腹が好きなのである。それは、なぜなのか。その理由について、山南敬助は察しをつけているらしい。沖田総司にも、よくわかっていた。

その点を考えると沖田総司は、何となく寂しくなるのであった。

三

新見錦を、この世から追放する——。

そのときは、意外に早く訪れた。山南敬助が沖田総司にみずからの読みを打ち明けたその翌日、文久三年九月十日の夜に近藤勇は行動を起したのである。

「祇園新地の貸し座敷〝山の緒〟で、新見局長がひとり遊興中……」

と、新入隊士からの報告があったのだ。土方歳三がその新入隊士に、新見局長の尾行を命じておいたのである。顔を知られていては、尾行が無意味になる。そこで土方歳三は、新入隊士に尾行役を命じたのであった。

その新入隊士にとっては皮肉なもので、初仕事が新選組局長のひとりを尾行することだったのである。新見錦は、新入隊士の顔を記憶していなかった。もっとも尾行されていることに気づいたからと言って、遊興を控えるような新見錦ではなかったのだ。

「新見局長ひとりか」

近藤勇は、渋面を作って見せた。だが、眼光は鋭く、十分すぎるような意欲を示していた。

「単身に、相違ない」

土方歳三が頷いた。

このときの近藤勇は、山南敬助と同じ三十歳。

土方歳三は二十九歳で、新選組随一の美男子であった。土方歳三は、講武所風と呼ばれる髪型にしていた。近藤勇の頭は、諸大夫風であった。公家武家の諸大夫という役目の者の髷で、月代を伸ばしての大銀杏だった。

「参るぞ」

近藤勇は、立ち上がった。普段は慎重であって、一つの結論を出すのに長い時間をかける。だが、好機到来と判断したときの近藤勇は、敏速に行動を起すのである。

「人数は……?」

土方歳三が訊いた。

「目立たぬよう、小人数に絞る」

近藤勇はそう言ってから、ほかに山南敬助と沖田総司、それに原田左之助を指名した。一般の隊士は、ひとりも動員させなかった。総勢五人で、祇園新地へ急行したのである。途中、それぞれの任務が、近藤勇から伝えられた。

切腹の申し渡しは、近藤勇。

検使役は、土方歳三と山南敬助。

原田左之助は『山の緒』の外にいて、警戒と見張りの任につく。

そうなれば、残った沖田総司の役目は何か、おのずと定まるのだった。総司は、心が冷えるのを感じた。寒風が胸を、吹き抜けるようであった。近藤勇は必ず、血を見る役を総司に命ずるのである。

もちろん、それだけ総司の腕を買っているのだ。だから、人斬りはすべて総司に任せる。それでは、あまりにも単純すぎるではないか。近藤さんはわたしのことを、便利な人斬り庖丁そのものだと思っている——。

総司には、そんな受け取り方があった。しかし、それだからと言って総司が、反撥を感じていたわけではないのである。近藤勇に逆らうつもりもなかった。情けなくは感じても、それはほんの些細なことだったのだ。

つまり、どうでもよかったのである。すべてが、事の成り行きというものだった。京へ来てからの総司は、つくづくそう思うようになったのだ。みずからを投じた流れのままに、任せるほかはない。

浪人隊の一員として上洛するまでは、考えてもみなかったことである。現在とは、雲泥の差があった。旅の途中で土方歳三と交わしたやりとりが、いまの総司には懐かしく思い出されるだけだった。

「総司、われらの前途には多くの望みが、大手を広げて待っているぞ」

「そうでしょうか」

「まるで、あの青空のように、希望に満ちている」

「わたしには、関心のないことです」

「何だと……?」

「わたしは別に、そのような望みを期待しておりません」

「それではなぜ、こうして京へ向っておるのだ」

「京へ向っているのではなく、近藤先生のあとを追っておるのです」

「いかんな、総司。憂国の士だというくらいの自覚は、是非とも持つべきだ」

「憂国の士ですか」

「そうだ」

「正直に申しますけど、そのような気持はさらさらありません。尊王も攘夷も、将軍家の警固も、この総司にとっては興味のないことです。総司は近藤先生だけのために、存在するものと思って下さい」

「総司らしいな」

「わたしは近藤先生の、影であり手足なのです」

「もうよい、わかった」

と、苦笑した土方歳三の顔も、いまは記憶から薄れようとしている。すでに、過去のことであった。再びその時点に戻ることは、あり得ないのである。近藤勇は、すっかり変ってしまった。

近藤勇は、階段の上り口を見つけたのだ。そして何かにとり憑かれたように、その階段を一途に上り始めている。階段の上り口などあろうはずはないと、諦めていた頃の近藤勇ではなくなったのである。

上りつめた階段の上には、いったい何があるのだろうか。昨日の山南敬助は、それに対する答えを出していた。極端な言い方をすれば、近藤局長は大名になることを目ざしているのかもしれない——。

山南敬助は、権力の座と言いたかったのだろう。大名を目ざすという表現は、確かに極端すぎる。沖田総司は、そう思った。それは予知能力を持たない人間として、当然のことであった。五年後の明治元年、江戸に引き揚げて来た近藤勇は、『官軍の侵攻より先に甲府を確保すれば、五十万石を進呈する』という若年寄河津伊豆守（いずのかみ）の甘言に即刻応じている。そのことによって、近藤勇は若年寄格という身分を与えられた。

近藤勇は早々に、甲陽鎮撫隊（ちんぶたい）を編成して江戸を出発する。そのとき近藤勇は、大久保大和昌宜（まさよし）と名乗ることにした。旗本もかなり上位の者の名前らしくして、長棒引戸という大名に準ずる駕籠（かご）に乗って出かけたのであった。そうした五年後の近藤勇の姿を、沖田総司はもちろん山南敬助さえも予測できるはずがなかったのだ。

「総司……」

祇園新地を目の前に、近藤勇が振り返った。近藤勇は、微笑みかけた。

「はい」

総司も、ニッと笑った。徹底的に利用できて、忠実そのものの便利な道具だと、おだて気味に笑いかけて来る。それならこっちも、すべてを承知の上で笑顔を見せる。総司の笑いには、そうした意味が含まれていたのだった。

「介錯人（かいしゃくにん）は、総司だ」

近藤勇が言った。

「承知致しました」

総司は、笑いを消さなかった。果してとか、やはりとか思わなかった。残っているのは介錯の役目だけだったし、総司には人斬りの仕事しか与えられないのである。総司はすでに、役目に対する度胸を決めていた。

『山の緒』の前に原田左之助を残して、あとの四人が新見錦の座敷へ乗り込んだ。新見錦は驚いたが、間もなく近藤一派の意図するところを察したようだった。新見錦は、その瞬間に観念したのである。

慌てず、騒がずであった。相手は最初から、殺すつもりで乗り込んで来たのである。釈明や弁解は通用しないし、問答無用なのだ。逃れる道はない。死ぬよりほかはないと、新見錦はあっさり諦めた。

座敷の畳が二枚、裏返しにされた。何しろ急場の切腹だから、細かいところまで作法には従えない。略式ということになる。だが、それでも近藤勇はでき得る限り、切腹作法の形式を重んじようとしたのだった。

新見錦は裏返した畳の上に、着座を命ぜられた。その前に盃と銚子、それに素焼きの皿が置かれた。皿には、塩が盛ってあった。新見錦は自失して、よろけるような醜態は演じなかった。

さすがに、顔色は蒼白である。色のない唇を嚙みしめているのは、眼前に迫った死の恐怖と戦っている証拠であった。下腹に力をこめて、胸を張っていた。それは、震えを防ぐためであった。

近藤勇が切腹の通告を、重々しい口調で読み上げた。局中法度書に違反した新見錦の罪状を列挙し、それがたとえ局長であろうとも手控えるわけにはいかないことを強調して終った。

「よって、ここに切腹申付くるもの也」

最後に近藤勇は、一段と声を張り上げて言った。作法通りであれば、切腹言い渡しが行われている間、切腹人は平伏していなければならない。だが当然、新見錦はそうした作法を無視した。

「もっともらしい理屈をこねるな」

新見錦は、傲然と言い放った。

「罪人呼ばわりなど、片腹痛いわ。要するに、わしを殺したいのだろう」

真青な顔で、新見錦は笑った。近藤勇は、黙っている。無表情であった。相手にもならずと、新見錦を見下ろしている。

「武士ならば、そのような小細工を弄することもあるまいが、近藤と土方は生憎と百姓の出だったな」

新見錦は上目遣いに、近藤勇を睨みつけた。一瞬、近藤勇の表情が固くなった。ある意味では、最も痛いところを衝かれたことになるのだった。いまや近藤勇は、会津藩御預りの立派な武士であった。

いや、天然理心流近藤周助の養子となった十六歳のときから、すでに近藤勇は武士だったのである。幕末は、武士の子でなければ武士になれない、という時代ではなくなっていた。

武士階級の堕落に伴い、町人や農民の新生武士が多くなったのだった。では、新たに武士となるには、まず何が必要だったか。それは、剣の道を極めることであった。優秀な剣士になれば、本物の武士に勝てる。本物の武士に勝てるなら、それはもう一人前以上の武士である。そのような実力主義が、新生武士を生んだのであった。

剣豪と称される人々の中にも、町人や農民の出身が多くいる。古くは心形刀流の祖で、伊庭是水軒秀明である。この剣聖は、江戸の町人の子であった。町人上がりの伊庭是水軒の五代目の弟子に、肥前平戸藩主の松浦壱岐守が加わっている。

彰義隊の天野八郎は直心影流の達人だが、生れは上州で商人の二男坊であった。神道無念流の発展を促した戸賀崎熊太郎は、祖先はともかく武州の農民の出である。同じく神道無念流の達人岡田十松は、武州の郷士の子として生れている。

神道無念流の名人として知られる斎藤弥九郎は越中の郷士の長男で、幼少年時代を油屋とか薬屋とかの丁稚小僧で過している。のちに練兵館道場を開き、弟子のうちには高杉晋作、桂小五郎、品川弥二郎などがいた。

神道無念流の剣豪、大川平兵衛もまた武州の農家の子である。弟子が延べ三千人もいたと言われ、川越藩主松平直克によって士分にとり立てられている。川越藩の剣術師範となったのである。

甲源一刀流の祖である逸見太四郎は、秩父の郷士の出身であった。先祖は新羅三郎義光でも、太四郎が生れた頃の逸見家は農業に精出す一介の郷士にすぎなかったのだ。しかし、逸見太四郎の道場耀武館は、いまなお保存されている。

甲源一刀流の剣豪比留間与八も、武州の農民の出であった。

このように多くの剣客たちが実力によって、町人、農民、郷士から武士として認められたのである。戦国時代へ戻ったようなもので、氏素姓は二の次であり、実力次第で士分にとり立てられる傾向にあったのだ。

近藤勇も農民の出だが、近藤周助の養子となってからは、武道の面だけでも間違いなく武士であった。養父の近藤周助にしても、武州多摩郡の名主の子である。それが近藤三助の道場に入門して、天然理心流四代目を継いだことから、武士としての体裁を整えられたのであった。

この頃の各道場の入門者は武士の子弟が三割で、あとの七割は町人や農民の子たちによって占められていたのだ。そのくらい、新生武士を目ざす者が多かったのである。だが、一応の線まで剣の道を極めた者に、一つの問題が生ずるのであった。

武士は生れたときから武士であり、それを当然のこととしている。しかし、途中から武士であることを意識しようとする者には、武士だという自覚が必要だった。その自覚を裏返せば、実は本物の武士ではないという劣等感になる。

実力次第で、武士にもなれる。そう考えていた当の人間が、今度は生れながらの武士ではないことに拘泥し始めるのである。特に人の上に立つと、武家の出という氏素姓に欠けていることを、引け目に感ずる。

生れながらの武士という素姓が欲しいと、痛切に感ずるのであった。それが名実ともに武士ではないという劣等感になって、心の片隅に残っている。自由業ならともかく、大きな企業内にはいると、実力だけではなく学歴も欲しいと痛感する。それと、同じようなものだった。

近藤勇にも、そうしたところがあった。試衛館時代には、そんなことに気もとめなかった。だが、上洛して特に壬生浪士隊の結成にとりかかってから、近藤勇はその点で妙に神経質になっていた。

京都に残留し、そのまま新選組の幹部となった十三人のうち、七人までが脱藩者である。身分はともかく、いずれかの藩に仕えていたのだから、武士には違いない。残りの六人が浪士ということで、氏素姓が曖昧になっている。

　その六人の浪士のうちでも、芹沢鴨は由緒ある郷士の出だということだった。同じ水戸出身の新見錦ら四人の脱藩者が、何事につけても芹沢鴨を立てるのだから、それなりのことはあるのだろう。芹沢鴨は武士の出に準ずる、ということになる。

　沖田総司の両親は、ともに養子と養女である。白河十万石の阿部藩の下級武士であった沖田家へ、両養子という形で迎えられて、その子どもとして総司は生れている。まあ総司も、武士の出には違いない。

　井上源三郎は、八王子千人同心の三男として生れている。千人同心は軽輩だが、もちろん武士である。井上源三郎も、武士の出であった。藤堂平助も、伊勢の津の藤堂藩主の血を引く者などと称して、由緒ある生れであることを主張している。

　残るは近藤勇と、土方歳三であった。土方歳三は、武州多摩郡石田村の兼農製薬商の子に生れている。近藤勇は武州多摩郡上石原村の、農家の生れである。二人とも大尽とか豪農とか言われる裕福な家に生れているが、武士の子でないことだけは確かだった。

四

　近藤勇は、土方歳三と山南敬助に、視線を走らせた。やや離れて土方歳三が、新見錦の右前方にすわった。左前方には、山南敬助が正座した。二人の検使役が、位置についたわけである。

「いずれにせよ、早々に命を捨てる覚悟だったのだ。捨て方の違いこそあれ、冥土へ旅立つことに変りはないわ」

新見錦が頬を引き攣らせて、自嘲的に笑った。

「末期の盃を……」

冷やかに言って、近藤勇は座敷から廊下へ出た。

「近藤、まことの武士の死に様を、よく見ておけ」

新見錦は塩を舐めてから、銚子に口をつけて一気に酒を飲み干した。酒を盃に注いで、一献を二口で飲むといった作法などは問題にしなかった。盃事は、ほんの形式にすぎない。形式より実際だと、新見錦は言いたかったのだろう。

それで、形式は終りだった。切腹刀を置く三方、首桶、柄杓、香炉、料紙などの諸道具が揃っていないのである。あとは新見錦が脇差を腹に突き立て、沖田総司がその首を刎ねるだけであった。

「見事な切腹にて、士道を貫かれよ」

廊下でそう言ってから、近藤勇は立ち去った。切腹を申し付けた者は、その場に立ち会わないという形式を、近藤勇は重んじたのである。

「笑止……！」

新見錦が、大声で怒鳴った。

沖田総司は、新見錦の左背後に立った。羽織を脱ぎ、タスキをかけていた。総司は、山南敬助へ目を向けた。自分を突き刺している山南敬助の視線を、感じたからであった。二人は、見つめ合った。

《どうだ、近藤局長のこの形式主義は……》

山南敬助の目が、そう語りかけているようだった。

《まったくですね》

総司は、目で頷いた。

《武士になりきるには、まず武士らしい形式を大切にすることか》

《きっと、そうでしょう》

《近藤局長が、最も多く口にする言葉を知っているか》

《まあね》

《士道だ。二言目には、士道という言葉を口にする》

《局中法度書の第一条が、士道に背きまじきこと、ではないですか》

《まことの武士ならば、そのように強調されなくとも、士道というものを心得ておる。女に向

って、女であることを忘れるなと申し聞かせるようなものではないか》
《そうですね》
《それは、女になりきれない者が、女になりきろうと努めているのに似ている》
《山南さん、そのようにムキにならんで下さい》
そこで総司と山南敬助は、視線をはずした。新見錦が背後の総司を、見上げたからであった。
「介錯人は、貴公か」
新見錦は言った。総司は、目礼を送った。
「ならば、安心だ」
新見錦は脇差ではなく、大刀へ手を伸ばした。新見錦は大刀を抜くと、鞘を投げ捨てた。重ねた懐紙を、柄に近い部分に巻きつける。懐紙の上から両手で握り、新見錦は刀の切先を腹の中央部に向けた。
作法に従うならば、心が静まるのを待って刀を左脇腹に突き立てる。そのまま右へと、切り裂くのであった。だが、新見錦は大刀で腹の中央を、貫くつもりでいるのである。目的は罪を償うための切腹ではなく、死ぬことだと思っているからなのだろう。
沖田総司も、抜刀した。刀が鞘走る音は、まったく聞えなかった。刀を抜く音を聞かせては、切腹人の恐怖感を煽ることになる。それで、音をさせずに抜刀するのが、介錯人の作法とされているのだった。

「土方……」

新見錦が、そう声をかけた。だが、土方歳三は、顔を上げようとしなかった。

「わしの次は、芹沢先生か」

呻くように言って、新見錦はギリギリと歯を鳴らした。

やるな――と、総司は直感した。総司は八双の構えに、刀を振り上げた。寒気がした。総司の顔から、血の気が引いた。いつものことだが、目をつぶりたくなる一瞬であった。だが、瞬きもしてはならないのだ。

「頼むぞ！」

新見錦は絶叫して、腰を浮かせながら腹に刀を突き立てた。諸手で刀を引き寄せ、突き出した腹でそれを受け止めるのである。凄まじい勢いで、刀は腹を貫き、背中へ突き抜けた。

その瞬間に、総司は刀を振りおろした。濡れ雑巾を板に叩きつけたような音が、座敷いっぱいに響き渡った。血が飛沫となって、天井、壁、そして裏返した畳の上に走った。水溜りに、石を投げ込んだようだった。

首を失った新見錦の上体が傾き、前のめりに倒れ込んだ。首は失われていたが、新見錦から完全に切り離されてはいなかった。皮一枚によって、まだ繋がってはいるのである。総司は皮一枚を残して、首を斬り落したのだった。

ほっと、溜め息が洩れた。山南敬助であった。形式上からいけば、ここで検使役が首を改めることになる。だが、山南敬助は顔を伏せたまま、動こうともしなかった。土方歳三が立ち上がって、座敷を出て行った。近藤勇を、呼びに行ったのである。

血糊(ちのり)を拭って、総司は刀を鞘に納めた。介錯人はこのあとも、その場に控えていなければならない。だが、それこそそうした形式には、構っていられなかった。総司は、ひどく疲れていたのだった。

「山南さん、お先に失礼します」

総司は会釈して、山南敬助の前を通りすぎた。

「沖田さん……」

山南敬助が、怪訝(けげん)そうな顔で呼びとめた。

「はあ……?」

総司は廊下へ出てから、ゆっくりと向き直った。

「顔色が悪いし、汗をかいている」

山南敬助が言った。

四本の燭台(しょくだい)が、切腹の場の周囲に集められている。廊下は、薄暗かった。その薄暗い廊下に立っている総司の姿は、まるで幽鬼のようであった。身体がゆらゆらと、揺れているように見えた。

「人ひとり斬ったんです。脂汗も、滲み出ますよ」

総司はそう言って、踏みしめるように足を運んだ。廊下が、長く感じられた。まるで、足が吸い込まれるようだった。全身の力が抜けそうに、疲れ果てていた。発熱したようである。

総司は、『山の緒』を出た。火照っている顔に、冷たい夜気が心地よかった。祇園新地の通りには、賑やかな人の往来が見られた。酔客と芸妓の哄笑と嬌声が、紅燈の巷をより華やかにしていた。

「すんだのか」

原田左之助が、小声で訊いた。

「ええ」

総司は、小さく頷いた。

「そうか」

原田左之助は、顔を伏せた。短気で勇猛な二十六歳の男も、さすがにいい気持はしなかったらしい。

「お先へ……」

総司は、歩き出した。総司に、目を向ける者はいなかった。新選組隊士の、正装をしていないせいだろう。わしの次は芹沢先生か――と、歩きながら総司は呟いた。新見錦の最後の言葉が、耳にこびりついているのだった。

近藤さんは、そのつもりでいるのだろうか。そう思ってすぐ、まさかと総司は否定した。芹沢鴨に、詰め腹を切らせる理由がない。局長筆頭を切腹に追い込むには、誰もが納得するような大義名分が必要である。

士道に背いたというだけでは、抽象的すぎる。ところが、どんなことをして士道に背いたのか、具体的な例を挙げられないのである。勝手に訴訟を、取り扱ってもいない。私闘も演じていなかった。

もちろん、局を脱するはずもない。あと局中法度書にあるのは、勝手に金策致すべからずであった。その点だけは芹沢鴨の場合、かなり派手にやっている。しかし、それを取り上げて芹沢鴨を切腹へ追い込むことには、無理があると言えるのだった。

少なくとも、新見錦のようにはいかない。芹沢鴨が、局長筆頭だからというだけではないのである。近藤勇には、芹沢鴨に逆襲される恐れがあるのだ。壬生浪士隊だった頃、近藤自身も強引な金策に歩いていた。

正装となる揃いの隊士服や武具を買い込むのに、当時はまだ資金というものがなかった。半ば脅して資金を民間から捲き上げようと、芹沢鴨が提案した。それに同調したのは、近藤勇だけだったのである。

事実、近藤勇は芹沢鴨以上に、金策に積極的であった。その強引さに近藤勇は慢心し天狗になったと、松平容保に訴えようとする動きさえあったくらいである。近藤の金策は隊のためであり、全部を遊興費にあてるというようなことはしなかった。

だが、幹部全員が反対したのに、近藤はそれを無視したのであった。つまり、勝手に金策したという解釈も、成り立つのである。また、示威による返済なき借金というものの手本となった罪も、軽くはなかった。

もし、芹沢鴨にそこを衝かれたら、近藤勇は強気に出ることができなくなる。少なくとも、芹沢鴨の切腹を是認させるだけの説得力は、失われることになるだろう。やはり芹沢鴨に、詰め腹を切らせることは不可能であった。

不意に総司は、寒気に襲われた。総司は、咳込んだ。かなりの量の痰が出た。川に架った小橋の上だったが、総司はその痰を吐き出した。川の中へ吐き捨てなかったのは、痰の色を確かめたかったからである。

寒気、咳、量の多い痰というのは最近、一種の習慣みたいになっていた。今年の初めに、一度あった。それが最初だった。二月から四月までは一カ月に一度ぐらいで、五月以降は二、三度と回数が多くなっている。

八月は三度、九月にはいってからはすでに二度目である。総司は、赤い痰であることを確認した。寒気、咳、そして赤い痰と決っていた。血痰だった。病気なのだろうが、まだ医者へは行っていなかった。

総司は橋の欄干に凭れかかった。常に身体が熱っぽいのも、血痰が出る病気のせいなのかもしれない。微熱があって咳が出て、血のまざった痰を吐くのは労咳に見られる兆候だというくらいの知識は、総司にもあった。

しかし、自分が労咳にかかっているなどとは到底、信じられないことである。幼児の頃から、剣による鍛錬を積んでいる。身体は、頑健そのものであった。ひどい病気といえば、去年の七月に江戸で流行した麻疹にかかった程度だった。

現在、労咳病みが、周囲にいるわけでもない。労咳は感染するものだと、聞いている。労咳は何よりも、恐れられている病気であった。労咳にかかったら最後、家族もそばへは近づきたがらない。

だから、自分は労咳病みだなどと、口が腐っても言う者はいない。その代り、労咳病みは絶対に人前に出なかった。そうと知れば誰もが、ゲジゲジを見るような目をして逃げ出すからである。そんな寂しい思いを、強いられたくないのだ。

周囲に、労咳病みはいない。感染するはずがなかった。労咳などに、かかってはいないのだ。熱や咳は、風邪のせいだろう。血痰は喉にでも傷があって、そのために出るのに違いなかった。

そう思いながら総司は、懐中深く右手を差し入れた。総司が取り出したのは、直径十センチほどの青銅の鏡であった。円形の縁どりは、波の彫刻だった。縁の内側の円形は、青銅を磨き込んだ鏡になっている。

懐中鏡であった。朱色の房ヒモが付いていた。飾りを兼ねた懐中鏡で、娘や若い女房が帯にはさんだりするものだった。総司は、その懐中鏡を見据えた。夜目にははっきりと見えないが、鏡に総司の顔が映っているはずである。

総司はしばらく、鏡を眺めやっていた。ただ、それだけのことだった。やがて、総司は鏡を懐中に押し込んだ。歩き出すと、響き渡る朴歯下駄の音が空しかった。総司は、ひどく孤独であった。

八日後の九月十八日、島原の角屋で新選組の会合があった。格別、重要な議題があったわけではなかった。いわば定例の会合であり、島原でドンチャン騒ぎをするわけである。最初に芹沢局長筆頭、次に近藤局長の発言があった。

芹沢鴨はいつもと同じように、時局の重大さを説き、今後の新選組のあり方、新選組隊士の心構えについて一席ぶった。それが終ったあと、近藤勇が新見錦の切腹の一件を報告した。

「たとえ局長であろうと、局中法度書の拘束から逃れることはできぬ。新見局長もその点については、十分に納得された。その上で新見局長は局中法度書に背いた諸点についていさぎよく認め、定め通り切腹して相果てた。そのご最期は新選組局長の名に恥ずることなく、士道にはずれぬ立派なものであった。いまここで新見局長の死に、改めて哀悼の意を表したい」

近藤勇はそう結んで、頭を下げた。大広間を埋めた百人の隊士も、一斉に頭を垂れた。ひとり芹沢鴨だけが顔を上げたまま、複雑な表情を示していた。芹沢派の幹部である野口健司、平山五郎、平間重助も憮然(ぶぜん)たる面持でいた。

新見錦の死で、強烈なショックを受けたのは、芹沢派の幹部たちであった。特に芹沢鴨は、茫然自失の体(てい)だった。年来の同志、片腕と頼んでいた新見錦を死なせたということだけではなかった。

近藤一派によって、新見錦が詰め腹を切らされたということが更に、芹沢鴨に衝撃の追い討ちをかけたのである。しかも、そのことで近藤一派に文句一つ、言えないのであった。事後諒承(りょうしょう)という形で芹沢は、近藤一派の行動を認めざるを得なかったのだ。

黙禱(もくとう)が終ったあと、女たちが大広間へはいって来て宴会になった。そうなるともう、新見錦の死も何もなかった。女を抱き寄せ、酒のガブ飲みであった。まるで、戦場のような騒ぎだった。

芹沢、平山、平間も荒っぽく飲み始めた。彼らの痛飲は、毎度のことであった。だが、今夜はまた特別だった。新見錦のことがある。近藤一派と同席していては、酔わずにいられなかったのだ。

泥酔した芹沢、平山、平間の三人は、一足先に帰ることになった。酔った上で近藤一派と刀を抜き合ったりしてはと、自重する気持もあったのだ。雨の中を五梃の駕籠が、島原から壬生村へ向った。

五梃の駕籠には前から芹沢鴨、平間重助、島原桔梗屋の小栄、輪違屋の糸里、平山五郎の順で乗り込んでいた。その五梃の駕籠が壬生村の八木邸についたのは四ツ、午後十時であった。お梅が、芹沢を待っていた。奥の十畳間に、夜具がのべてあった。芹沢鴨とお梅は、そこで寝ることになっている。続き部屋の六畳に平山五郎と小栄、四畳のほうに平間重助と糸里がそれぞれ落着いた。

一つ夜具の中で乳繰り合っていた平山五郎と小栄が、間もなく眠りに落ちた。それに続いて、平間重助と糸里の声が聞えなくなった。しばらく続いていた鼾も、いまはもうやんでいた。聞えるのは、雨の音だけであった。かなりの降りになっているようである。雨が、風を呼ぶ。思い出したように、風がどこかの板戸をガタガタと鳴らした。じっとりと汗ばむような蒸し暑さが、まだ部屋の中に残っていた。

五

お梅の手は、芹沢鴨の股間にあった。お梅の柔らかな掌と華奢な指が、上下に動いている。位置を変えたりしながら、その動きは早まりつつあった。お梅のそうした愛撫は、巧みである。

いつもであれば、芹沢鴨のその部分はとっくに怒張していた。だが、今夜は駄目であった。萎えたままである。芹沢は目を半眼に、見開いていた。眠いのだ。しかし、眠りに引き込まれることを、芹沢は恐れている。

「どないされました」

お梅が鼻声で言って、上体を起した。芹沢のそれを、握ったままであった。お梅は芹沢の腰のあたりへ倒れ込むと、萎えているものに口を近づけた。

「やめろ」

芹沢はお梅を引き起すと、投げ出すように自分の脇に寝かせた。

「なぜどす?」

お梅は不満そうに、芹沢を見上げた。

「無駄だ。その気になれぬ」

芹沢は言った。

芹沢鴨は泥酔して帰って来ても、必ず口直しと称して一杯やる。八木邸には、芹沢専用の酒樽が置いてあった。冷や酒を、升で飲むのである。しかし、今夜の芹沢は、その升酒もやらなかったのだ。

不安なのである。新見錦が、詰め腹を切らされた。次に近藤が消そうと狙うのは、芹沢だという気がしてならない。近藤もまさか、芹沢に切腹を迫るわけにはいかないだろう。だとすれば、あとは暗殺しかない。

今夜は芹沢以下、平山、平間が泥酔していると、近藤一派は承知している。神道無念流の使い手三人を、そう簡単に斬り殺せるものではない。だが、その三人が泥酔していれば、話はまた別である。

それに、この雨であった。不意を襲うには、雨が激しく降る夜こそ最適である。雨が足音や人の気配を、消してくれるからだった。剣を学んだ者にとって、そうしたことは常識と言える。

条件が二つ重なった今夜は、絶好の機会であった。角屋で近藤一派は、殆ど飲んでいない。もともと試衛館の連中は、下戸揃いである。近藤一派は色の道はともかく、酒は飲まなかった。

もっぱら、食べるほうであった。しかし、今夜の近藤一派は、食もあまり進まないようだった。あるいは気のせいかもしれないが、何となく沈んでいる雰囲気であった。その中でも沖田総司と山南敬助の顔に、暗さが感じられた。

沖田総司は、ずっと伏し目がちだった。山南敬助はその逆で、しきりと芹沢鴨のほうへ目を走らせていた。何度か山南敬助と視線がぶつかったという記憶が、芹沢にはあったのである。

それだけのことを考え合せれば、不安を感ずるのは当然であった。芹沢が大刀と鉄扇を抱いて寝たのも、剣の使い手として当然の用心だった。だが、それ以前に酔っていたということが、芹沢鴨一生の不覚だったのである。

酔っていては、睡魔に抗しきれない。眠ってはならないと思えば、尚更のことであった。芹沢の意識は、次第に朦朧となった。眠りに落ちたということも気づかずに、やがて芹沢鴨は鼾をかき始めた。

四ツ半、午後十一時を回った——。

八木邸の離れに、五人の男がいた。近藤勇と土方歳三、山南敬助、沖田総司、原田左之助の五人であった。新選組の制服を脱ぎ、当り前な着物姿だった。近藤を除いた四人は、タスキをかけていた。

「一番手は、総司だ」

近藤が言った。いつものことである。総司は、目を伏せて頷いた。

「二番手は、土方副長。土方副長と総司は、十畳間の局長筆頭にかかれ」

近藤は、そう命じた。

「承知致した」

土方歳三が、下唇を嚙みしめた。

「三番手は山南副長、四番手は原田助勤。両名は、平間重助と平山五郎を斬る」

近藤の目が、無気味に光った。

「はあ」

山南敬助は、肩を落した。その顔には、悲壮感が漂っていた。

「わかりました」

原田左之助は、力んでいた。闘争心が首をもたげて、原田左之助だけがやる気十分になっている。

「では……」

近藤が腕を組み、四人の顔を眺め回した。四人は一斉に、立ち上がった。近藤勇だけがすわったままで、その場に居残った。

総司は離れを出て、雨の中を走った。新しい草鞋(わらじ)が、すぐ泥だらけになった。内庭を突っ切って、外廊下に上がる。雨戸が一枚、あけてあった。厠(かわや)があり、手水鉢(ちょうずばち)を使うためである。

そこで、女と鉢合せをした。平山五郎と一緒に寝ていた桔梗屋の小栄で、厠へ起きて来たのであった。小栄は驚いて、棒立ちになっていた。総司は手で、その小栄の口を塞(ふさ)いだ。

「寝間へは、戻らぬほうがよい」

総司は小栄の耳許(みみもと)で、そのように囁(ささや)いた。唖然(あぜん)となっている小栄を軒下へ押し出しておいて、総司は廊下を奥へ向った。歩きながら、総司は抜刀した。土方歳三が、あとを追って来ていた。

障子をあけて、十畳間へ踏み込む。行燈の燈心は一本に減らしてあるが、闇よりははるかに明るかった。芹沢鴨の寝姿があった。芹沢は横向きになり、お梅がその背中に縋(すが)って眠っていた。

総司は、夜具の横へ回った。無言である。刀を上段に、振りかぶった。その瞬間に、芹沢が目を開いたのだった。総司が斬りつけるのと、芹沢が反射的に転がろうとしたのが同時であった。

そのために、ただ一刀で芹沢の首を刎ねることはできなかった。総司が振りおろした刀は、芹沢の左の肩を深々と断ち割った。鮮血が飛散して、お梅の顔にたっぷりと降りかかった。

「きゃあ！」

お梅が、飛び起きた。血を浴びて、顔が真赤になっていた。

「己れ！」

芹沢は総司の顔に、三百匁の鉄扇を投げつけた。総司は難なく、それを払い落した。しかし、その間に芹沢は、豪刀を抜き放っていた。芹沢は片膝(かたひざ)を突いた姿勢で、下から斜めに刀を振るった。

総司はのけぞって避けたが、鼻の下に鋭い痛みを覚えた。芹沢の刀の切先が、鼻の下をかすめたのである。

「人殺し！」

泣き喚きながら、お梅が芹沢の背中にしがみついた。

「女を殺すな！」

芹沢が叫んだ。

その瞬間に横合いから、土方歳三が斬りつけた。土方の刀は、芹沢の右肩に食い込んだ。

「うっ……！」

芹沢は、天井へ顔を向けた。凄まじい形相であった。

総司が真向から、刀を叩きつけた。刀は芹沢の顔を、真二つに割った。骨の白さが、見えるほどの傷であった。目鼻立ちがわからないほど、血に染まった顔になっていた。

「何が士道だ、近藤！　近藤の卑怯者めが……！」

芹沢はそう絶叫して、仰向けに倒れ込んだ。夜具の上は、血の海であった。全裸の芹沢もまるで、赤く塗られた人形のようになっていた。その芹沢の下敷きになって、これも全裸のお梅が泣き続けていた。

「たあ！」

と、意味もなく声を発して、土方歳三が芹沢の腹に刀を突き刺した。諸手突きであり、土方の刀の三分の二が芹沢の身体に埋まっていた。

「ひい！」

お梅が、悲鳴を上げた。土方の刀は芹沢の腹を貫き、その下にいたお梅まで串刺しにしたのである。芹沢の身体の下から覗いていたお梅の手足が、激しく痙攣するように震えた。それは、すぐに動かなくなった。

お梅は左の乳房を刺されて、即死に近い状態だったのである。総司が止めに、芹沢の喉を突き刺した。芹沢鴨は右手に、刀を握ったままで絶命した。壬生浪士隊を結成して六カ月後、新選組と命名されて一カ月後に、局長筆頭の芹沢鴨は暗殺されたのであった。

土方歳三は汗まみれになり、激しく肩で喘いでいた。それと対照的に、沖田総司は静かだった。総司は刀を鞘に納めて、芹沢鴨の死骸をぼんやりと見やっていた。総司の顔に、表情はなかった。

その頃、六畳の部屋で平山五郎が惨殺されていた。眠っている平山五郎を蹴飛ばして、起き上がったところに山南敬助が一刀を浴びせた。あとは、原田左之助だった。原田左之助は三度斬りつけ、二度突き刺した。平山五郎は抵抗することもなく、血まみれになって絶息した。

四畳に寝ていた平間重助と糸里は、いつの間にか姿を消していた。総司と土方が芹沢を、山南と原田が平山五郎をそれぞれ襲っている間に、平間重助と糸里は屋敷の外へ逃げ出したのであった。

逃げた者まで、追う必要はなかった。平間重助はもう、新選組に縁のない人間だった。新選組が恐ろしくて、京、大坂にはいられないはずであった。遠くまで、逃げて行くことだろう。事実、平間重助はそのまま、消息を絶ったのである。

二日後の九月二十日、新選組屯所で芹沢鴨と平山五郎の葬儀が取り行われた。新徳寺寄りの土蔵の前に、二つの棺が置かれた。十人もの僧侶が集められて、厳粛な雰囲気のうちに読経が始まった。

隊士全員が、参列を命じられた。会津藩、水戸藩からの参列者も、それに加わった。隊士たちは、一様に沈み込んでいた。表向きは何者ともわからない暗殺者の仕業、ということになっている。

だが、誰もが近藤たち五人が、芹沢と平山を殺したということを知っていた。公然の秘密だったのだ。近藤局長が芹沢局長筆頭を暗殺したと知れば、内紛の恐ろしさに気が重くなるのは当然であった。

「われわれも、参列するが……。わざわざ、悲しむふうを装う必要はない。かえって、不自然だ」

葬儀が始まる直前に近藤は、土方、山南、総司、原田を呼び集めてそう言った。

「土方副長、笑えるか」

近藤は、土方にそんな言葉を投げかけた。

「笑う……?」

土方は、戸惑ったような顔をした。

「その通り……」

「笑えぬことはない」

「であるならば、笑うのだ」

「しかし……」

「笑えぬとしたら、それは一昨夜の件に、こだわりを持っておる証拠だ」

「では、笑いましょう」

「心から笑うのだ」

近藤は真剣な顔で、土方歳三を見守った。土方は笑った。声を上げて笑った。正真正銘の笑顔になっていた。

「よろしい」

近藤は、満足そうに頷いた。

「拙者には、できません」

山南敬助が、首を振った。

「笑えぬと、申すのか」

近藤は、厳しい顔つきになった。

「はい」

「なぜだ」

「死者を笑えないのは、当然のことでしょう」

「仏のことを、笑えと申しておるのではないのだ」

「では、何を笑うのですか」

「己れを、笑うのだ」

「己れを、笑う？……」

「いま、われらは重大なときを、迎えている。一昨夜の件にこだわりを、持ってなどいられない。大事の前には、小事を捨てねばならぬ。それにはまず、己れに勝つことだ」

「お言葉を返すようですが局長、大事の前の小事ということですまされるものなのでしょうか」

「何がだ」

「二人、死んでおるのです。それも闇討ちによって、殺したのでありませんか」

「尊攘佐幕という新選組の使命を考えれば、まったくの小事ではないか」

「局長……」

「心底より笑う。笑えれば、己れに勝ったということになる」

「では、この山南は己れに勝てませぬと、申しておきましょう」

「山南副長……」

「このようなときに笑うのは、それこそ士道に背くことですぞ」

山南敬助は、顔色を失っていた。感情的になっている。近藤勇も、気色ばんだ顔になっていた。険悪とまではいかないが、気まずい空気になっている。土方歳三は、知らん顔であった。原田左之助は、何となく落着きを失っていた。

そのとき、不意に笑い声が起った。総司であった。総司は、大きく口をあけて笑っていた。馬鹿笑いである。愉快というより、滑稽なものを見たときの笑い方だった。それは、嘲笑のようにも聞えた。

総司は笑いながら立ち上がり、書院を出て行った。笑いを、とめなかった。いつまでも笑い続けている。廊下を遠ざかる総司の足音とともに、笑い声も小さくなった。だが、かなり遠くなってからも、総司の笑い声は聞えていた。

葬儀が始まって、近藤も土方も山南も原田も参列した。しかし、総司だけは、姿を見せなかった。近藤と土方がしきりと気にしていたが、総司が姿を現わす気配はまったくなかったのである。

その頃、沖田総司はひとり、前庭に佇(たたず)んでいた。総司は、青銅の懐中鏡を手にしていた。鏡には、総司の暗い顔が映っている。

「また、ひとり斬った……」

総司は鏡に、そう語りかけたのだった。

紅梅の匂い哀(かな)しく

一

文久三年の十一月にはいって、沖田総司は五日ほど寝込むことになった。

表向きは、風邪を引いたということにしておいた。近藤勇、土方歳三、山南敬助たちは風邪だということを信じていた。沖田総司が微熱と血痰という症状による病気にかかっていることは、まだ誰も知らずにいたのであった。

沖田総司は、もちろんそうした症状について、誰にも口外していなかった。まさかとは思うが、労咳かもしれないという疑念もあったのだ。万が一、労咳だとすれば尚更のこと、ひた隠しに隠さなければならない。

肺結核に対する人々の異常な恐怖感を考えれば、それを隠したがるのは当然のことだった。肺結核患者とわかってしまえば、仲間たちと一緒に人並みの日常を過すことができなくなる。肉親の間から弾(はじ)き出されて、人間扱いもされなくなるのであった。隔離された世界で、孤立の日々を送る。不治の病だから、寂しく死の訪れを待つだけである。それがいやなら、労咳であることを隠すほかはない。

しかし、隠したところで所詮、気持は救われないのであった。周囲の者たちに対して、秘密を持つのである。それも、重大な秘密だった。感染する恐れがあることまで、隠していなければならないからであった。

良心に咎めながら、引け目を感じて、隠し事をしている。そうした人間は、ひどく孤独なものだった。労咳とわかって、隔離されるのと、気持の上で大した変りはない。精神的に、孤立してしまうのであった。

だが、それでも沖田総司は、微熱と血痰という症状を隠していたのである。隔離され病床につくことは、考えただけでも耐えられない。それに労咳であるならば、不治の病であり、長くは生きられないのである。

どうせ近い将来に死ぬのであれば、せめてそれまでは人並みの生き方がしたかった。しかも、死は労咳だけが、運んで来るものではなかった。常に『敵』と相対し、剣を振るっている日々なのであった。

少なくとも今日までは、『敵』に勝っている。相手を斃すことによって、沖田総司は生きて来ている。しかし、それがいつまでも続くとは限らないし、そうした保証などまったくないのである。

明日にでも、沖田総司よりはるかに強い相手を、『敵』に回すかも知れないのであった。そうなったとき、沖田総司は間違いなく死ぬ。明日には、剣によって命を絶たれるかもしれないのだ。

そう考えると、労咳であると気に病むことさえ馬鹿らしくなる。斬り殺されるか、労咳で死ぬか。いずれにせよ長くない命だと思えば、病気にかかっていると自覚することからして、無意味に感じられる。

それにもう一つ、労咳と決ったわけではないという気持があった。労咳にかかるほうが、むしろ不思議なのである。単なる喉の病気なのかもしれないと、沖田総司はあえて楽観的になろうと努めていたのだった。

風邪と称して五日ほど寝込んだのは、特に工合が悪かったからではなかった。起きていられないことはないので、仮病ということになるかもしれない。とにかく沖田総司は、疲れていたのだった。

肉体的疲労よりも、精神的に参っていたのである。その原因は、人斬りにあった。局長筆頭の芹沢鴨を暗殺したときから、急に人を斬るということが気持の上で、大きな負担となり始めたのだった。

当然、それ以前の人斬りも、気軽にできたことではない。だが、それには近藤先生の指示に従って、近藤先生の手足として代行するだけのことという精神的な救いがあった。ところが、この九月からそうした救いが感じられなくなったのである。

その理由の一つは沖田総司にとって、近藤勇が神でも肉親でも主君でもなくなってしまったことだった。もはや近藤勇は新選組局長として、沖田総司に対する命令者にすぎないのであった。

沖田総司は、その命令に逆らったりはしない。ここまで来てしまったからには、川の流れに任せるほかはないだろう。沖田総司には、そのように自嘲的な虚無感が作用していたのである。しかし、それだけに人を斬るということが、総司自身の気持の上の負担として大きな荷物になったのだった。近藤先生のためにという大義名分と、精神的な支えが失われてしまったからである。

もう一つは新見錦の介錯人（かいしゃくにん）を勤めたことと、芹沢鴨一派を暗殺したことで、自分の人斬りという使命に疑問を感ずるようになったためだった。疑問は、後悔に通ずる。新見錦や芹沢鴨は、果して本来の『敵』だったのだろうか。

『敵』を斬ることに躊躇（ちゅうちょ）はないが、近藤勇にとっての『邪魔者』を消すだけの役目には逡巡（しゅんじゅん）を覚える。そう思うようになって沖田総司は、人を斬ることに一層、心の負担を感じ始めたのであった。

近藤勇から、斬れという命令が出される。その度に沖田総司は、この者は本当の『敵』なのか、それとも近藤勇にとっての『邪魔者』なのかと疑いたくなる。心の救いはない。残るのは、精神的負担だけだった。

先月、つまり文久三年十月に新選組は、徹底した浪士狩りを行なった。将軍上洛を三カ月後に控えて、その警固の準備にはいったのである。当面の敵は、長州であった。『八月十八日政変』で京都から駆逐された長州勢の反撃を、警戒してのことだった。

新選組は、長州はもちろん各藩の脱藩者が潜伏中のところを襲い、片っぱしから捕えたのであった。浪士に限らず、尊攘派の儒学者や医者なども捕縛した。この十月に沖田総司は、三人の長州脱藩浪士を斬っている。

いずれも、近藤勇の指示によって、斬ったのである。そのことが十一月にはいって、沖田総司が寝込む直接の原因になったのであった。微熱のせいか、身体がだるい。身も心も疲れ果てた、という感じだったのだ。

壬生屯所（とんしょ）として使われている前川屋敷の奥まった六畳を、沖田総司は私室ということで宛（あて）がわれていた。その六畳間に夜具をのべて、総司は終日を横になって過した。日当りのいい部屋だった。

食事は、隊士が運んで来る。厠へ行く以外は、一歩も部屋を出なかった。総司は天井を見上げてぼんやり考え込むか、そうでなければ例の青銅の懐中鏡を取り出して眺めるかであった。

明日あたりは起き出さなければならないという日の午後、部屋の外の廊下に二つの人影が立った。日射しを受けて眩しいほど白くなっている障子に、二つの人影の輪郭がはっきりと映じた。

身体つきだけでも、誰であるかは察しがつく。それに髪型の影を見れば、一目瞭然であった。一方は大髻であり、もうひとりは講武所風に結っていた。山南敬助と、土方歳三に違いなかった。

「総司、見舞に来た」

果して、土方歳三の声がそう言った。

「どうぞ、おはいり下さい」

総司はそれまでの無表情な顔に、強いて笑いを浮べた。

この頃の沖田総司には、そうしたところがあった。ひとりでいるときと、人前での顔とを区別するのである。二つの顔を、持つわけだった。ひとりでいるときの総司の顔は、ひどく暗かった。

考え込んでいれば疲れ果てた顔、ぼんやりしていれば無表情であった。それが自分に対して正直な、沖田総司の顔だったのだ。しかし、人前にあっては必ず、別の顔を作っていた。

自分の本当の顔というものを、隠そうとする。正直な姿や胸のうち、本音といったものを誰にも読み取られまいと心がけているからだった。労咳かもしれないという秘密をかかえているし、どうしても人前での演技が必要となって来る。

水の流れに任せようという虚無感も、人前では隠している。孤独な人間というのは、人前に出るとわざわざ、はしゃいで見せるものだった。まったく別の顔を作るのに、最も適しているのが笑顔だからである。

よく笑い、陽気に振舞っているのが、何より無難であった。九歳のときから試衛館でいわゆる他人の飯を食べて成長した苦労人の総司は、その無難な振舞い方を十二分に承知していたのだった。

沖田総司というとすべて、『性格は至って明るく冗談ばかり言って人を笑わせ、壬生寺の境内で子どもたちとよく遊んでいた』とされてしまう。それが沖田総司そのものとして、紹介されるようである。

恐らく『新選組始末記』の八木為三郎老人の話から、そのような沖田総司が作り上げられてしまったのだろう。だが、八木老人がまだ子どもだったときの目に、そうした印象として映じたのに違いない。

つまり、八木老人が子どもの頃に見たのは、沖田総司のもう一つの顔だったと言っていいだろう。ほかにも沖田総司をよく笑う男と評している人は少なくないが、それらもやはり総司の人前での顔だけを見て、判断を下しているのである。

沖田総司が新選組で活躍当時、根っから明るくて笑ってばかりいたとしたら、それは狂人と変らないのだ。総司は、大勢の人間を斬っている。人を斬るということは、現代人が考えるほど単純なものではない。

敵討ち、切腹人の介錯、処刑、公認された試合など正当な理由があってこそ、人を斬ることによる精神的動揺は、ある程度抑制できたのであった。武芸者が精神修養に重きを置いた原因も、一つにはそういうことに対処するためだった。

千葉周作という剣豪でさえ、武州で浪人を手にかけた際に二日間、酒びたりで過したことがある。清水次郎長も晩年には、人を斬った記憶に悩まされて、生魚の料理は一切口にできなかったという。

沖田総司も短期間に、多くの人を斬っている。それも暗殺とか、殆ど無抵抗の相手を斬るとかいうことが多かった。近藤勇の命令、新選組の使命という大義名分があっても、直接手にかける総司に何の影響も与えないはずはないのである。

そうした沖田総司が普段はケロッとしていて、心から陽気になれたり楽しく子どもたちと遊んでいられたりしたならば、人間失格の精神異常者か知能ゼロの男ということになる。だが、総司は狂人でもないし、痴呆でもなかった。

当然、総司なりの心の屈折があった。自己に忠実であるときの顔と、それを隠蔽しようとする別の顔と、二つの顔が心の屈折によって生じていたのにすぎない。むしろ冗談を言ったり子どもたちと遊んだりする陽気な総司は、陰鬱な自分を隠すための仮面だったと言える。

総司は、その仮面というべき笑顔で、並んですわった山南敬助と土方歳三を見やった。山南敬助と土方歳三の顔には、寝不足の憔悴が見られた。昨夜から近藤勇をまじえての三者会談が続いているとは、総司も聞いて知っていた。

「工合は、いかがかな」

山南敬助が、妙に改まった口調で言った。表情も、固かった。多分、三者会談で近藤・土方対山南と、意見が分れたのに違いない。そうなれば当然、山南敬助の意見は通らなかったわけである。

「お蔭さまで、明日には床を離れることができると思います」

総司は、屈託なく笑った。

「それは、よかったな」

土方歳三が、満足そうに頷いた。もともと土方という美男子は仏頂面をしていることが多かったが、いまも笑顔を見せようとはしなかった。

「無理は、するなよ。すっかりよくなるまでは、十日でも二十日でも好きなだけ臥せっていたほうがよい」

山南敬助は、総司の額に手を置いた。

「昨夜から、お三方の談合が続けられたそうですね」

話題を変えるように、沖田総司はそのことを持ち出した。

「うむ」

山南敬助が、土方歳三のほうをチラリと見やった。だが、土方歳三は、知らん顔でいる。何となく、気まずい空気になった。二人の仲がしっくりいかなくなったようだと、沖田総司は思った。

江戸の試衛館時代も、うまくいっていたとは言えない二人だった。山南敬助と土方歳三には、そもそも肌が合わないという人柄の相違があったのだ。それがいま新選組という複雑な機構の中にあって、深刻で露骨な対立へと発展しつつあるのかもしれない。

「何か、重大な問題があるのですか」

総司は訊いた。

「実は、野口助勤のことでな」

「野口健司を助勤筆頭に加えたいという近藤局長のご意見で、土方副長はそれに賛同し、わしは反対に回った。結論を出すのに、先刻までかかってしまった」

土方歳三と山南敬助が、競い合うように口を揃えて言った。

二

新見錦は、切腹。

芹沢鴨、平山五郎は暗殺。

平間重助は、逃亡。

そうした形で、芹沢一派は粛清された。新選組は完全に、近藤体制となった。

新選組局長　近藤勇。

同じく総長　山南敬助。

同じく副長　土方歳三。

副長助勤筆頭　沖田総司。

最高幹部のポストは、以上のように決ったのである。ほかに、助勤たちが幹部としているわけだった。総長というポストは、局長代行あるいは局長補佐を役目としている。しかし、本来ならば副長というものが、局長代行、局長補佐のはずであった。

総長というポストは、余計な飾りものという感じがする。むしろ、副長を二名にしたほうが、すっきりするだろう。現にこれまでは芹沢局長筆頭の下に、局長二名、副長二名がいたのである。

だが、それは派閥の均衡人事であり、芹沢派粛清が成ったいまはその必要もない。それよりも、局長、総長、副長と最高幹部の階級をはっきりさせたほうが、新選組内外への対処に何かと好都合である。

局長は文句なく、近藤勇であった。次の総長には山南、土方のいずれを持って来るか。山南のほうが、土方よりも年長である。それに試衛館での序列も、山南のほうが上であった。

まず穏当なやり方として、山南敬助を総長とした。そうなれば、土方歳三が副長と決る。試衛館の序列では、沖田総司のほうが山南敬助よりも上であった。しかし、総司ははるかに、若年ということになる。

そこで、沖田総司は助勤たちの最高ポストである助勤筆頭に任ずる、という近藤人事になったわけだった。だが、ここに一つだけ、問題が残っていた。それは粛清された芹沢派の幹部がただひとり、未だに存在しているということだったのである。

野口健司であった。野口健司は、暗殺を免れた。逃亡もしなかった。助勤のひとりとして、健在だったのだ。野口健司にしてみれば、迷惑この上もないことであった。芹沢たちと一緒に暗殺されてしまったほうが、ずっと気楽だったのに違いない。

偶然が重なって、たまたまひとり取り残されたのであった。可能であるならば、逃げ出したかった。しかし、脱走すれば捕えられて、切腹を強いられる。そう思うと、脱走の決意も鈍りがちであった。

この野口健司の処遇について、近藤勇が意外なことを提案したのである。野口健司を、助勤筆頭に任命しようという提案であった。助勤筆頭を二名に増やして、沖田総司と野口健司を同列に置くというわけなのだ。

「それに山南さんは、反対されたのですか」

総司は山南敬助に、悪戯(いたずら)っぽく笑いかけた。掛け蒲団の下にある総司の右手は、青銅の懐中鏡を握っていた。

「そうだ」

山南敬助は、苦虫をかみつぶしたような顔をしていた。

「なぜ、反対されたのです」

総司は訊いた。

「近藤局長のそのなされ方が、あまりにも見えすいておるからだ」

山南敬助は憮然(ぶぜん)たる面持で、真白な障子に目を向けた。

「見えすいていようと、構わないではありませんか」

怒ったような顔で、土方歳三が口をはさんだ。

「構わなくはないな、土方さん」

山南敬助が、土方歳三のほうへ向き直った。

「どうしてです」

土方歳三も、受けて立つという姿勢を示した。

「芹沢さん一派を新選組内から消し去ったのは何者か、一般隊士はもちろんのこと世間までがとっくに承知しておるのだ」

山南敬助が言った。

「さようでしょうな」

と、土方歳三は、鼻先で笑った。

「ところが近藤局長としては、そうした世間の風評を何とか打ち消したいと気遣っておられる」

「当然です」

「そこで思いつかれたのが、野口健司の処遇問題ということになる。野口健司を、助勤筆頭という高い地位につけることによって、世間の見方を変えさせようという策だ」

「芹沢さん一派のひとりだった野口健司を、生れ変った新選組の重役に加える。そうと知れば、世間も近藤局長以下われわれに対する認識を変えるでしょう」

「そんな馬鹿な……」

「馬鹿なとは……？」

「甘い」

「ほほう」

「姑息な手段というより、まるで子ども騙しの策だ」

「つまり、見えすいているというわけでしょう」

「その通りだ」

「見えすいていようと、世間に通用しまいと構わないのですよ。内外の認識を変えさせようと、われわれが努力していると、そのように受け取ってもらえれば、それでもう目的を果したことになります」

「土方さん、われわれは努力というものをしておるだろうか」

「していますよ」

「野口健司を、助勤筆頭にする。まったく、お手軽なことではないか。それを努力と、称するのかね」

「努力でいけなければ、姿勢でも結構です。われわれが、そのように配慮している。それでも、いいと思いますがね」

「見えすいたことをする。幼いことを、考えつくものだ。今更、子ども騙しの策を用いてと、世間から蔑まれるだけではないか。近藤局長も軽率なことをされるものだと、悪評を買うだけだ」

「総長、見解の相違です」

「更に重大なのは、野口健司がその話に応ずるか否かだ」

「野口健司が助勤筆頭となることを、断わるとでも言われるのですか」

「さよう」

「まさか……」

「近藤局長のほうから誘いをかけて、野口健司がそれに応じなかったとしたら……。局長以下われわれの面目は立たなくなり、世間のもの笑いとなるだろう」

「野口健司が、助勤筆頭を辞退するなど、到底考えられません」

「いや、考えられることだ」

「あり得ませんよ」

「あり得る」

「それもまた、見解の相違でしょうな」

「野口健司も、水戸脱藩の武士だ。武士の魂を腐らせておらなければ、芹沢さんや新見さんの死を忘れて甘い誘いに走るはずがない。そうではないだろうか、土方副長」

山南敬助が、鋭い口調で言った。土方歳三は、黙っていた。不快そうな顔をしている。武士、武士の魂といったことを強調されると、土方歳三は露骨にいやな顔をして見せるのであった。最近、そうなったのである。その点、土方歳三は近藤勇に、倣っているような気がしてならなかった。試衛館時代の近藤勇、土方歳三にはそうしたところがまったくなかったと、総司はふと過去を振り返っていた。

山南敬助と土方歳三は、再びやりとりを始めていた。病人のところへ来て、一晩がかりで交わした激論を、また蒸し返しているのである。それくらい感情的対立が激しいのだと思っただけで、総司はもう二人の議論に耳を傾けようとはしなかった。

試衛館時代は、もっとのんびりしていた。と、総司は目を閉じて、回想の世界に沈んだ。心服していた近藤勇、愉快な仲間たち、稼ぎまくった出稽古、屈託のない日々——と、思わず微笑みたくなるような過去に総司は引き戻されていた。

江戸は小石川小日向柳町に、試衛館道場はあった。芋道場と言われたくらいで、小さく粗末な建物だった。だが、何となく活気に満ちていて、和気藹々とした雰囲気であった。若者の巣、という感じだった。

道場主の近藤周助は一年の半分を、多摩地方への出稽古に費やして稼ぎ回り、試衛館を維持していたのである。近藤周助は老いて周斎と号し、文久元年八月に養子の近藤勇に四代目を譲って隠居した。

試衛館に住みついていたのは、九歳のときから内弟子だった総司と、食客の形でいた山南敬助だった。その後、土方歳三、原田左之助、藤堂平助、井上源三郎、永倉新八などが加わった。

近藤勇は牛込二十騎町に居を構えていて、小日向柳町の試衛館へ通って来ていた。試衛館の一般門弟は六十人たらずで、その稽古料だけではとてもやってゆけなかった。それで養父譲りの多摩地方への出稽古に、近藤勇は出かけて行く。

この出稽古には、沖田総司も土方歳三も行っている。出稽古は大変な稼ぎになり、試衛館維持の財源になっていた。近藤勇も、気さくに稼いで回ったものである。その留守中、試衛館を預かるのは総司であり、山南敬助であった。

それぞれが何となく助け合い、試衛館道場を守り立てていたのだった。恵まれた環境ではなかっただけに、一同の気持がうまく結ばれていたのかもしれない。生きている張り、というものがあった。

試衛館道場の稽古は、荒っぽいことで知られていた。特に総司の稽古は厳しく、容赦なく打ち込まれることから尻込みをする門弟も少なくなかった。だが、稽古が終れば、無邪気なものだった。

思い思いの恰好で、道場のそこここに円陣を作り、飽くことなく語り合った。素朴な夢を披瀝したり、一国一城の主になるという野心を面白半分に語ったりした。剣について、武士道についても、よく喋った。

一方では、男子の生き方に関して、真剣に議論している者もいた。また国論を弁じたり、憂国の心を明らかにしたり、黒船焼き打ちとか攘夷決起とか過激論をぶったりで、口角泡を飛ばすことも少なくなかった。

武道に打ち込む若者たちの熱っぽさがむんむんしていたし、同じ憂国論にしても底抜けに明るかった。国のために行動を起しながら、自分のためにも一旗揚げようといった夢を持つ連中が多かったのかもしれない。

いずれにせよ、野次馬としての気楽さがあった。現実に中央進出というようなことにならなければ、人間はむしろ万事に鷹揚でいられるものなのだ。浪人としての、おおらかさが楽しかった。

酒を飲む者もいた。だが、贅沢は言えなかった。総司もその仲間に加わったこともあったが、徳利の冷や酒を茶碗に注いで飲むのである。肴はいつも、大鉢に盛ったタクアンと決っていた。

それだけで、誰もが満足していた。タクアンを、メリケン刺身などと称して、大笑いしながら飲んだものだった。干し魚が出たりすると、酒を飲まずに肴だけを最初に平らげてしまうのであった。

一度、近藤勇が幕府講武所の剣術教授方に、迎えられるという話になったことがある。近藤勇の売り込みもあって、推薦者がその気になったのだ。話はうまく運んで、採用が決りかけた。講武所の教授方とは凄いと、一同揃って大喜びだった。だが、最後の段階で、採用は取りやめになった。その理由は近藤勇が武家の生れではなく、百姓の出だからということであった。

喜んだ連中は、意気消沈した。しかし、当の近藤勇だけが、気にもとめていなかった。武家の生れでないということが、何かの形で引っかかるに違いないと、近藤勇は予測していたのである。

「いつの日か、向うから頭を下げて頼みに来るさ」

と、近藤勇は失望したふうもなく、笑っていたのであった。

土方歳三も、単純に如才のない男だった。美男子のせいか、気どっているように見えた。取り澄ましている商人肌の男だと、土方歳三を敬遠する者もいた。確かに小才が利く男という感じであった。

だから、土方歳三と肝胆相照らす仲になる者は、殆どいなかった。しかし、この頃の土方歳三には少なくとも、格式張るというところはなかった。やはり人間らしい生臭さを持っていたし、いい人だなと総司も思っていたのである。

文久元年十月――と、総司は忘れることのできない過去の記憶にぶつかっていた。総司は夜具の中で、青銅の懐中鏡を強く握りしめていた。思い出したくはないのに、常に探っている記憶であった。

近藤勇が天然理心流四代目を継いで、その披露のための奉納野試合も無事に終った二カ月後のことである。沖田総司は、まだ十八歳であった。上弦の月が明るい晩だったと、はっきり記憶している。

その夜、総司は牛込二十騎町の近藤勇の自宅を訪れて暮れ六ツすぎに、小石川小日向柳町の試衛館へ帰ることにしたのだった。

三

近藤勇のところで、夕飯を馳走(ちそう)になった。食べ終ってすぐ、総司は試衛館に戻ることにした。いわば、食い逃げであった。急ぐ必要はなかったが、総司としては何となく居辛かったのである。

前年の万延元年に、近藤勇はツネという妻を迎えている。二十騎町の家には、まだ新世帯の余韻が残っていた。それに近藤勇とツネを並べて見ていると、総司のほうが照れ臭くなってしまうのだった。

近藤勇も妙に威厳を示したりして、不自然であった。ツネのほうにも、無意識のうちに恥じらいがある。近藤ひとりに接しているときとは、まるで勝手が違う。くどいほどツネにすすめられたので夕飯は付き合ったが、総司はもう早々に引き揚げることばかりを考えていたのだった。

まだ満月までには間があるが、上弦の月が明るく地上を照らしていた。菊の花が満開となり、蔦(つた)が紅葉する時期であった。そろそろ初霜を見るだろうが、あまり寒さは感じられない夜である。

総司は、美しい月光を楽しみながら、ゆっくりと歩いた。酒井若狭守(わかさのかみ)の上屋敷の西側に御先手組の組屋敷があり、その前を通りすぎると済松寺の広い境内がある。道は済松寺に沿って、緩やかなカーブを描いていた。

視界が、開けた。左手に、広大な空間がある。見渡す限り、田圃(たんぼ)なのであった。月の光を浴びて、広い田圃が銀色の原野のように見えた。田圃のはるか彼方(かなた)に、丘陵のような部分が黒々と見えている。

関口水道町、音羽町、桜木町、それに目白不動、目白台などがある一帯だった。田圃の中を関口水道町へ、道が一直線に貫いている。ほかに半円を描いた道が田圃の中を抜けて、西古川町へ通じている。

そこに至るまでは、町の灯が恋しくなるような田園地帯であった。西古川町をすぎて、牛込水道町と小日向水道町の間を通り、江戸川沿いに行くことになるのである。田圃を貫いている道には、人の気配などまったくなかった。

日暮れと同時に、人の往来は途絶えてしまう。闇夜であれば、提燈（ちょうちん）があっても心細い。明りというものは、遠くに点在するだけで、まったくないのである。田圃の畦道（あぜみち）に、毛が生えたような道だった。

しかし、今夜は空に、明るい月があった。青白い月光が地上に、総司の濃い影を落していた。広い田圃の真中を通り抜けるのは、心地のよいものである。総司は、散策する足どりで歩いた。

ふと前方に、黒いものが浮び上がった。月夜でも一応、提燈をつけている。駕籠（かご）だなと、総司は思った。長細い提燈に『駕籠辰』と、字が読めた。辻駕籠ではなく、宿駕籠であった。

あまり、急いではいなかった。畦道に毛が生えたような道では、飛ばしたくてもそうはできないのである。総司との距離が縮まり、駕籠舁（かごかき）は慌てて速度を落した。総司は、足をとめた。

駕籠は道幅いっぱいを占めていて、避けようがなかった。よけるとするならば、稲刈りのすんだ田圃へ降りるほかはない。どうしたらいいのかと、総司は迷っていた。舁夫（よふ）も困惑して、駕籠を停めた。

「いかが致した」

駕籠の中から、若々しい男の声が聞えた。武士の言葉遣いであった。

「へい……」

舁夫が、総司の顔色を窺(うかが)った。相手は、二本差しである。駕籠舁もどいてくれなどと、荒っぽい言葉はかけられないのであった。

「いかが致したかと、申しておるのに……」

駕籠の垂れを押しのけて、若い武士が身を乗り出すようにした。若い武士は胡散(うさん)臭そうに、総司を見やった。

「急いでおるのだ。道をあけてもらいたい」

若い武士が言った。相手を浪人と見て、高飛車な言い方をしたのに違いない。

「ほほう……」

月の光を浴びて、青白くなった総司の顔が一瞬、硬(こわ)ばったようだった。若い武士の命令口調が、総司の胸に突き刺さったのである。そういう出方をされるからには、進んで道を譲ることはないと総司は思った。

「道をあけるのだ!」

癇癖(かんぺき)な性分らしく、若い武士はいきなり声を張り上げた。

「道を譲れと申されるなら、それなりの礼というものがあるでしょう」

総司は、そう言い返した。口調は、穏やかであった。

「これ、駕籠屋。構わぬから、このまま罷り通れ」

若い武士は、駕籠舁に声をかけた。だが、舁夫のほうにしてみれば、そのようなことができるはずはなかった。

「この道は本来、駕籠が通るところではないのです」

総司が言った。

「急いでおると、申しただろう。近道をするのは、当り前ではないか！」

若い武士が、怒声を発した。袴に三ツ紋付きの羽織、髷は剃下げ銀杏に結っていた。いずれかの、藩士であった。

「急がば回れと、申すでしょう」

「己れ、そこをのかぬつもりか」

「ご貴殿のように偉そうな口をきかれたのでは、意地というものが承知できなくなりますね」

「小癪な……。姓名を名乗れ！」

「小石川小日向柳町の試衛館道場の、沖田総司という者です」

「試衛館道場……？　聞いたことのない道場だ」

「いささか、天然理心流の心得があります」

「拙者は長州藩士、御近習役を勤める宮川亀太郎。斎藤弥九郎先生の練兵館道場で、神道無念流を学んでおる」

「それは、結構ですね」

「立ち会うか」

「お望みであれば……」

「よし、この決着は真剣による立会いで、つけようではないか。但し、いまはそれだけの暇がない。急ぎ桜田御門外の、御上屋敷へ戻らねばならぬところなのだ。立会いは、後日に譲ろう」

「後日とは、いつのことですか」

「三日後がよい」

「場所は……？」

「御持筒組組屋敷の脇にある切支丹坂を、存じておるだろう」

「ええ」

「その切支丹坂の途中に、小日向八幡宮がある」

「知っておりますよ」

「小日向八幡宮の境内にて待て」

「三日後ですね」

「日暮れてからでないと、身体はあけられぬ。三日後は、いまよりも明るい月夜のはずだ。時刻は、六ツ半と致そう」

「承知致しました。この約定を、違えずに……」

「武士が立会いの約定を、反故にするはずはない」

「では、そのときまで預けましょう」

「今宵はとにかく、道をあけてもらおう」

「よろしい」

総司は身軽く、乾いた田圃へ飛び降りた。その目の前を、駕籠が通りすぎて行った。すでに垂れがおろしてあって、若い武士の姿は見えなかった。総司は月光の中を、遠ざかる駕籠を見送った。

長州藩士、宮川亀太郎。年齢は二十三、四に見えた。御近習役だという。斎藤弥九郎の練兵館道場に通い、神道無念流の腕に自信があるようだった。主君の長州藩主は、毛利慶親であった。

三十六万九千石の外様大藩として、毛利家も幕府から松平姓を押しつけられていた。従って公称としては毛利姓を用いずに、慶親も松平大膳大夫ということになっていた。この松平大膳大夫は藩政刷新に心がけて、江戸上屋敷内に文武修行の『有備館』を、国許（くにもと）の萩には『明倫館』を興したりした。

宮川亀太郎は、そうした松平大膳大夫の御近習役だったのだ。松平大膳大夫の上屋敷は、桜田御門外と日比谷御門外の中間にあった。宮川亀太郎もそうだが、斎藤弥九郎の練兵館道場に学ぶ長州藩士は非常に多かった。高杉晋作、桂小五郎、品川弥二郎などの長州藩士も、斎藤弥九郎門下だったのである。

三日後の夜は、月の光が一段と明るくなっていた。総司は、切支丹坂の小日向八幡へ向った。相手は練兵館道場の神道無念流、聞いたことがないと言われた試衛館天然理心流としての意地があった。

道を譲ったのも、立会いの約束ができたからである。そうでなければ、若年の浪人と見て取った傲慢（ごうまん）無礼な言動を、許すわけにはいかなかったのだ。あれもこれも、武士の意地を賭（か）けての私闘ということになる。

しかし、総司には真剣で勝負する、という実感が湧（わ）かなかった。それは総司にまだ、真剣勝負や人を斬った経験がなかったからに違いない。多分、勝敗が決しないうちに、仲直りをすることになるのではないかと、総司は思っていたのである。

左手に多くの旗本屋敷、右側に並ぶ寺院を見て西へ向うと、小日向水道町へ出る。小日向水道町の北側に、三本の坂があった。大日坂、服部坂、それに切支丹坂だった。御持筒組の組屋敷にはさまれた切支丹坂へはいって間もなく、左側に鳥居のあるのが小日向八幡宮であった。

無人の境内は明るく、月のある夜空が冴え渡っている。総司は深い茂みを背にして、鳥居を潜って来る人影を待ち受けた。だが、いつまで待っても、宮川亀太郎は姿を現わさなかった。

それこそ武士の一言であり、ましてや立会いの約束をすっぽかすはずはない。あるいは何やら、策を弄するつもりなのかもしれなかった。そのための遅刻ではないかと、総司は疑い始めていた。

一時間がすぎた。五ツ、午後八時になろうとしていた。総司は腕を組み、目を閉じたまま立っていた。その総司が、目を開いた。微かな、葉ずれの音を耳にしたのである。同時に、人の気配を感じ取っていた。

背後の茂みの中だと判断を下したとき、総司は身の危険を考えていた。茂みの中から不意を衝いて、攻撃して来る可能性を総司は念頭に置いたのだった。こういう場合は、咄嗟の決断力が必要であった。

総司は腰を落して、刀の柄に手をかけた。腰をひねって、抜刀する。刀は水平に、後ろへ円を描く。抜き打ちであった。しかし、その瞬間に総司は狼狽し、慌てて刀の動きを止めようとしていた。

「もし……」

と、抜刀したのと同時に、茂みの中から女の声がかかったためである。違う、女だ、宮川亀太郎ではない、と気づいて何とか刀を引き戻そうとしたのであった。だが、間に合うはずもなかった。

「ああ……！」

茂みの幹や枝を断ち切る音とともに、女の悲鳴が甲高く響いた。総司は夢中で、茂みのほうに向き直った。茂みの中から若い娘が乗り出して来て、地上へ前のめりに倒れ込んだ。武家の娘と、一目でわかった。

総司は刀を鞘に納めると、駆け寄って武家娘を抱き起した。帯の下、右の脇腹のあたりが、噴き出した血で濡れていた。思い留まろうとしたことが幾らか作用したらしく、脇腹を深々と断ち割った傷にはなっていなかった。

「沖田さまでございますか」

総司の腕の中で、震えながら武家娘が言った。

「あなたは……？」

総司は娘の傷口に手を宛がったが、とても被いきれるものではなかった。

「長州藩士、宮川亀太郎さまから御伝言を、頼まれた者にございます」

武家娘は、苦しそうに喘ぎながら、目を閉じた。十六、七の娘であった。

「お住まいは、この近くですか」

総司は訊いた。夜道を女ひとり、遠くから来るはずはないと思ったからである。

「はい」

「どちらです。一刻も早く、手当をしなければいけない。背負って行きますから……」

「その前に、御伝言を……」

「いや、あとに致しましょう」

「いいえ、申し上げます。宮川亀太郎さまは急な御下命により、本日お国表の長州へ出立なされました。それで立会いの約束は、後日に果したいとのことでございました」

「かたじけない。よく、わかりました。さあ、これへ……」

総司は背を向けると、娘の両手を取って引っ張り上げるようにした。

「恐れ入ります」

娘は総司の背中に身体を預けて、そのままぐったりとなった。

「お住まいは……?」

総司は、立ち上がった。

「わたくしは、大久保帯刀の縁者でございまして、千鶴と申します」

娘が、総司の背中で言った。大久保帯刀という旗本の屋敷なら、すぐそこの本方寺の向い側にある。総司は、足早に歩き出した。血を流す娘を背負った若い総司の姿が、月光の中で幻想的な感じに見えたのであった。

四

山南敬助と土方歳三は、やり合うだけやり合ったあと、それぞれ隊士に呼ばれて総司の部屋を出て行った。

再び総司は、ひとりだけになった。総司は寝たままで長い間、回想に耽っていた。いつの間にか、障子に赤味が射していた。日が西に、傾いたらしい。総司は青銅の懐中鏡に、顔を映してみた。

宮川亀太郎という長州藩士は、いま頃、どこでどうしているだろうか。と、総司は懐中鏡に、語りかけていた。その後、宮川亀太郎とは再会していないのである。あのとき君命を受けて急遽、宮川亀太郎は国表の長州へ向い、それっきりになっていたのだ。

文久三年に、総司は京へ上った。入れ違いに、宮川亀太郎が江戸へ戻ったということも考えられる。いずれにしても、宮川亀太郎との再会のメドはついていなかった。もし宮川亀太郎に会ったら、総司には正直に打ち明けたいことがあったのだ。

千鶴は、百三十石取りの旗本大久保帯刀の妻の遠縁に当り、遠州掛川藩士の娘だったのである。また大久保帯刀の妹の嫁ぎ先が、宮川亀太郎の親戚筋ということであった。そうした縁で宮川亀太郎は在府中、よく大久保帯刀の屋敷へ出入りをしていたのだ。

田圃の中の一本道で、総司は初めて駕籠に乗った宮川亀太郎と出合った。あのときの宮川亀太郎も、大久保帯刀の屋敷を訪れての帰り道だったのである。千鶴はその宮川亀太郎の、許婚ということであった。

大久保帯刀の屋敷に出入りしているうちに、宮川亀太郎と千鶴を娶せようという話がまとまったのだ。どこにも異論はなく、宮川亀太郎が長州藩主の認可をもらって、千鶴との婚約が成り立ったのだ。

藩主の命令を受けて急に長州へ向うことになった宮川亀太郎は、大久保帯刀の屋敷にいる千鶴の許へ使いの者を走らせた。その使いの者が千鶴のところに到着したのは、すでに総司が小日向八幡宮で宮川亀太郎を待ち受けていた時刻であった。

千鶴は宮川亀太郎からの手紙に、目を通した。用件のほかに、大久保帯刀たちを心配させたくないので、人知れず小日向八幡宮へ行くようにと書き添えてあった。それで千鶴は八幡宮の鳥居を避けて、茂みの中を境内の奥へと迂回したのである。

宮川亀太郎の指示に忠実だった千鶴は、すべてを隠そうとした。総司によって大久保帯刀の屋敷へ運ばれた千鶴は、みずから事情を説明した。総司には、喋らせなかった。もちろん、千鶴の弁解は出鱈目だった。

「服部坂の四つ辻で、いきなり斬りつけられたのでございます」

千鶴は、大久保帯刀とその妻に、そう言ったのである。

「何者じゃ」

大久保帯刀が訊いた。

「人相風体を隠しておりましたので、見定めることは叶いませんでした。浪人ふうの者にございました」

「辻斬りは、いまどき流行らぬからな。追剝の類いか」

「そこへ丁度、こちらの沖田さまが参られましたので、賊は慌てて姿を消したのでございます」

「その上、当家までお届け下さって、まことにかたじけない」

大久保帯刀は、総司に礼を述べる始末だった。総司はただ恐縮し、戸惑うばかりであった。

すぐに医者が呼ばれて、手当を施したが、千鶴の傷は決して浅くはなかった。その後、千鶴は寝たっきりの日々を過した。総司は十日に一度の割で、大久保帯刀の屋敷へ見舞に立ち寄った。

　千鶴の容体は、一進一退であった。快方に向う様子は、まったく見られなかった。血を多量に流しているし、そのための衰弱が容易に恢復しなかったのだ。それに傷口が、なかなか塞がらなかった。

　文久元年が暮れて、文久二年を迎えた。傷の跡の肉が盛り上がらないばかりか、化膿したという話を聞かされたのは二月にはいって間もなくのことであった。千鶴は、高熱を発した。

「いつもいつも、お見舞を頂いて、ありがたく存じております」

　千鶴は憔悴しきった顔に、あどけない笑みを浮べた。

「とんでもありません」

　総司は、激しく首を振った。礼を言われては、皮肉に感じられるだけであった。だが、千鶴には奉公人が付き添っているし、大久保帯刀の妻も同室していた。事実を口にすることも、総司にはできなかった。

「お礼の品というわけではございませぬが、どうぞこれをお持ち帰り下さいませ」

　千鶴が枯れ枝のように痩せ細った腕を伸ばして、朱色の房ヒモがついた青銅の懐中鏡を差し出した。それを見て、総司はハッとなった。娘が懐中鏡をやたらに、男へ贈ったりするものではなかった。

ましてや、千鶴には許婚がいるのである。従って、千鶴には何らかの思惑があるものと、解釈しなければならなかった。千鶴はさりげなく、目で笑っている。総司には、その謎が解けていた。

もし今後、宮川亀太郎と再会した場合、真剣勝負などしてくれるなと、千鶴は言っているのである。そのときは、千鶴の懐中鏡を中にして、穏やかに話し合って欲しいという謎かけなのであった。

つまり、千鶴は自分の命があまり長くないことを、知っているのだ。死の訪れは誰よりも、当人がいちばんよくわかることであった。総司がハッとなったのは、千鶴の死を予測したためだった。

「頂いておきましょう」

目を伏せて総司は、青銅の懐中鏡を受け取った。

千鶴がこの世を去ったのは、それから五日後のことであった。食べるものがまったく喉を通らなくなり、それに加えての高熱で、心の臓が弱りきってしまったのだ。折から庭の紅梅が、満開だったという。

「いい匂い……」

そう呟いたあと、千鶴は眠るが如く息を引き取ったということであった。

千鶴の死によるショックは、現在もまだ総司の胸の中で尾を引いていた。何よりも深く総司の心を抉ったのは、初めて手にかけたのが女であったということだった。斬り殺したわけではないが、結果的には同じことなのである。

生れて初めて真剣によって、生きている人間を手にかけた。ところが、それが女だった。たとえ過失による事故だったにしろ、剣士としてこれほど不運なことはなかった。せめて千鶴が恨んでくれていたら、まだ幾分かでも救われたかもしれない。

しかし、千鶴は恨むどころか、総司を庇い通した上で、笑って死んでいったのである。千鶴の心は今後、宮川亀太郎と総司が出合ったときのことに、走っていたのだった。総司にとっては、何から何まで苦しいことばかりであった。

新選組の沖田総司になってから、幾多の生命を奪って来た。総司はむしろ冷然と、男たちを斬り殺した。そうすることによって総司は無意識のうちに、最初に女を手にかけたという負い目、心の傷を埋めようとしたのではなかったか。

同時に総司は、千鶴の女らしい寛容さに、人を斬ることの空しさを訴えたかったのではなかったか。総司が人を斬ったあと、千鶴の青銅の懐中鏡を取り出して虚ろな目で報告を繰り返すのは、そのためだったのである。

沖田総司は、起き上がった。障子が、オレンジ色に染まっていた。総司は改めて、青銅の懐中鏡を眺めやった。紅梅の散る中で微笑している千鶴の顔が、ついこの間のことのように脳裡(のうり)に浮んで来る。

「しばらくは、人を斬りたくない」

沖田総司は懐中鏡に、そう話しかけた。鏡の中に、総司の表情のない顔があった。回想は、途切れた。総司の目の前に横たわっているのは、今後の乾ききった現実というものだったのである。

文久三年も、十二月にはいった。将軍上洛の日が近づきつつあるので、壬生屯所内も何かと慌しかった。そんなある日、総司は山南敬助に裏庭へ出ようと誘われた。例の密談の場所となっている納屋の蔭(かげ)へ、二人は足を運んだ。

「やはり、わしの思った通りだった」

山南敬助は珍しく、嬉しそうに目を輝かしていた。

「何がですか」

いつものように、総司は納屋の板壁に凭(もた)れかかった。

「野口健司の一件だ」

山南敬助もいつもと変らずで、総司の前にしゃがみ込んだ。新選組の総長という地位に、山南敬助はまったくこだわっていないのである。

「野口さんが、助勤筆頭に任ずるの話を、蹴ったということですね」

総司は、人前で見せる無邪気な顔になっていた。

「今朝から、近藤局長、土方副長、それにわしの三人が立ち会っての、最後の話し合いが行われた」

「野口さんとの、話し合いですね」

「そうだ」

「最後の話し合いだったのですか」

「これまでにも四度、話し合いが行われておる。野口健司はその度に、明確な返答をせずに逃げておった」

「前回では野口さんが、その話を蹴ったと聞きましたが……」

「助勤筆頭を任じられても、お引き受けするつもりはないと、そのようなことを匂わせたのに留まったのだ。ところが、今日の場合は違っておったぞ」

「明確な返答を、野口さんはしたのですね」

「はっきり、断わった。頑として拒むという態度を、蒼白な顔になりながら示したのだ。近藤局長はむっつりと黙り込み、土方副長は困り果てたという面持だった」

「山南さんは……？」

「胸のうちで、快哉を叫んでやったよ」

「野口さんは、どのような言い方をされたのですか」

「わたくしも武士だ。芹沢先生、新見先生をはじめとする同志たちの死を無にして、なおかつ立身出世を望むが如き裏切者にはなりたくない……」

「ずいぶんと、はっきり言いましたね」

「武士として、潔しとせず。それは誰の目にも、明らかなことだ。その潔しとせずを承知の上で、助勤筆頭に任ずると申されるのは、士道に背くことではあるまいか……」

「手厳しいな」

「それで、話し合いは終った」

「野口さんは、どうなるのですか」

「決っているだろう」

「切腹……？」

「よくて、そうだろう」

「しかし、いかなる罪状をもって、切腹を申し付けることになるのですか」

「一旦は、助勤筆頭に任命しようとしたのだ。まさか以前の古傷をほじくり返して、処断するわけにはゆくまい」

「そうでしょう」

「しかし、何かもっともらしい罪状を、探し出すことだろうな」

「何とか、ならないものですかね」

「無理だ。野口健司も、死は覚悟の上で、もの申したのだから……。しかし、野口健司は思っておった以上に、武士だったな」

「惜しいではないですか」

「いや、不運だったのだ。それだけは、いかんともし難い」

山南敬助は暗い眼差(まなざ)しになって、力なく首を振った。野口健司の死は、もはや逃れられない事実だった。総長の山南敬助でさえも、手に負えないことなのである。芹沢派のたったひとりの生き残り、野口健司の死もこれで決ったのであった。

十二月半ばに海路大坂へ将軍が向ったという連絡があり、新選組はそれを迎えて警固することになった。新選組は、大坂へ下った。だが、将軍の乗った翔鶴(しょうかく)丸は、いつまで待っても天保山沖に到着しなかった。

そのうちに、連絡が誤報だったということがわかった。正しくは十二月二十七日に江戸を出帆、二十八日に浦賀で一泊、二十九日に下田で一泊、翔鶴丸で将軍が大坂に到着するのは新年早々ということであった。

新選組は、京へ引き揚げて来た。そして十二月二十八日、野口健司の切腹ということになったのである。切腹の申し渡しを行なったのは、もちろん近藤勇であった。切腹を申し付ける罪状は、『局中法度書』の第一条『士道ニ背キマジキコト』に違反したということだった。

では、どのような形で、士道に背いたのだろうか。その第一点は、新選組の局長、総長、副長の命令に従わなかったことである。命令に服することも士道のうち、という解釈であった。

だが、第二点になると、いささか奇妙な感じであった。それは野口健司が、『私』という言葉を繰り返し用いたためと、極めつけているのだった。

五

山南敬助の話の中にもあったが、野口健司は近藤勇たちの前で『わたくし』なる言葉を何度も使ったのである。もともと近藤勇は、新選組幹部に『わたくし』という言葉を使うことを禁じていたのだ。

私という言葉を使わないのは、武士としての常識だと、近藤勇は戒めたのであった。例によって、近藤勇の形式的武士道論に基づいているのだ。ある意味では、私という言葉を使わないのが、確かに武士としての常識だったのである。

武士たる者は国に殉じ、主君に殉じなければならない。そのいずれにせよ、武士は死ぬまで御奉公の身である。御奉公の身であるからには、自己というものはないはずなのだ。滅私奉公ではないか。

即ち、公私のうち『私』は、自己のみを意味しているのであって、御奉公の身としてあるまじきことである。よって武士にとって、『私』という言葉は禁物なのだ。と、事実そうであって従来の武士は、『わたくし』という言葉を使わなかったのであった。

近藤勇は前々からその点を強調して『私』ではなく、『拙者』という言葉を用いさせたのである。ところが野口健司は、『私』を連発したのだった。土方歳三がその点を指摘し、近藤勇がそれを取り上げたのであった。

野口健司は新選組のために滅私奉公を誓ったはずなのに、局長以下の命令に従わず、武士の常識をも弁(わきま)えずに『自己』のみを主張した。『私』に生きるのは即ち、士道に背いたことになる。

以上のような主旨の切腹申し渡しがあって、野口健司は壬生屯所裏庭において自害したのである。この野口健司の切腹に際して、介錯人(かいしゃくにん)は副長助勤のひとり安藤早太郎が勤めた。最初は当然のことのように、総司に介錯人の依頼があった。

だが、総司は健康上の理由で、それを断わった。沖田総司が近藤勇の意志をはっきりと拒んだのは、あとにもこのときのこと一回だけであった。総司は、しばらく人は斬りたくないと青銅の懐中鏡に誓ったことを、忠実に守ったわけである。

その夜、野口健司の介錯をした安藤早太郎と、同じく助勤の尾形俊太郎、原田左之助、監察の島田魁、それに野村利三郎などから、総司は島原遊びに誘われた。別に、珍しいことではなかった。

当時の京大坂における志士たちの遊廓通いは凄まじいくらいで、このことに限っては勤王と佐幕の区別がなかった。明日をも知れぬ命ということから、一夜の夢を追い求めるのは自然の摂理というものだった。

若者はもちろんのこと、妻帯者も京大坂にあっては独身である。高給を受けている新選組隊士や、景気のいい脱藩者が紅燈の巷へ足を向けるのは、無理もないことだった。土方歳三が友人宛に出した手紙にも、女遊びの激しさが記してある。

それによると島原、祇園、北野、大坂新町、北之新地に馴染みの女が何人もいて、筆にては尽し難く——ということであった。新選組副長で美男子の土方歳三が、遊廓の女たちと多くの交流を持っていたことを端的に物語っている。

男たちというものは、何人か連れ立って遊廓へ足を向ける。そうした付き合いが、非常に重要視された時代だった。妻があろうとなかろうと、花柳界へ遊びに行くのが男の付き合いの重大な一要素となっていた。

それが江戸時代の男の気風というものであって、そうした付き合いを無視する者は軽蔑と嘲笑を買ったのである。総司にもこれまで何度か、誘いの声がかかっていた。だが、総司はまだ一度も、誘いに応じたことがなかった。

総司にしても、男である。女が嫌いだったわけではない。それに当時の二十歳の男子であれば、決して女遊びが早すぎるということはなかった。ただ何となく億劫で、そんな気にはなれなかったのである。

やはり人を斬ることによって滅入る気持を誤魔化したり、人前でのもう一つの顔を作ったりするのが面倒だったのだ。日々、孤独になる総司にしてみれば、ひとりでいるのがいちばん気楽だったのであった。

しかし、今夜はいつもと、事情が違っていた。野口健司が、切腹した当日の夜だった。総司も何となく気晴らしに酒を飲みたい、という心境になっていた。その上、野口健司の首を刎ねた安藤早太郎が、しつこく誘いかけたのであった。

「沖田さん、一つ付き合って下さい。拙者の心中を沖田さんなら、よくわかってくれるのではないですか」

安藤早太郎は、そのように言った。剛胆であり、人を食ったようなところがある男だった。いまも安藤早太郎は、さりげなくしている。だが、安藤早太郎の気持が、平静でないことは確かであった。

総司には、よくわかる。ただ切腹人の、介錯をするというのではないのだ。同じ屋根の下で寝起きし、同じ釜の飯を食って来た同志の首を斬り落すのである。その後味がどんなものかは、経験した者でなければわからなかった。

「よろしい。付き合いましょう」

総司は答えた。安藤早太郎への同情からも、総司は付き合う気になったのである。

「これは、珍しい。赤い雪が、降るかもしれぬ」

と、原田左之助が冷やかした。

「島原では拙者が、沖田さんの教授方を勤めさせて頂きます」

野村利三郎が言った。野村利三郎は総司と同じ二十歳であったが、女遊びの経験はすでに一人前だったのである。あとの二人は尾形俊太郎と、島田魁という豪傑揃(ぞろ)いであった。早速、五梃(ちょう)の駕籠が島原の遊廓へと、走ったのだった。

行った先は、馴染みの角屋(すみや)であった。まず女をまじえての、酒宴となった。総司は、酒には強かった。下戸(げこ)揃いの試衛館出身者の中では、よく飲んだほうでもあった。しかも今夜は、酔いたいという気持になっている。

総司はぐいぐいと、盃(さかずき)を干した。それに釣られてか、ほかの者も早いピッチで飲んだ。酔いが回るのも、早かった。原田左之助が、最初に座敷から消えた。敵娼の部屋へ、引き揚げたのである。

次に若い野村利三郎が、女にかかえられるようにして座敷を出て行った。続いて尾形俊太郎、そして島田魁が敵娼とともに消えた。残ったのは総司と、安藤早太郎であった。ほかに女が、二人だけだった。

「沖田さんがまだ女を知らんという話は、事実なのですか」

安藤早太郎が、青白くなった顔で言った。かなり飲んでいるはずだが、やはり酔えないのである。

「事実ですよ」

総司の顔も、青くなっていた。

「それは、怪しからんですな。男子の本分を蔑ろにするとは、何たることですか」

安藤早太郎は、無理に声を上げて笑った。

「何かと、忙しすぎたのでしょう」

他人事のように言って、総司は苦笑を浮べた。

「いや、そうではない。かつての沖田さんに、何かがあったのと違いますか」

安藤早太郎は、総司とみずからの盃に、なみなみと酒を注いだ。

「何かとは……？」

総司は一気に、盃の酒を飲み干した。

「つまり、心の傷ですな」

「よく、わかりませんね」

「女に対して、負い目を感ずるようなことですよ」

「それが、どうかしたのですか」

「女に負い目を感ずるようなことがあって、それが沖田さんの心の傷になった。そうしたことから男は、何となく女を遠ざけるようになる」

「なるほどね」

「そのために沖田さんは今日まで、男の本分を蔑ろにして来られたのではないですか」

「あるいは、そうかもしれません」

「そうでしょう。拙者はそう信じて、疑わなかったですよ」

安藤早太郎は笑いながら、洟をすすった。安藤早太郎は、泣いているようであった。単なる泣き上戸なのか、あるいは酒がはいったことで野口健司の介錯人としての苦悩が強まったかであった。

その安藤早太郎の指摘が、実は的を射ているのかもしれないと、総司は思っていた。千鶴を死なせたことが、すべての女に対する負い目になっている。それで無意識のうちに、女を避けるようになったのではないか。

「今宵は一つ、立派に男になって下さい」

安藤早太郎は、頬の涙を拭った。

「とにかく、飲もうではありませんか。野口さんの供養のためにも……」

総司は、安藤早太郎の肩をそっと叩いた。

「結構ですな。拙者は酔いつぶれるまで、飲みたいというのが正直な気持です」

「無理もないことですよ、安藤さん」

「沖田さん、辛いですね」

「安藤さんにその辛い役目を、肩替りさせてしまって、申し訳ないと思っております」

「何を申されるんです、沖田さん。たまには誰かと交替したいという沖田さんの気持はいま、誰よりもこの安藤によくわかっておることなのです」

安藤早太郎は立て続けに、盃をあけた。総司も、それに倣った。その二人の飲みっぷりを、女たちが所在なさそうに眺めやっていた。間もなく、総司の意識は鮮明度を失って、記憶も途切れたのであった。

気がつくと、総司は華やかな夜具の上にいた。羽織も袴も、つけていなかった。敵娼の部屋であることは、そのなまめかしさから察しがついた。目の前に、女の媚びるような笑顔があった。

額が、冷たくなっている。枕許に、水桶が置いてあった。女が濡れ手拭で、総司の頭を冷やしていたのだった。ほんの短い間、眠っただけのようである。それでも、かなり酔いが醒めていた。

「水をくれ」

総司は、起き上がった。

「へえ」

女が朱塗りの盃を、差し出すようにした。水を注いだ湯呑と、塩を盛った小皿が用意されていたのだった。総司は指先で塩を摘み、口の中へ入れた。だが、その塩を嚥み下そうとして、総司はひどく噎せた。

総司は、激しく咳込んだ。女が慌てて、総司の背中をさすった。何か喉に絡んだものが、こみ上げて来た。咳とともにそれが、口から吐き出された。白繻子の夜具の上に、紅梅が散ったようだった。

喀血とまではいかない。血痰であった。しかし、これまでとは違って、かなり量のある血痰だった。

「きゃあ……！」

と、女が悲鳴を上げた。女は転がるようにして総司から離れると、部屋の隅へ逃げた。血痰を吐いたことに余程、女は驚いたようであった。もしかすると女は、それが労咳(ろうがい)病みの症状だということを、知っていたのかもしれなかった。

「大仰(おおぎょう)に、騒ぎ立てるな」

総司は女に、鋭い視線を向けた。女は恐怖の表情で、総司と血痰を交互に見やっていた。総司はなぜか、腹立たしくなった。

「いまから、引き揚げる。駕籠の用意を、急いで頼む」

総司は、女に言った。

「へ、へえ」

女は這(は)いずるようにして、部屋を出て行った。総司は懐紙で血痰を拭き取ってから、袴をはき羽織の袖に腕を通した。女というものに対して、不快感を覚えていた。このような場所へは、二度と来るまいと総司は思った。

総司は角屋を出て、駕籠に乗り込んだ。島原へは五人で来たのだが、帰るときはただひとりだった。総司はひとりになったことでホッとしたせいか、駕籠に揺られながら浅い眠りに落ちた。

目を覚ました総司は、何げなく外を見やった。駕籠は、橋の上を走っていた。総司は、駕籠の垂れをはね上げた。島原から壬生村へ向う途中で、このような大橋を渡るはずはなかった。

「待て」

総司は、駕籠舁に声をかけた。駕籠が停って、舁夫のひとりが履きものを揃えた。総司は、駕籠の外へ出た。五条大橋の上であった。時刻は四ツ半、午後十一時に近い。目覚めているのは、鴨川の流れだけであった。

「壬生村を、通りすぎてしまったではないか」

総司は言った。

「いやあ、海松寺と聞きましたんで、五条大橋の先か思いまして……」

舁夫のひとりが、頭に手をやった。

「まあ、よい。少しここで、休むとしよう」

総司は橋の上を、ゆっくりと歩き出した。その総司の目に、橋の欄干に寄りかかっている男の姿が映じた。浪士ふうの男である。この夜更けに——と、総司は新選組助勤筆頭の思惑を通じて、浪士ふうの男を観察した。

不意に、男が振り返った。とたんに、男は抜刀していた。総司の表情が、徐々に固くなった。

流血に背を向けて

一

二年前——文久元年のあの夜も、空には満月に近い月があった。

いま——文久三年十二月二十八日である今夜も、空高く冬の月が輝いている。満月から次の新月へと、移行する間の下弦の月であった。地上を明るく照らす月ではなく、銀色に降り注ぐ月光である。

二度、月の光の中で、合わせる顔だった。それも、二年ぶりの再会であった。だが、沖田総司はその相手の顔を、不思議なほど明確に記憶していた。月光を浴びた顔——と、沖田総司は思った。

総司だけではなかった。相手もまた、総司の顔をしっかりと記憶していたのである。振り向いた瞬間に、総司だと気づいて抜刀したくらいなのだ。むしろ総司よりも、相手のほうが敏感に反応を示したのであった。

浪士ふうの男は、宮川亀太郎だったのである。

ただ一度、それも短時間、互いの顔を見やっただけだった。しかも、それから二年近い歳月がすぎている。だが、宮川亀太郎は一瞬のうちに、総司であることに気づいたのであった。

それだけではない。宮川亀太郎は、反射的に刀を抜いたのである。沖田総司の顔を記憶していたことはともかく、咄嗟に戦闘的な体勢を整えたのは、いったいどうしてなのだろうか。

まさか二年前の真剣勝負の約束を果そうと、いきなり抜刀したわけではあるまい。許婚の千鶴の敵を討とうと、憎しみに燃えて戦闘的な体勢をとったというのでもないのだ。千鶴は暴漢に襲われて、負傷したということになっている。

その傷が因で、千鶴は死んだ。総司はむしろ、千鶴を救おうとしたのだと、最後まで押し通した形で終っている。最後までそのように装い続けて、千鶴はこの世を去ったのだ。総司も、そうした千鶴の好意に甘んじることにした。

従って、千鶴を死へ追いやったのは総司だということを、知っている者はこの世にいないのである。当の総司だけが、そのことを生涯の十字架として、背負っているのにすぎなかった。

つまり、宮川亀太郎は許婚の敵を討つつもりで、抜刀したのではないのである。では、なぜ総司を見るや、反射的に刀を抜いたりしたのだろうか。その答えは、一つしかなかった。宮川亀太郎は、個人としての沖田総司に挑戦したのではない。

沖田総司が新選組の副長助勤筆頭であることを十分に承知していて、宮川亀太郎は刀を抜いたのであった。新選組隊士を、恐れたと言ってもいい。即ち、防禦を意味する攻撃のための抜刀である。

新選組を恐れる理由はただ一つ、宮川亀太郎が尊攘派の浪士だったからなのだ。もともと、宮川亀太郎は長州藩士であった。尊攘思想の持ち主であっても、おかしくはないのである。

それに加えて、現在の宮川亀太郎は浪士だということがあった。身装を見て、一目で浪士とわかる。髷も、茶筅総髪である。翌年には尊王風と呼ばれるようになる髪型で、多くの尊攘派浪士が好んで結った髷なのであった。

宮川亀太郎は、すでに長州藩士ではなかった。長州脱藩者である。しかも、京に来ている。京大坂にいる長州脱藩者は、尊攘派の浪士と決っていた。その上、宮川亀太郎は夜遅く、五条大橋の欄干に凭れかかっていたのである。奇怪な行動だった。

「奇遇ですね」

総司は、穏やかな口調で言った。無表情だが、右手を大刀の柄の上に置いていた。

「まったくだ」

宮川亀太郎は、刀を正眼に構えていた。油断のない目配りである。できる——と、総司は思った。

「それぞれ、二年前とは異った立場にあっての、再会ということになります」

総司は横に移動しながら、刀を一瞬にして抜き放った。

「貴公は、新選組の沖田総司……」

宮川亀太郎は、欄干に沿って後退した。

「宮川さんは、長州脱藩の尊攘浪士に変られた」

総司は、刀を下段に構えた。

「場所も江戸ではなく、京の五条大橋の上となった」

「しかし、宮川さんは刀を抜くのが、早すぎましたね」

「どういう意味だ」

「新選組と見て、即座に刀を抜く。そのようなことをすれば、新選組に敵対する尊攘浪士だと、みずから認めるのも同然です」

「新選組の沖田総司とわかれば、われらの心は直ちに防禦へと走る。それに貴公には、拙者が長州藩士だったことを知られておる。誤魔化しは利かぬ、と思ったからだ」

「よく一目で、沖田だとわかりましたね」

「京に参ってから、何度か貴公の顔を見かけておる。貴公のほうが、気づかなかっただけだ。だが、拙者はあれが新選組の沖田総司だと、何度も頭に刻み込んでおいたのだ」

「京へは、いつ参られた」

「新選組の沖田総司に、そのようなことを語れると思うのか」

「千鶴どののご不幸を、もちろんご存じでしょうね」

「長州に届いた文によって、知らされた」

「再び相目見えても、宮川さんと立会いなど致さぬようにと、死を目前にして千鶴どのは望まれたのです」

「それは初耳だ」

「互いに千鶴どのの遺志を、守るべきではないでしょうか」

「貴公には、拙者を斃そうとする気迫がないようだな」

「いかにも、その通りです」

「斬れぬからか」

「千鶴どのの遺志を思えば、殺したくはない相手です」

「実を申すと、拙者も貴公を斬る気にはなれんのだ」

「何故にですか」

「貴公には、借りがある」

「借りとは……？」

「結局はこの世を去った千鶴どのだが、路上で賊に斬り殺されることだけは避けられた。それは、貴公のお蔭だったそうではないか。江戸からの文には、そのように記されておった」

「いや、宮川さん……」

総司は迷った。千鶴を手にかけたのは総司だったという真相を、ここで打ち明けるべきかどうか。総司としては、打ち明けたほうが心が晴れる。精神的な重荷が、幾らかでも軽くなるに違いない。

しかし、その代り宮川亀太郎のほうが、気がすまなくなるはずだった。激怒することはないだろうが、勝敗を決しようという気持が膨脹する。斬り合いになる。それは千鶴のすべての好意を、無にすることにもなるのであった。

宮川亀太郎を斬り殺せば、総司は二重に罪の意識を背負うことになる。心の古傷が新たに、引き裂かれるのであった。その結果、自分がどのような人間になるか。総司には、そのことが不安だったのである。

「まあ、よいではないか」

宮川亀太郎は、和んだ表情になった。

「とにかく、刀を引きましょう」

総司はやはり真相を明かすまいと、心に決めながら言った。

「よかろう」

宮川亀太郎は、小さな笑いを浮べた。同時に刀を引き、鞘に納めた。チーンという鍔の音が二度、凍てついた夜気を震わせた。急に鴨川の瀬音が、甦ったように耳につき始めた。

「もう、新選組の沖田総司ではありませんよ」

総司も欄干に腰を預けて、白い歯をチラリと覗かせた。

「拙者も、長州脱藩の宮川亀太郎ではない。但し、今夜に限ってだ」

宮川亀太郎は深呼吸をして、湯気のように白い息を吐き出した。

「二年前に急遽、江戸表より国許へ帰られましたね」

総司は腕を組んで、冬の夜空を振り仰いだ。またしても総司は、すぎし日々を懐かしむ目つきになっていた。

「いかにも……」

宮川亀太郎も総司に倣って、豪華とは言えない月がある空を見上げた。一方は新選組隊士、片方は尊攘派の浪士と、まったく立場を異にする二人だった。血を血で洗うような、敵同士なのである。

風雲急を告げる時勢に身を投じ、互いに明日をも知れぬ身の上であった。しかし、いまは冬空の下で肩を並べて語り合い、憂さを忘れきっている二人の若者にすぎなかった。いわば、人生の寄り道のときだった。

「それ以来、江戸へは……？」

総司の顔色は、月光のせいか一層青くなっていた。

「出府は、一度も致さなかった」

ふと、宮川亀太郎が懐中から、黒いものを取り出した。焼き芋だった。宮川亀太郎はそれを二つに割ると、半分になった片方を総司の前に差し出した。

「どうも……」

総司は、それを受け取った。焼き芋は、すっかり冷たくなっていた。

「そうと聞けば、拙者が国許へ呼び戻された理由については、察しがつくだろう」

宮川亀太郎は、焼き芋を齧（かじ）った。

「まあね」

総司も焼き芋に、歯を押し当てた。冷たい甘さが、舌の上に広がった。

「一年間にわたり、桂先生から特別な御教示を得た」

「桂さん……？」

「さよう」

「桂小五郎どのですね」

「昨年の暮より大坂に仮住まいして、今年の夏に京へ参ったのだ」

「なるほど……」

「京あるいは大坂の隠れ家については、たとえ新選組を離れた貴公であろうと、触れるわけにはいかぬぞ」

「こちらからも、尋ねるつもりはありませんよ」

「悪くない心掛けだ」

宮川亀太郎は笑いながら、残っていた焼き芋を口の中へ押し込んだ。

脱藩者というと、一方的に藩士の身分を捨てた者のように聞えるが、そうとは限らないのであった。強制的に藩を逐(お)われたのでもないし、闇夜にまぎれて逐電(ちくでん)したのでもない。当時の脱藩には、二種類の色分けがあった。

その一は、個人の思想を貫くために、自由に行動できる浪人になることだった。個人的思想が、藩の方針と相反する場合は当然、言動に拘束を受ける。従って自由を獲得するためには、脱藩しなければならない。

一介の浪人となれば生活の保証は失うことになるが、どこへ走って何をしようと勝手である。藩士という厳しい束縛から解放され、個人的思想に基づいて夢を果すことも可能になる。

その二は、馴れ合いによる脱藩であった。藩主の黙認のうちに、脱藩するのである。君命を帯びて、脱藩すると言ってもよかった。長州をはじめとする尊攘派の浪士に、この馴れ合い脱藩が多かった。

京大坂へ潜入して、朝廷の動きに関する情報をキャッチする。あるいは、幕府の方針を探る。佐幕派の浪士の動きを監視する。その中心的存在である京都守護職松平容保と会津藩の動静を見守る。

そうした一連の行動を、各藩が公然とやるわけにはいかなかった。それを藩として行なっていることではなく、個人的な行動というふうに見せかけなければならない。その個人が脱藩者であれば、預かり知らぬこととして藩には迷惑が及ばない。

それで、計画的な脱藩ということになるのだった。もちろん、そうした脱藩者の中に、いい加減な人物はいない。京大坂へ集まって来て攘夷実行を叫び、あわよくばドサクサにまぎれて一旗揚げようなどと考えている多くの脱藩浪人に比べれば、計画的脱藩者はほんの一握りの少数であった。

それぞれ確固たる信念の持ち主であり、私欲を捨てた憂国の士でなければならない。文武両道に秀でた思想家であり、胆力も具わっている。いわば粒選りであって、それが更に特訓を受けることになる。

その結果、一人前の活動家として完成された者が、馴れ合いの脱藩浪士になって京大坂という第一線の現場へ送り込まれるのであった。宮川亀太郎の場合も、その一例に違いなかった。

宮川亀太郎は君命により、江戸から長州へ引き揚げた。それから一年間、彼は特訓を受けている。その指導者の中には、桂小五郎という大物もいた。やがて宮川亀太郎は、大坂潜入を命じられた。

当然、馴れ合いで宮川亀太郎は、脱藩者となったのである。大坂から更に、京へ潜入することを指示された。長州脱藩の尊攘浪士宮川亀太郎は、文久三年の八月に京の隠れ家へと居を移したのであった。

馴れ合いによる脱藩者へは、惜しげもなく資金が注ぎ込まれる。一般市民に迷惑をかけるどころか、金払いがいいので歓迎される。ドサクサまぎれの俄(にわか)浪士とは違い、世間の評判もよく信用もされることになる。

そんなことから、一時は『脱藩』というと通りがよかったくらいであった。そこで、浪士たちはやたらと、脱藩者であることを強調するようになったという。そうでないのに、脱藩者だと称する者も多かった。

いずれにしても、当時の京大坂では単なる浪人よりも、脱藩浪士であったほうが恰好がついたようである。『脱藩』が国事に奔走する浪士としての、一種の肩書きになったのであった。

因(ちな)みに、沖田総司も白河藩の脱藩者と称していた。白河藩に縁がなくはないが、総司が白河藩士だったことはまったくない。従って、総司も体裁を考えて、白河脱藩を装っていたのである。

「それにしても宮川さん、このような遅い時刻に五条大橋の上に佇(たたず)んでおっては、怪しんでくれと頼んでおるのも変らないではありませんか」

総司は、焼き芋のシッポを見やりながら、そう言った。

「冬の夜更けに涼みに出て参ったというのでは、風流がすぎると申されたいのか」

宮川亀太郎は、顎(あご)を撫(な)で回して苦笑を浮べた。

「当り前でしょう」

総司も、悪戯っぽくニヤリとした。

「月見というのも、通用せぬか」

「無理でしょうね」

「同志からの連絡を、待ち受けておる。あるいは、合図を見定めようとしておる。そのように、受け取られるだろうな」

「そう解釈されて、弁解の余地があるのですが」

「ない」

「危険ですね」

「危険はもとより、覚悟の上だ」

「それでしたら、町人に化けるとか……。命を粗末にしないで下さい」

「かたじけない」

「市中見回りの者が、よく通りかかりませんでしたね」

「思ったより、厳しくないようだ。市中見回りが、厳重を極めていると覚悟しておったのに
……」

「もっとも、強敵となれば新選組だけですからね」

「いや、更に強敵となるはずの一隊が、新たに結成されるらしい」

「新選組のほかにですか」

「沖田さん、そのことを噂にも、聞いておらぬのか」

「初耳です」

「新選組よりもわれらのほうが、幕府の動きに通じておるというのは皮肉だな」

「その話は、確かなのですか」

「幕府にそのような動きがあると、江戸からの知らせが届いておる」

「ほう……」

「いずれにしても沖田さん、ここで長話を続けておるわけにはいかぬのだ」

宮川亀太郎は、総司の肩に手を置いた。

「そうですね。今夜のところは宮川さんの務めを、妨げるつもりもありませんし、早々に退散致しましょう」

総司は欄干を離れて、橋の中央へ足を運んだ。

「沖田さん……」

宮川亀太郎の声が、あとを追って来た。

「また、お目にかかりましょう」

振り返って、総司は言った。

「互いにそのときまで、存命が叶うかどうか……」

宮川亀太郎は、総司の顔を見守った。やや暗い眼差しであった。総司の顔からも、笑いが消えた。冬の冷たい夜風が、胸を吹き抜けてゆくような心地であった。確かに、明日があるという保証はないのだ。

むしろ互いに、長生きはできないと言えるだろう。再び会おうという言葉は、単純な慣習語になってしまう。それを心から望むことも、期待することもできないのである。更に忌むべきことは、敵同士という二人の立場だった。

今度会うときは、新選組と尊攘浪士との決戦の場においてかもしれないのだ。そうした皮肉な運命が、昨日今日の殺戮の場では、まったく珍しくなくなっているのであった。しかし、そうと承知の上でも二人の若者は、再会を約さずにはいられなかったのである。

「いずれまた……。ごめん」

「必ず……。ごめん」

総司が歩き出して、宮川亀太郎がそれを見送った。淡い月光に照らされた五条大橋の上での、二人の若者の小さな別離であった。

二

桂小五郎という大物が、いまのところ京都に潜伏していないことは、九十パーセント確かであった。

八月十八日の『禁門の変』により京都から駆逐された長州勢の捲き返しを警戒すると同時に、将軍上洛に備えて新選組は徹底的な浪士狩りを十月になって行なっている。長州脱藩者を中心に西国浪士、尊攘派の儒学者、医者などを容赦なく捕えたり斬ったりしたのであった。

その一連の行動の中で、桂小五郎の存在を嗅ぎ取ることはできなかったのである。消息はおろか、桂小五郎の『カ』の字も浮び上がらなかった。桂小五郎は京都にいないと、判断が明確に下されたのであった。

だが、桂小五郎の影響力が京都に及んでいることは、間違いないのである。現に桂小五郎のグループに属していると目される長州脱藩者三名を、総司が斬り殺しているのだった。その上、浪士狩りにおいて桂小五郎グループを根こそぎ、排除できなかったということもまた事実なのである。

尊攘派にしても、簡単には引き下がらない。刈り取られれば、すぐ新たに苗を植えつける。浪士狩りがあれば、直ちに後続部隊を潜入させる。その人数も動きも、たちまち復元されるのであった。

その証拠の一つとして、総司と宮川亀太郎の邂逅（かいこう）がある。宮川亀太郎は明らかに、桂小五郎グループの一員であった。桂小五郎の指導も受けた上で、大坂、京都へ潜入したと、宮川亀太郎の口から聞かされたのだ。

宮川亀太郎は五条大橋の上で、同志からの連絡を待っていたのである。変装をしていなかったのは、それなりの都合があったためだろう。いずれにせよ、桂小五郎グループは活発に動いているのであった。

しかも宮川亀太郎は、十月の浪士狩りの網にもかからなかったのだ。『禁門の変』があった八月から京都に潜伏していて、何度か総司の顔を見かけたことがあるという。それでいて徹底した浪士狩りの網を、難なく潜（くぐ）り抜けることができたのである。

長州勢も、負けてはいない。必死なのである。京都の実権は、松平容保の会津が握っている。

攘夷穏健派の薩摩も、京都において安泰であった。長州の捲き返しは、会津と薩摩を京都から放逐することにある。

松平容保を殺して会津を失墜させ、薩摩をも追い払って京都の実権を確保する。そのあと朝廷を奉じて攘夷断行の主導権を握り、やがては討幕の軍を起す。それらを長州勢は、目的にしているのであった。生易しい計画ではなかった。

長州藩の命運を、賭けている。その上、計画の実行を、急がなければならなくなっていた。諸外国が攘夷排除、つまり友好的な開国制度の維持を、強く幕府に迫っている。幕府は諸外国の要求に応じながら、朝廷の許諾を得られずにいた。

幕府は完全に板ばさみになり、その打開策のために将軍の上洛となったのである。将軍を乗せた翔鶴丸は、すでに江戸を出帆していた。将軍は二、三カ月京都に留まって、攘夷排除についての交渉を、朝廷側との間で続けることになるらしい。

その結果、朝廷が軟化して攘夷排除へ傾きでもしたら、それこそ一大事であった。長州にとっては、取り返しのつかない打撃となる。尊王攘夷急進派の長州は、二度と再び浮び上がれなくなるかもしれない。

将軍家茂の二度目の上洛が、鍵ということになる。この二、三カ月で、最大のヤマ場を迎えるわけであった。それだけに、長州勢は焦っている。あるいは、長州勢の捲き返しが、目前に迫っているかもしれないのだ。

今夜の宮川亀太郎の行動も、その一大計画に関係しているのではないだろうか。総司はそれを見逃した、ということになるのかもしれない。そうなると新選組の助勤筆頭が、長州の一大計画に協力したというわけである。

《だが、構わない》

総司は駕籠に揺られながら、胸のうちでそう呟いていた。

寒かった。五条大橋の上で、寒気に身を晒していたせいだろう。そのときはまだ、幾らか酒による温もりが残っていた。しかし、いまはもうすっかり醒めていて、身体はむしろ冷えきっている。

総司は、もの憂く目を閉じた。総司が吐いた血痰を見て、島原の女は殺されそうな声を出した。その慌てようも只事ではなかったし、まるで死神でも見るみたいな目を総司に向けたのであった。

思い出すと、改めて腹立たしくなる。生れて初めての床入りで、相手の女からひどい侮辱を受けた。そのことが、千鶴への負い目に更に重味を加えたというふうに、総司には感じられるのであった。

総司には、寂しいことだった。女というものの存在を、はるか遠くに見ることになるのである。近づきたくても、女との距離を縮めることができないような気がする。男として女に接する自信を、総司は完全に失っていたのだ。

そのことが同時に、みずからの短命を自覚させるのであった。労咳(ろうがい)で死ぬか、殺されるかである。長州藩の捲き返しも、新選組なるものも、考えてみれば短命の自分には何の関係もないのではなかろうか。

宮川亀太郎にしても、同じことであった。宮川亀太郎は桂小五郎グループの指導者でもなければ、参謀でもないのである。最前線で働く兵隊であった。生き残ることが難かしい存在で、いわば消耗品だった。

長くは、生きられない。宮川亀太郎もまた、短命に終ることだろう。間もなく死ぬ身であればこそ、互いの絆(きずな)というものを大切にしたい。今夜、宮川亀太郎と出合ったことは、もちろん口外しないつもりであった。

《忘れよう》

総司は寒さに、首を縮めるようにした。

だが、一つだけ忘れきれないことがある。大したことではないが、京都の尊攘派が摑(つか)んだという情報であった。幕府は新選組のほかに、新たな取締り組織を京都に配置する考えだというのである。

皮肉なことに、新選組がそれを知らず、桂小五郎グループの一員から教えられたのだった。江戸でのそうした動きを察知した長州の江戸屋敷から、国許を通じて桂小五郎グループへ伝えられた情報なのだろう。

壬生村についた。屯所の裏門前で、総司は駕籠を降りた。屯所として使われている前川邸は、すでに闇の中にあった。要所に警戒のための常夜燈があり、その赤茶けた光が寒々とした感じだった。

「何者だ」

潜り戸を叩くと、内側から誰何の声が返って来た。

「沖田です」

総司は答えた。潜り戸が、手早く開かれた。総司は、門内へはいった。隊士が二人、姿勢を正して立っていた。不寝番である。

「お帰りなさい」

と、二人の隊士が、口々に言った。

「ご苦労です」

総司は会釈を送って、二人の隊士の間を通り抜けた。平屋建ての母屋の勝手口から、広い土間へはいる。剣術の稽古にも利用していたほど、広い土間であった。部屋数が十二ほどの屋敷である。

この前川邸に、新選組の全隊士が寝泊りしていたわけではない。だが、それにしても狭すぎた。一部屋を占有できたのは、最高幹部だけである。ほかの隊士たちは詰め込めるだけ、詰め込まれているという恰好だった。

夜になると、どの部屋も鮨詰めであった。雑魚寝であって、跨いで歩くほどの余裕もない。ひとり一畳の割で隊士たちが部屋を埋め、鼾をかきながらの寝姿は異様でさえあった。

総司は鉤型の廊下を、奥へ向った。前方に、明りが見えた。障子に映えて、廊下を照らしているのだ。土方歳三の部屋だった。障子に、土方歳三の影があった。夜遅くまで起きていることは、珍しくない土方歳三なのである。

知らん顔で、部屋の前を通りすぎるわけにはいかなかった。足音を忍ばせて歩いても、気づかれずにすむはずはない。総司は、足をとめた。障子に映っている影の、顔の部分が動いたようだった。

「総司か」

土方歳三の声が、そう訊いた。

「そうです」

総司は敷居の前に、片膝を突いた。

「島原に、泊らなかったのか」

土方歳三の口調に、咎めている感じはなかった。

「ええ」

「どうしてだ」

「どうにも、性が合いません」

「島原のような廓がか」

「いや、酒は飲みました」

「では、女が性に合わんというのか」

「まあ、そうです」

「総司はまだ、女を知らんからだろう。女と肌を合わせたことがないうちは、誰でもそのように思うものだ。女とはどうも、性が合わぬものだと……」

「そうでしょうか」

「女の肌を、まずは知ってみることだな。性が合わぬどころか、合いすぎるということがよくわかる」

「へええ……」

「まあ、はいれ」

「ええ」

総司は無表情だった顔に笑みを浮べてから、障子を静かにあけた。

土方歳三は、手焙りを前にすわっていた。夜具が、部屋の端に寄せてあった。それは誰かが、この部屋を訪れた証拠だった。人が来れば部屋の中央にのべてあった夜具を、端に寄せるのが常識というものである。

土方歳三は、文机に向ってもいなかった。夜遅くまで、調べものをしていたというのではないのだ。書見台も、見当らない。つまり書物に読み耽り、時刻がたつのを忘れていたわけでもないのである。

何者かが、ここを訪れていたのだ。土方歳三は手焙りをはさんで、その相手と話し込んでいたのに違いない。この夜更けに新選組の隊士が、土方歳三の部屋を訪れるとは考えられなかった。

総司には、いやな予感があった。客が帰ったあとも、土方歳三はすぐ床につこうとはしなかったのである。何もしないで、ぼんやり起きていた。土方歳三は、総司の帰りを待っていたのではないだろうか。

そうだとすれば土方歳三は、総司が島原に泊らずに間もなく帰って来るものと、承知していたということになる。何者かが五条大橋の上で宮川亀太郎と話し込む総司の姿を目撃し、いち早く土方歳三のところへ報告に駆けつけたのではないだろうか。

徳蔵。

八兵衛。

この二人の町人を土方歳三が手なずけているということは、総司もよく知っていた。この二人は町奉行所の同心と深い関係にある目明しで、新選組と直接の結びつきはまったくなかった。新選組にはお声がかりの密偵がいて、情報収集に努めている。町奉行所に関わり合いを持つ目明しを、利用することもあった。しかし、この徳蔵と八兵衛に限っては、新選組公認の密偵ではなかったのである。

あくまで土方歳三個人に、使われている情報屋であった。私的雇用人だが、土方歳三の腰巾着(こしぎんちゃく)であることに違いはなかった。副長の目と耳に役立っているとなれば、二人の新選組への出入りは自由ということにもなる。

たとえ深夜であろうと、土方歳三を訪れた二人を、追い返したりはしない。フリーパスとまではいかないまでも、土方歳三に面会することは可能だった。ここへ来ていたのは、その徳蔵か八兵衛のどちらかではないだろうか。

「失礼致します」

総司は手焙りに、膝を接するようにしてすわった。顔では、笑っていた。

「総司……」

土方歳三は腕を組み、目を半眼に開いていた。障子越しに女のことでやりとりした土方とは、別人のような雰囲気であった。折角の美男が、ひどく気難かしい顔をしているのである。

「何でしょう」

総司は、火箸に手を伸ばした。

「五条大橋の上は、さぞや風が冷たかっただろうな」

土方は言った。思った通りだと一瞬、総司は緊張感を覚えていた。それにしても、いやな言い方をしたものである。皮肉というよりも、嫌味として通るだろう。

「この夜更けに、くだらないことを知らせに来る者がおるものですね」

総司は例の屈託のない笑顔で、相手の言葉を弾き返した。

「くだらないことで、すまされればよいが……」

土方は目を、大きく見開いた。土方は、戸惑ったのである。総司の強気な態度に、初めて接したからだった。

「つい先刻まで、ここにおったのは徳蔵ですか。それとも、八兵衛ですかね」

総司は笑いながら、火箸で手焙りの中の灰を掻き回した。

三

小才の利く商人。

策士。

陰険。

狡猾(こうかつ)。

土方歳三を評して、山南敬助はこのように言う。

何も山南敬助だけとは、限っていない。誰もが、そのように見ていたのだ。ただ、そのことを山南敬助のように、口には出さずにいるというのにすぎない。事実、土方歳三ほど人に好かれない男というのも、珍しい存在であった。

それも、一時期に限られたことではない。終始、そうだったのだ。近藤勇の片腕ということで、新選組の土方歳三として名を知られるようになった。だからこそ新選組の崩壊後も、指導者の地位を保ち続けることができたのだという見方さえある。

つまり近藤勇とか新選組とかいうバックがなければ、後世に名を残すこともできなかった人物とされている。新選組の隊士で、土方歳三に心酔する者はひとりもいなかった。尊敬されることすらなかったのである。

その理由は、徹底した策士だったことにあったのだろう。人間同士として、裸で付き合うことができない。心を許せないのである。油断できない相手と、気持や心が通じ合うはずはなかった。

ただ近藤勇と仲がいいし、ひどく信頼されている。近藤勇を通じて、副長としての力を発揮している。だから、自分たちの指導者であることを、認めざるを得ない。新選組隊士の土方歳三観は、そのようなものだったのである。

土方歳三には、指導者としての力量があった。頭もいいし、それなりの能力を持っていた。だが、残念ながら領袖、宰相となる器ではなかったのである。番頭、参謀が土方歳三には向いていたのだ。

もし土方歳三が番頭役に忠実であったとしたら、より多くの人望を集めたのに違いない。しかし、土方歳三は番頭でありながら、大旦那さまの近藤勇を動かそうとした。献策し、煽り、唆し、操ろうとした。

それでは、番頭と言えなくなる。黒幕に似た存在であった。だが、実態は黒幕でないし、あくまで番頭である。政治力に欠けているのだから、策を弄する面ばかりが目立つ。その結果、嫌われることになるのだった。

「何者だったのだ」

土方歳三は、気をとり直すように咳払いをした。

「答えなくては、いけませんか」

総司は手焙りの中の灰に、火箸で円や四角を書き続けた。

「土方個人として尋ねているのであって、命令といったものではない」

土方は総司の表情を、チラリと窺うようにした。なるほど狡猾な目つきだと、総司は苦笑したい気持で思った。

「土方さんが、この総司さえも疑ったと知ったら、近藤先生は驚かれるでしょうね」

総司は、ニヤリとした。だが、胸のうちは冷えきっていた。総司はやたらと寂しく、たまらなく空しくなっていたのだ。

「別に、総司を疑っているわけではない」

土方は、首を振った。狼狽気味だった。

「それならばなぜ、そのようなことを尋ねられるのですか」

「腑に落ちないからだ」

「つまり、総司を疑っておられるわけではありませんか」

「いや、疑うというところまでは、いってない」

「徳蔵か八兵衛かは知りませんが、あの輩とこの総司と、どちらを土方さんは信用なさるのでしょうね」

「言うには及ばぬ」

「総司のほうを信ずると、おっしゃるのですか」

「当然だろう」

「そうと聞いて、安堵(あんど)致しました」

総司は笑って、手焙りの灰に火箸を突き刺した。

「総司も、変ったな」

土方が、長い溜め息(たいき)をついた。

「何がですか」

「野口健司の介錯人を勤めよという近藤局長の指示を、総司ははっきりと断わったではないか」

「辞退させて頂いたのです。病上がりの気弱さから……」

「そして、いまはわしの頼みにも、応じてはくれない」

「頼みですか」

「何があったのか聞かせてくれと、わしは頼んでおるのだ」

「そうですか」

「近藤さんやこの土方の言葉に、逆らうようになった総司。まったく、信じられないことだ」

「逆らっておるわけではありませんよ」

「以前のように無邪気な総司ではなくなり、近藤さんの手許(てもと)から鳥のように巣立って、一本立ちになったということなのか」

「土方さん、無邪気な総司に新選組の副長助勤筆頭の役目が、果せるものでしょうか。無邪気に、多くの人を斬れますか」

「それはそうかもしれぬが所詮、人とは変るものなのだろうな」

土方歳三は目を閉じて、沈痛な面持になっていた。その愚痴っぽい言葉も、慨嘆口調であった。それが土方の本心でないことは、総司にもよくわかっている。土方独特の演技なのである。

泣き落し戦術だった。近藤と総司の肉親以上の相互信頼感、親密度を土方は感傷的に甦らせようとしている。土方はそれを総司の弱味として、衝(つ)いて来ているのだった。その点がすでに総司にとって絶対的な弱味にはならないということを、土方は読み取っていないのである。

だが、ここで頑なに土方を拒み通すという気持には、総司もなれなかったのであった。近藤や土方との対立を、望んでいるわけではない。裏切るつもりなど、毛頭なかった。近藤勇と生死を共にするという流れに身を投じたからには、新選組に対する忠誠も守り通す覚悟でいるのである。

「どのようなことを吟味されたいのか、おっしゃってくれませんか」

総司は言った。土方とは長い誼があるではないかと、総司は半ば投げやりな気持になっていた。

「吟味などとは、とんでもない」

土方は、目を見はった。総司の軟化を歓迎する満足の色が、土方の表情に窺われた。

「五条大橋で誰と何を語っておったのかと、お尋ねなのですね」

総司は、殆ど灰になりかけている手焙りの炭火に、目を落した。

「まあ、そうだ」

土方は頷いた。

「その前に、お訊きしたいことがあります」

「うん」

「ここへ知らせに駆けつけたのは、徳蔵か八兵衛か……」

「八兵衛だ」

「まさか八兵衛が、この総司の動きを見張っておるというのではないでしょうね」

「総司、考えてもみろ。近藤さんやわしが、どうしてそのようなことをするだろうか。わが子、わが弟に見張りをつける者がどこにいる」

「では、八兵衛はなぜ……」

「八兵衛たちが見張っておったのは、五条大橋で寒風を浴びていた浪人のほうなのだ」

「ほう……」

「実は十日ほど前から、徳蔵と八兵衛があの浪士の行動に目を光らせ、追い続けておるのだ」

「何やら、不審な動きでも……？」

「一時は京にあって朝廷守護の総監にも推されたという宮部鼎蔵（ていぞう）なる人物を、総司も知っておるだろう」

「この八月の堺町御門の変により、三条実美（さねとみ）卿らに従い長州へ下ったと聞いております。その宮部鼎蔵ですか」

「そうだ。肥後国（ひごのくに）生れの兵学者で、尊攘派の大物としかわからぬ人物だが、その宮部鼎蔵の従僕が未だに京に残っておる。忠蔵とか申す従僕だが、それとしばしば密かに出合っておるのが今夜、総司と話し込んでいたという浪士なのだ」

「それで徳蔵と八兵衛が、目を光らせ始めたというわけですか」

「その浪士と宮部鼎蔵の従僕の動きを、追い続けておるのだ。あの浪士は西木屋町の武具商、尾形屋に仮住まいを致す長州脱藩の浪士ということまでは突きとめたのだが……」

「なぜ、捕えないのです」

「泳がせておくのだ。狙いは、宮部鼎蔵なる人物にあるのだからな。ところが今夜、その長州脱藩の浪士が五条大橋に佇むのを見張っているうちに、何と総司がそこへ来合せたという次第だ。最初その浪士と総司は刀を抜き合ったが、それ以後は親しげに語り合うといった様子……」

「そのように八兵衛が、注進に及んだというのですね」

「徳蔵だけがあとに残り、更にその宮川亀太郎という長州脱藩の浪士の動きを見張っておる」

「宮川亀太郎……？」

総司は、眉をひそめた。反射的に総司は、芝居をする気になっていたのだった。

「そうだ」

土方は鋭い目を、総司の顔に据えた。いかにも、猜疑心の強そうな目つきである。

「姓名が、違っておりますね」

総司は、子どもっぽい笑顔になった。顔では笑っているが、総司の胸には疼くような痛みがあった。宮川亀太郎には、いささかの油断があると言ってよかった。密偵の恐ろしさを、十二分に知っていないのだ。

西木屋町の武具商尾形屋という隠れ家、長州脱藩という素姓、それに宮川亀太郎という本名まで探り出されてしまっているのである。しかも、常に尾行と見張りが、つけられている。危険であった。

「最初、刀を抜き合ったのは、何のためだったのだ」

　土方が訊いた。

「互いに、警戒し合ったからです」

　総司は、澱（よど）みなく答えた。

「間もなく、刀を引いたのは……？」

「互いに、知っている顔だと気づいたからですよ」

「旧知の仲か」

「ええ、江戸で知り合いました。試衛館の頃のことです」

「その頃は、江戸詰めの長州藩士だったというわけか」

「そう申しておりましたね」

「総司に長州藩士の知り合いがいたとは、思ってもみなかったことだな」

「どこの藩士であろうと、そのようなことは眼中にありませんでした。あの男は斎藤弥九郎先生の、練兵館道場で学んでいたのです。互いに剣の道に励む者同士として、肝胆相照らす仲となったのにすぎません」

「だが、今日（こんにち）の京にあっては、長州脱藩の浪士だ。新選組助勤筆頭の総司が、笑って別れることを許される相手だろうか」

「長州脱藩者はすべて尊攘派の浪士と、決めてかからなければいかんのですか」

「そうは、申しておらぬ。しかし、あの宮川亀太郎は現に……」

「宮川亀太郎ではありません」

「総司が知っているあの男の姓名は、宮川亀太郎ではないというのか」

「大久保帯刀（たてわき）ですよ」

総司は咄嗟（とっさ）に、そんな名前を持ち出していた。大久保帯刀とは、千鶴がその屋敷に身を寄せていた旗本である。大久保帯刀の屋敷には、宮川亀太郎もよく出入りしていたのだ。その旗本の姓名を、借りたのであった。

「大久保帯刀……？」

土方は、表情を引き締めた。満更、総司の言葉を疑っているようでもなかった。大久保帯刀という名前が、あまりにも素直に出たためだろう。

「国許の許婚のことで悶着（もんちゃく）が起り、私情によって同輩を手にかけたために、脱藩したと申しておりましたがね」

総司は、そのように話を作った。

「巧みな口実を設けて、総司を丸め込んだのだ。姓名も宮川亀太郎と、改めたのに違いない」

土方は、腕組みを解いた。総司の言葉を、信じたのである。つまり総司と宮川亀太郎との間で交わされたのは、月並みな懐旧談であったと土方歳三は解釈したのだ。一応、追及はやんだと、総司は思った。

しかし、ここで更に鉾先を躱す必要があると、総司は話題を一変させることにした。土方歳三がたちまち乗って来そうな、恰好の話題が用意されていたのだ。

「それよりも土方さん、妙な噂についてご存じですか」

総司は手焙りの縁に、両手を置いた。もう手焙りの縁も、冷たくなっていた。

「妙な噂とは……?」

土方は早くも、警戒するような眼差しになっていた。

「京洛における警固、巡察を新選組だけに任せてはおけないという噂です」

「何だと……?」

「新たに洛中の警固巡察隊を、結成するということですよ」

「総司、酔いが残っていての戯れ言ではあるまいな」

「酔いは、とっくに醒めております」

「では、その話の出所は……?」

「噂を耳にした、というだけですよ」

「もし、その噂が事実だとしたら、新選組にとって一大事だ。新たに結成された一隊に名を成さしめ、功を譲るようなことになれば、新選組はその蔭に隠れて、今日までのわれらの苦労も水の泡となる」

果して、土方歳三は話に乗って来た。それは何よりも、土方が気にしそうな話だったのである。総司は土方の硬ばった顔を見守りながら、まったく別のことを念頭に置いていた。宮川亀太郎のことであった。

残念なことだが、宮川亀太郎の先は短い。恐らく、総司より長生きはできまい。総司は重々しい音を残して、心の扉が閉ざされるのを感じていた。

四

年が明けて、文久四年——。

二月二十日に改元されて、元治元年となった年である。新選組は正月早々から、多忙を極めることとなった。まず新選組は、将軍警護のために大坂へ下った。京へ引き返すときは、将軍の一行の供先を勤めた。

一月十四日に、伏見に到着した。将軍は伏見城へはいり、その裏手を守ったのが新選組であった。十五日に将軍は京にはいり、二条城に入城した。供を勤めたあと、新選組は壬生屯所に帰ったのである。

　将軍家茂は四月いっぱいまで京都に滞在して、朝廷側と攘夷排除についての折衝を続けることになる。だが、折衝経過は思わしくなく、朝廷側は全面開港を拒否することとなった。二月十五日になって、長崎と函館の開港は当分続けるが、横浜は閉港するという勅命が出た。この朝廷の決定は当面、攘夷論者の勝利を裏付けるものとなる。事実、尊攘派を奮い立たせる結果となったのだった。

　春を過ぎて間もなく、将軍は江戸へ引き揚げることになった。新選組は供をして、大坂へ下った。将軍の船が天保山沖から出航するのを見送って、翌日、新選組はすぐまた京都へ引き返すという慌しさであった。

　その頃から、俄かに雲行きが怪しくなり始めたのである。長州勢を中心とする尊攘派の動きが、大地をゆすぶるように活発になったのだ。目には見えない動きだが、風圧のようなものが確実に迫りつつあった。

　尊攘派浪士が次々に、京都への潜入を開始した。表面的には何もない洛中だが、秘めたる行動は日々、慌しさを増していた。何を企んでいるのかは、具体的にわかっていなかった。

　しかし、溶岩の蓄積は日増しに強まり、刻一刻と噴火のときが近づいている。長州勢の捲き返しが、実力行使となって爆発する。と、そのことだけは、確かなのであった。大坂からも、情報が舞い込んで来る。密偵の報告が、次々に届く。

大坂に仮住まいの西国浪士十二名が、不意に行方をくらました。

大坂に集結の尊攘派浪士三十余名が、散らばって京都へ潜入の模様。

宮部鼎蔵が、長州より加賀へ向うとの知らせあり。

京都河原町の長州藩邸に、桂小五郎出没しきりとのこと。

すでに尊攘派浪士二百名が、京都に潜入を果した模様。

京都在住の一般人を装う志士たちの動きが、目立って忙しくなっている。

宮部鼎蔵は加賀よりの帰途、入京する模様である。

桂小五郎の京都潜伏は、もはや疑う余地なし。

尊攘派浪士とおぼしき者数名、奈良方面より京都へ向う。

長州脱藩者が続々、西国より京都へ向うとの知らせあり。

その正確さの度合はともかく、大小の情報が絶え間なく乱れ飛んだ。それらが一つの事実を裏付けていることは、否定のしようがなかったのである。長州を中心とする尊攘派にとって、逃すことのできない好機が訪れたのだ。

朝廷は一応、攘夷排除を拒否した。横浜の閉港も、勅命によって決った。将軍家茂は二度目の上洛も空しく、江戸へ引き揚げて行った。交渉決裂というより、将軍の敗退として受け取りたかったのに違いない。
そのことによって、長州中心の尊攘派は大いに勇を得た。この機会を逸すれば、二度と捲き返しのときは到来しない。乾坤一擲、ここで大博奕を打つという気になるのも、苛立ち続けていた長州勢としては無理のないことだったのだ。

新選組も、極度に緊張していた。だが、それに先立ち、新選組に限っての重大問題が起ったのであった。昨年末に総司が宮川亀太郎から聞いたことが、そのまま実現の運びとなったのである。

総司にしてみれば、別に驚くようなことではなかった。それよりも幕府の立案がとっくに長州へ流れていて、その情報を数カ月も前に尊攘派浪士の口から聞かされていたことが、総司には滑稽なくらいだった。

誰よりも狼狽したのは、土方歳三であった。土方歳三もすでに総司から聞いて、その話を知っていたのである。しかし、いざそれが現実のこととなってみると、土方にとっては痛烈な打撃として感じられたのだろう。

四月になって、新たな京都警備隊の結成が新選組に通告されたのであった。その前後に何度か、近藤勇は松平容保に呼ばれている。松平容保は新しい組織の結成について具体的に伝えるとともに、近藤勇の意見を聞いたのであった。

もともと、京都警備隊のような組織が、なかったわけではないのである。この年、一橋慶喜が禁裏御守衛総督に任じられた際に、京都守護職や所司代から百名ほど供出させて、総督麾下の夜警隊としたのであった。

だが、新しく結成されるのは、そうした形だけの警備隊ではなかった。新選組同様に、実戦隊なのである。目的も新選組と、まったく同じであった。洛中の尊攘派浪士の取締りが、任務だったのだ。

なぜ、同じ目的を持つ組織二つを、作らなければならなかったのか。別に、深い意味はなかった。幕府は新選組の存在を、それほど重く見ていなかったのである。尊攘派浪士の取締りを、より強化するという単純な発想にすぎなかったのだ。

それに幕府は京都に、直属の実戦隊を持っていなかった。新選組は京都守護職松平容保の支配下にあり、会津藩預かりの組織であった。しかも隊士は浪人の寄せ集めで、一種の自治組織となっている。

従って新選組は、幕府直属の実戦隊とは言えなかった。そこで新たに幕府直属の実戦隊を設けよう、ということになっただけの話なのである。つまり、直参実戦隊の誕生となったわけだった。

見廻組、あるいは京都見廻組という。
隊士は旗本の二男、三男で腕の立つ者を募る。
隊士定員は、四百名前後。
組頭は寄合の蒔田相模守広孝と、交代寄合の松平因幡守康正。
元治元年四月二十六日、京都に設置。

新たに結成された京都警備隊の要綱は、以上のようなものであった。新選組としても、結成することと自体に反対はできない。だが、歓迎すべきことではないし、非常に不愉快な新組織の誕生であった。

特に土方歳三などは、新たな競争相手に脅威を感じたようである。幕府直轄の見廻組は直参であり、新選組は外様ということになる。その上、見廻組は旗本の二男、三男を隊士の主力とするのに対して、新選組はあくまで浪士隊なのであった。

京都見廻組は結成されたものの、隊士の数が定員に遠く及ばなかった。そこで幕府から、会津藩に協力要請があった。つまり、新選組に応援と参加を頼む、ということなのである。近藤勇は正式に、それを拒否した。

その近藤勇の意向を汲んで、松平容保も協力を断わった。やむなく見廻組は御城番組与力、京都所司代組同心から人選して穴を埋め、何とか発足の運びに漕ぎつけたのであった。そのことが新選組幹部を、刺戟する結果となった。

近藤勇は、最高幹部の会合を招集した。夜更けてから近藤の部屋へ、山南敬助、土方歳三、沖田総司が集まった。秘密会議であった。実はこの秘密会も土方の提案によって、招集されたものだったのだ。

「ゆゆしき一大事だ」

策士にしては珍しく、土方歳三は最初から興奮気味であった。

「とり立てて、騒ぐほどのことではないと思う」

対照的に、山南敬助は落着き払っていた。この会合においても、また山南敬助と土方歳三が真向から対立することだろうと、総司は傍観者の目で見ていた。

「冗談ではない」

と、早くも土方は睨みつけるように、山南敬助を見据えていた。

「このような席で、冗談を申したりするだろうか」

山南敬助が、冷やかにやり返した。

「だったら、諸般の情勢をよく見極めてから、意見を述べてもらいたいものだ」

「諸般の情勢は、よく見極めているつもりだが……」

「では、見廻組などというものがあっても、構わんと申されるのか」

「別に、差し支えはない」

「また見解の相違とかで、反対されるつもりか」

「いや、そうではない。副長は何か、勘違いをしておるのではないか」

「どういうことだ」

「見廻組は、長州の浪士たちによって、作られたものではないのだ。つまり見廻組は、新選組にとって敵ではない」

「わかりきっていることを……」

「それならば、新たに見廻組という味方ができたということで、なぜそのように騒ぎ立てねばならんのだ」

「味方であって、味方でないようなものではないか」

「競い合う相手だから、ということかな」

「その通りだ」

「競い合う相手があれば、互いに張りがあってよいではないか」

「それは山南さんの、本心ですかね」

「本心だ」

「では、新選組が先行き、どうなっても構わないと申されるのか」

「馬鹿な……」

「見廻組の活躍がめざましく、多くの功を奪われる。見廻組の名が天下に鳴り響くようなことにでもなれば、わが新選組の命運はどうなるだろうか」

「副長は見廻組に先を越されることを、ひどく恐れていると見えるな」

「当り前だ」

「どちらが手柄を立てようと、そのようなことはどうでもよいのだ。要は長州勢の跋扈(ばっこ)を、許さぬことなのだから……」

「見廻組の連中は、旗本の二男や三男を中心としている。どうせ見廻組は直参、新選組は外様と差をつけることだろう」

「それは、僻(ひが)みというものだ」

「いや、違う」

「副長は相手が旗本の出、由緒ある家柄の武士だということにも、こだわっておるのではないかな」

「いつもの皮肉か」

「いずれにせよ、新選組は新選組の道を行く。それでよいのだ」

「その新選組をなぜ、天下の新選組にしたいとは思わんのだ」

「天下の新選組……？」

「京に新選組ありと、天下にその名を轟かす。新選組の隊士なら、そう願うのが当然ではないか」

「新選組の名が天下に鳴り響けば、その新選組の副長の存在も天下に知れ渡るだろう」

「山南さん……！」

土方歳三が、声を張り上げた。山南敬助の皮肉も、いささか度がすぎたようだった。土方歳三の顔色が、青白くなっていた。確かに人柄も、考え方も違っている。いや、土方歳三の性格が、特殊だと言ったほうがいいかもしれない。

だが、それだけではなかった。山南と土方の仲は、こじれきっているのである。感情的になれば、対立のための対立ということにもなる。いつの間にか、犬猿の仲になっていたのだと、総司は思った。

今夜も最初から、喧嘩腰であった。近藤勇を前にしての正式会議なので、一応それらしい口のきき方をしている。しかし、土方は初めから総長と呼ばずに、山南さんと言っていた。言葉遣いも、対等であった。

近藤勇は腕を組んだまま、まったく発言しなかった。総司も、沈黙を続けていた。意見が、なかったわけではない。総司も山南敬助と、同じ考えだったのである。見廻組ができようとできまいと、どうでもいいことではないか。総司は、そう思っていたのだ。

土方歳三は、ひどく焦っている。多分、新選組の影が薄くなるということを、恐れているのだろう。下手をすると新選組が、見廻組に吸収されるという事態にもなりかねない。そうなったら近藤も土方も、一方の旗頭ではいられなくなるかもしれない。

新選組を土台にして、一国一城のあるじにのし上がろうとする野心は、近藤にも土方にもある。従って、土台である新選組を雲散霧消させるようなことは、絶対に避けなければならない。それどころか、天下の新選組にしなければいけないのである。

新選組の名が天下に鳴り響けば、近藤や土方の存在も天下に知れ渡る。山南敬助のその指摘は、皮肉というよりも妥当な分析と言えそうだった。そうとわかっていたが、総司はあえて発言しなかったのである。

山南敬助の意見に同調しても、無駄であることがわかっていたからだった。近藤勇は土方の主張を、認めるつもりなのである。そのためにこうして、会合を形式的に持ったのにすぎない。山南敬助にも、その点はわかっているはずだった。

「土方副長の意見を、詳しく聞きたい」

近藤勇が、ようやく口を開いた。やはり近藤は土方の主張を、取り上げる気でいるのである。

「局長、急を要します」

土方歳三の顔に、血の気が戻ったようだった。

「どうする」

近藤が、腕組を解いた。

「先手を、打つべきです」

土方は、膝を進めるようにした。

「先手を打つ……?」

「新選組の存在を、大いに喧伝(けんでん)するのです。世間をあっと言わせて、新選組ここにありと満天下に知らしめるのです。新選組の発展には、まず何が必要か。第一に、名声です。第二に、軍資金です」

「それで……?」

「第一の点については、尊攘派浪士をひとりでも多く血祭りにあげることです。それには、思いきったことを致さねばなりませんな。尊攘派の大物を数多く揃えて、捕えるなり斬(き)るなり……。それが新選組にとって、誉れ高き名声となるはずです」

「第二の点については……?」

「大坂商人から、これもまた思いきって大金を借用することでしょう。これまでのように手緩(てぬる)

いやり方ではなく、正面から堂々と大金の融通を申し入れるのです。借用金を強いることの悪評も、大金を得ての華々しい行動で消せるはずです」

土方歳三は、澱みなく論じた。天下分け目のときを迎えたように、熱っぽい口ぶりであった。

五

物事を決定するのに、ひどく慎重な近藤勇が今度に限って、早々に結論を出したのであった。最高幹部の会合があった翌日に、近藤勇は具体的な方針を打ち出した。やはり会合は、形式にすぎなかったのだ。

事前に近藤勇と土方歳三との間で、話し合いが行われ、ある程度のことが決められていたのに違いない。そうと察しがついていたので、山南敬助も強硬には反対しなかった。総司も傍観者の態度を、崩さなかったのである。山南敬助はもう、反対するほどの熱意もないという感じだった。

近藤勇は局長命令として、厳しい指示を下した。尊攘派浪士と志士の動きを徹底的に追及し、関係者を容赦なく捕えて糾明せよという命令であった。苛酷な拷問にかけてもという厳しさは、土方歳三の焦りの表われかもしれなかった。

桂小五郎の動きを、厳重に見張ること。

宮部鼎蔵なる人物を、徹底的に洗うこと。

この二点については、特別な指令が出されたようだった。

一方、近藤勇と土方歳三は多額の軍資金獲得のための布石として、大坂西町奉行所の与力、内山彦次郎暗殺を計画した。内山彦次郎は、町奉行所与力としての実力者であった。その辣腕ぶりは、世に知られていた。

新選組と内山彦次郎の間に、直接的な絡みはなかった。大坂相撲との喧嘩で、新選組幹部が二十人の力士を殺傷するという事件が前年の七月十五日に起ったが、このときに内山彦次郎との接触があった。

その際、内山彦次郎の態度に反感を持った新選組幹部もいたが、だからと言って報復するほどのことでもなかった。新選組が感情や私的な理由から、大坂西町奉行所の実力者与力を殺すということはあり得なかった。

町奉行所の与力で、大変な実力者ともなると、どうしても利権と結びつくことが多かった。その結果、商人たちとの腐れ縁が生ずる。換言すれば、内山彦次郎は大坂の豪商たちと親密な仲を保っていたのだった。

内山彦次郎は利権問題で、商人たちに顔を利かせていた。豪商連中は何かあった場合、内山彦次郎を頼りにする。そうした関係にあったのだ。その点で新選組にとっては、内山彦次郎が邪魔な存在と言えた。

内山彦次郎を暗殺する。

理由は、天誅を加えたということにすればいい。利権問題で、内山彦次郎の評判はよくなかった。その不行跡を責めて、天誅を加えたということにする。内山彦次郎がそうした形で惨死すれば、大坂の豪商たちは頼る者を失い、同時に恐れ戦くに違いなかった。

戦々兢々としている豪商連中に借用金、御用金の用立てを申し入れる。これまでにもやっていることだが、今度はケチな金額ではすまさない。相手は、新選組である。頼れる内山彦次郎は、この世にいないのだ。

内山彦次郎を暗殺したのは、あるいは新選組かもしれない。そう思えば、豪商たちの恐怖心はつのる一方である。心理的にも追いつめられて、豪商連中は新選組の要求に応ぜざるを得なくなる。

かつて芹沢鴨が存命中、土方歳三は多額の借用金を商人から捲き上げることに、強硬に反対したものだった。芹沢鴨、近藤勇の借金政策を、土方歳三は非難した。その土方がいまは一変して、多額の借用金を用立てさせるために、策を練り上げたのである。それもまた土方歳三の焦り、というもののせいなのだろう。

将軍家茂が大坂から海路江戸へ向ってから四日後の、元治元年五月二十日、内山彦次郎暗殺計画は実行された。例によって近藤勇は、実際行動に参加しなかった。土方歳三も同じであった。計画に反対する山南敬助も頼みにはならないと見て、近藤勇はあえて話を持ちかけなかった。

大坂へ急行せよの指示を受けたのは、沖田総司、原田左之助、永倉新八、井上源三郎の四人であった。四人は大坂へ向った。暗殺だから、内山彦次郎を待ち伏せして襲いかかることになる。

天満橋(てんまばし)で、内山彦次郎を待ち受けることにした。六ツ半すぎ、午後七時を回った頃から、四人は天満橋の橋の袂(たもと)に立った。

三時間も待った。四ツ、午後十時をすぎた。深夜であった。人の往来どころか、野良犬の姿もない。大坂天王寺下寺町にある万福寺に、新選組の大坂屯所があった。この時期にはまだ屯所と言えるほどの体裁は整っていなかったが、いわば新選組の大坂出張所という役目を果していた。

その万福寺にいる助勤の谷三十郎が、内山彦次郎の日常について内偵し、詳しいことを知らせて来ていたのである。それによると内山彦次郎は、常に駕籠を用いているということだった。

すでに老人なので、駕籠が便利なものになっていたのだ。帰宅はいつも夜遅くであり、用心棒として剣客を連れて歩いている。帰宅するのに、必ず天満橋を通る。そういった報告が、谷三十郎からあったのである。

その報告通り、午後十時すぎに一梃の駕籠が天満橋にさしかかった。脇に剣客らしい武士が、付き添っている。武士が手にしている提燈に、『西町奉行所』の文字が見られた。間違いなかった。

駕籠が天満橋の袂まで来たとき、四人が二組に分れて左右から襲いかかった。右側から飛び出したのが総司と原田左之助であり、反対側に永倉新八と井上源三郎が回っていた。四人は、一斉に抜刀した。

「内山彦次郎どのと、お見受けした」

総司が、そう声をかけた。返事はなかった。内山彦次郎であることを、認めたのであった。

「天誅!」

「内山、覚悟!」

原田左之助と、永倉新八が怒鳴った。駕籠を置くと、舁夫たちが逃げ出した。それに釣られたように、すくみ上がっていた剣客が提燈を投げ捨てて、舁夫たちのあとを追った。逃げる者に、用はなかった。

原田、永倉、井上の三人が、両側から駕籠に刀を突き入れた。呻き声が、聞えた。原田左之助が、内山彦次郎を引っ張り出した。胸に二カ所の傷口があり、そこから血が光りながら噴き出していた。

「ごめん」

八双の構えをとっていた総司が、刀を振りおろした。その刀は、内山彦次郎の首を切断していた。首が音を立てて、路上を転がった。四人は用意の捨札を天満橋の欄干に貼りつけると、早々に闇の中へ消えた。

大坂西町奉行所与力、内山彦次郎はあっさりと六十八年の生涯を終えたのである。しかし、この内山彦次郎の死は、大坂の豪商に多大の影響を及ぼしたのであった。内山彦次郎は新選組に暗殺されたという噂が広まったので、商人たちは一段と心を乱されることになったのだ。

近藤、土方が狙った効果は、十分に得られたのである。この年の十二月、近藤勇の名前をもって、鴻池善右衛門を筆頭に二十二人の大坂の豪商から、六千六百貫という高額の銀を借り入れている。もちろん、返済されることのない借用金であった。

慌しい動きの中で、十日ほどがあっという間にすぎていた。元治元年六月一日は、朝から蒸し暑い日であった。総司は、不快感を覚えていた。健康でない証拠だった。暑さのために、心身ともに憔悴しきってしまうような気分である。

四月、五月と血痰を吐く回数が多くなっていた。頻繁なだけではなく、量も増えている。血痰というよりも、血そのものを吐いているように思えた。微熱がとれないので、全身がだるくて仕方がない。

　蒸し暑さが、そうした身体の負担を、更に苛酷なものにする。じっとりと、汗ばんでいる。その汗を拭き取っても、爽快感を覚えるようなことにはならなかった。涼しい穴の中にでもはいって、ぐっすり眠りたいと総司は思った。

　総司は、畳に寝転がった。汗を拭きながら、そうしているほかはなかったのである。書物を読む気にもなれないし、起き上がることさえ億劫だったのだ。意欲というものが、まるで湧かないのであった。

　総司は、動かない風鈴を見上げた。風がないのである。鳴らない風鈴を見て、まるでいまの自分みたいだと総司は苦笑した。鳴らない風鈴と疲れきった自分に、似通ったものを感じたのだった。

　労咳に間違いないと、総司はすでに覚悟を決めていた。かなり、悪化しているのではないだろうか。あるとき突然、溢れ出るような多量の血を吐くことになると、総司は他人事のように考えていた。

　廊下と中庭のあたりで、人声が聞えている。騒がしかった。慌しい気配を、総司は感じ取っていた。土方歳三の部屋の前だろうか。何かあったのに違いないと、総司は緊急事態の発生を予測していた。

「駕籠を、用意せい！　三梃だ！」

土方歳三が、大きな声で命じている。そのあと、こっちへ向って来る足音が聞えた。二人の者が荒々しい足どりで、歩いて来るのだった。すぐ総司の目の前の廊下に、二つの人影が並んで立った。

「総司、出張（でば）ってもらうぞ」

土方歳三が、緊張した面持で言った。原田左之助が、一緒であった。

「誰かに、代りを頼めませんか」

総司は上体を起しながら、弱々しく笑って見せた。

「加減が、悪いのか」

土方歳三が、眉間（みけん）に皺（しわ）を刻んだ。

「息苦しいほどに……」

総司は中庭の鮮やかな緑に、目を走らせた。

「気の毒だが、是が非でも総司に出張ってもらわなければならんのだ」

「行く先は、どこですか」

「三条縄手（なわて）の三縁寺（さんえんじ）だ」

「斬るのですね」

「白昼堂々と宮部鼎蔵の従僕忠蔵と、長洲脱藩浪士宮川亀太郎が、三縁寺の門前で落ち合った。そこを襲って二人を捕えようとしたが、宮川亀太郎が激しく刃向って手に負えないという知らせがあったのだ」

「宮川亀太郎……?」

「気になるか」

「いいえ、別に……」

「そうだろうな。総司の知己というのは、大久保帯刀と申す長州脱藩の浪士だ。宮川亀太郎とは、別人だろう」

「多分……」

「では総司、急ぐのだ」

「はい」

総司は立ち上がって、大小の刀を腰に差し込んだ。総司が部屋を出たとき、背後で風鈴がチリンと鳴った。

土方歳三、原田左之助、それに総司の三人は、屯所前から用意の駕籠に乗り込んだ。急げという指示を受けていたらしく、舁夫は可能な限りのスピードを出した。駕籠は壬生村から三条縄手まで、突っ走ったのであった。

総司は激しく揺られながら、絶望感に似た気持を噛みしめていた。それは、土方歳三という男に対する絶望感だった。これでもう自分の心は土方歳三から、完全に離れてしまうだろうと総司は思ったのである。

受け取りようによっては、それが土方歳三の厳しさということになるのかもしれない。だが、それにしても陰険なやり方に、すぎるのではないか。性格的に残忍なのか、そうでなければ他人の気持というものを、まったく考えない男なのだ。

宮川亀太郎と大久保帯刀が同一人物だということは、当然わかっているはずなのである。宮川亀太郎が総司の知人であることも、土方歳三は承知している。その宮川亀太郎をわざわざ、総司に殺させようとするのだった。

何のために、そんなことをするのか。一つには、総司の心を試すためなのだ。新選組のためには、知人だろうと親友だろうと、容赦なく斬り殺す。それだけの気持が総司にあるかどうかを、確かめたいのである。

もう一つには、一種の牽制(けんせい)と考えていいだろう。新選組の使命の厳しさを、再認識させる。そうすることによって近藤、土方、総司の結束の重要性を改めて自覚させようとしている。宮川亀太郎を手にかけるという踏絵を経て、総司が近藤や土方に密着することを望んでいるのである。

だが、そのような手段は今更、無意味なことであった。それ以前に、総司の気持は白けきってしまっていたのだ。今日の土方のやり方に接して、更に総司の心は冷たくなった。ただ、それだけのことだった。

総司は、そう思った。土方を非難する気にもなれない。相手が誰であろうと、言われるままに斬ればいいのだ。流血に生きる男なのである。そのように、生れついているのかもしれない。

《どうでもいい》

人を斬る。その流血の場に背を向けて、自分は何の感慨もなく立ち去る。次の獲物に向って、黙々と歩く。そして再び血を見たあと、流血の場に背を向けて立ち去る。自分とは、そういう人間なのだ。総司は、諦めに似た気持で、そのように考えていた。

三梃の駕籠が、三条縄手の三縁寺前についた。正午をすぎたばかりの炎天下だが、あたりは無気味に静まり返っていた。新選組と尊攘派浪士の斬り合いだと聞いただけで、人々は遠くのほうへ逃げてしまう。遠巻きにする野次馬の姿もなかった。

三縁寺の門前に、十人ほどの人影があった。土塀を背中にして、宮川亀太郎が仁王立ちになっている。その横に、町人ふうの男がすわっていた。宮部鼎蔵なる男の従僕、忠蔵に間違いなかった。

その二人を半円形に押し包んで、四人の新選組隊士が刀を構えていた。少し離れたところで、二人の隊士が傷の手当を受けている。手当をしているのは、土方歳三の手先である徳蔵と八兵衛であった。

二人が負傷して、動けなくなっている。対峙(たいじ)している新選組隊士の中にも、出血を認められる者がいた。さすがに練兵館道場の神道無念流の使い手だけあって、宮川亀太郎は新選組の若い隊士たちを大いに苦しめていたのである。

宮川亀太郎も二、三カ所、手傷を負っていた。逃げることは難かしく、身動きがとれなくなっている。両者ともすくんだ恰好で、睨み合いを続けていたのだった。総司は濃い影を連れて、土塀沿いに足を運んだ。

五カ月前に再会を約して宮川亀太郎とは別れたのだが、総司が危惧(きぐ)していた通りの事態となった。最も恐れていた再会の形であり、そのときの訪れも予想以上に早かったのである。

「沖田さん……」

宮川亀太郎が蒼白な顔を、総司のほうに向けた。

「その後、お変りなく……」

そう言いながら、総司は刀を抜き放った。背後にいる土方歳三を意識することもなく、沖田総司はまったく表情のない顔でいた。

消えて名も残さず

一

蟬の声が、聞えている。白昼の静寂が、視界の明るさを強調しているように感じられた。寺院は素知らぬ顔を装うように、あるいはすべてを拒むように静けさに包まれていた。蟬の声だけが、生死の境にある人間をからかうように降って来る。

この三条縄手の三縁寺には、池田屋事変で殺された志士たちが埋葬されることになる。同じ三縁寺の門前で、いま沖田総司は宮川亀太郎を斬ろうとしているのだった。もちろん宮川亀太郎には、間もなく同志たちがこの三縁寺に葬られるという予測などあろうはずがなかった。四日後に池田屋事変となることを、誰も知ってはいなかったのだ。沖田総司も土方歳三も、近藤勇さえも四日後に何があるか、予断のしようがなかったのである。運命とは、そういうものであった。

沖田総司は、刀を上段に振りかぶった。頭の中だけが冷たく、全身は燃えるように熱くなる。人を斬るときの、一種の条件反射であった。緊張感が漲って、そこから斬らなければならないという殺意が生れる。

総司の顔を、汗が流れた。宮川亀太郎の蒼白な顔も、汗で光っている。暑さだけに誘われての汗ではなく、その半分は脂汗なのである。宮川亀太郎は、下段に構えている。戦意を喪失していることは、明らかであった。

下段は、防備の構えである。追いつめられた者が、防備の構えを取っていていいものではなかった。血路を切り開くためには、遮二無二攻撃に出るのみであった。だが、宮川亀太郎は、攻撃体勢をとろうとしない。

戦意を、失っているのだ。負傷している上に、相手は多人数である。援軍は、期待できない。そこへ総司という強敵が、更に加わった。宮川亀太郎はもはやこれまでと、死を覚悟したのに違いなかった。

「死して名を残さんと、大口を叩きたいところだが……」

肩で喘ぎながら、宮川亀太郎が言った。総司は、黙っていた。宮川亀太郎の双眸に、哀願するものが感じられた。今生の別れに何やら伝えたいことがあるのではないかと、総司は宮川亀太郎の胸のうちを察していた。

「名を残すほどの人物になるには、あと十年の歳月が必要だったとだけ、負け惜しみを申しておこう」

宮川亀太郎は刀を重そうに動かして、消極的に逆下段の構えに改めた。

「手出しは無用だし、妨げになるから退いてもらおうか」

総司は左右の新選組隊士に、そう声をかけた。両側にいた四人の隊士が、それを待っていたように刀を引いて後退した。隊士たちは疲れていたし、恐怖感からも解放されてホッとしたようだった。

人払いをした。あとは接近して、土方歳三に気づかれないように言葉を交わすだけであった。総司は目で頷いて、一呼吸置いてから踏み込んだ。上段の構えから振りおろすというよりも、受け止める宮川亀太郎の刀の鍔に峰を叩きつけることが目的だった。

総司が、押しこくる。宮川亀太郎は力負けして、土塀まで追いやられる。汗が飛び散り、地上で二つの影が重なり合う。顔と顔が、近づいた。宮川亀太郎の血走った目が、眼前にあった。

「頼みがある」

宮川亀太郎の口から、激しい息とともに低い声が吐き出された。

「手短かに……」

総司も、小声で言った。

「女だ」

宮川亀太郎は腰砕けになって、土塀に凭れかかった。

「どうすれば、よろしいのですか」

総司は宮川亀太郎の左側に、強引に回り込んだ。土方歳三や原田左之助に、背を向けるためであった。

「江戸へ、帰してやりたい」

「それで……」

「名は麻衣、年は十七だ」

「どこに、おるのです」

「西木屋町の……」

「尾形屋ですか」

「いや、今朝になって富田屋という油屋に預けて……」

「わかりました」

「詳しいことは、麻衣どのに会って聞いてもらいたい」

「はい」

「沖田さん、今生の別れに際しての頼みだ。くれぐれも、よろしく……」

「ご安心下さい」

「かたじけない」

宮川亀太郎の目が、チラッと笑った。

「おお！」

総司は、気合いを発した。宮川亀太郎の声を消すと同時に、長引く鍔迫合いを誤魔化したのである。

「沖田さん、遠慮はいらぬ」

宮川亀太郎が言った。

「宮川さん」

総司は、唇を噛みしめた。

「次の再会は、あの世で……」

と、宮川亀太郎は総司を押し返し、土塀に沿って身体を二転三転させた。総司は斜め左から、刀を振りおろした。空気が引き裂かれて悲鳴を上げ、そのあと太い木の枝を折るような音が聞えた。

光が地上へ走った。鍔元で折れた宮川亀太郎の刀が、宙を飛んで地面に落ちたのである。宮川亀太郎の右手には、刀の柄と鍔だけが残っていた。総司は改めて、真向上段の構えにはいった。

これが殺し合いではなく、単なる手合せであるならば総司は是非とも、宮川亀太郎の俗に言う八双の構えを見せてもらいたかった。神道無念流の右横上段の構えには、四段の変化があるのだった。

その四段の変化に対応して、剣を振ってみたかったのである。しかし、宮川亀太郎にはそれほどの余裕もなく、柄と鍔だけを残した刀を手にして、生きて最後に見る日射しに目を向けているのであった。

宮川亀太郎が、刀の柄を投げ捨てた。総司はいま、シーンとした静寂の中にひとり沈んでいた。人を斬るときの孤立感に包まれて、『無』の世界を見つめている。緩慢な意志の動きとは裏腹に、総司の肉体は素早く活動するのだった。

殺意が、砕け散った。

総司の刀が円を描き、閃光となって落下した。宮川亀太郎は、それを避けなかった。まず赤い飛沫が、空中に舞って四散した。宮川亀太郎の身体が左に傾き、右肩から胸にかけて腰ヒモほどの幅で赤い線が走った。

総司の刀は地上すれすれで半円を再び描くと、そのまま転じて垂直に上昇した。それは天を刺すような形で一瞬固定されたあと、斜めに下降して殆ど水平に近くなった。そこで刀は、宮川亀太郎の首筋に接していた。

刀は水平に宮川亀太郎の首を切断し、舞い上がる鮮血の中を反対側へ抜けた。宮川亀太郎の首は一旦、空中で静止したように見えた。だが、すぐに回転を始めて横に飛び、急に勢いを失って地上に落ちた。

宮川亀太郎の首のない身体が、肩と胸に血を浴びていた。急速に傾いた首のない身体は、地面に倒れ込んだ瞬間に動きをとめていた。重い首を失っているだけに、バウンドすることもないのであった。

総司は刀を、鞘に納めた。とたんに、蟬の声が甦った。頭の中の冷たさも、身体の熱っぽさも消えていた。足が地面に吸い込まれそうな疲れを全身に覚えて、総司は道の反対側へ歩いた。欅（けやき）の古木が、黒々とした日蔭を作っている。総司は地上にまで盛り上がっている欅の木の根に腰を据えると、顔の汗を拭い、頭をかかえるようにして肩を落した。総司は青銅の懐中鏡の重味を、衿（えり）の奥深くに感じていた。

影が近づいて来た。総司は、顔を上げた。だが、目の前に立った土方歳三を、振り仰ごうとはしなかった。総司は宮部鼎蔵の従僕忠蔵が、新選組隊士によって縛り上げられている光景をぼんやり眺めやっていた。

「総司、よくやった。見事だったぞ」

土方歳三の声が、降って来た。

「疲れました」

総司は、憮然とした面持で言った。いつものように、もう一つの仮面をかぶる気にはなれなかったのだ。総司は無理に、笑顔を作らずにいた。

「一段と、顔色が悪くなったな」

土方歳三の声は、なぜか明るかった。恐らく総司が私情を殺して、宮川亀太郎を斬ったことで、十分すぎるくらいの満足感を得たのに違いない。土方歳三にしてみれば、わざわざ総司を連れ出して宮川亀太郎を斬らせただけの甲斐(かい)があったわけである。

「しばらく、ここで休んで行きます」

「そのほうが、いいかもしれんな」

「どうぞ、お先に……」

「では、われわれは一足先に、引き揚げることにしよう」

「そうして下さい」

「駕籠は、よいのか」

「辻駕籠を拾って、戻りますから……」

「誰かひとり、残して行こうか」

「いや、結構です」

総司は、冷やかに答えた。一刻も早く、ひとりになりたかったのだ。

「気をつけろよ」

そう言い置いて、土方歳三は立ち去って行った。その土方歳三と原田左之助を乗せた駕籠が、熱風に追われるように走り出した。駕籠があと一梃、残っている。総司が乗って来た駕籠である。

それに、負傷して歩行困難な若い隊士が、乗り込んだようだった。その駕籠も、ゆっくり遠ざかって行った。残った隊士たち、それに徳蔵と八兵衛が、跡始末に取りかかっていた。

宮川亀太郎の首級を、油紙に包み込む。八兵衛がどこからともなく、手桶と莚を運んで来た。その油紙に包んだ首級は手桶に入れ、首のない死骸は三縁寺の門の中に置いて莚をかぶせる。そのあと、路上の血痕を、蹴散らした土で消して歩いた。

跡始末を終えた一同は、総司に会釈を送ってから引き揚げ始めた。八兵衛が、縄付きの忠蔵を引っ立てる。四人の新選組隊士が、その周囲を固めていた。手桶を持った徳蔵が、負傷している隊士に力を貸して、そのあとに従った。

総司がひとり、欅の木の下に残った。野次馬が、集まって来る気配もなかった。多分、総司が居残っていることを、遠くから確かめたのだろう。眩しいほど明るい無人の道に、白昼の静寂があった。

西木屋町へ足を向けることを、総司は思い留まった。いま頃は新選組の別働隊が、西木屋町の武具商尾形屋の家宅捜索を行なっているに違いない。宮川亀太郎の行動と関係者との交流の裏付けを取るために、尾形屋の家人も厳しい取調べを受けているはずだった。

そうしたところへ、総司が顔を出すわけにはいかなかった。いまは麻衣という娘の無事を、念じなければならない総司なのである。宮川亀太郎の死に際の願いは、何としてでも叶えてやりたい。

一命を賭しても引き受ける、といった感情的で大袈裟な言葉が、総司は大嫌いであった。だから総司は、宮川亀太郎にもそうした約束をしなかった。しかし、心づもりとしては、一命を賭しても――だったのだ。

千鶴を死へ追いやった。

宮川亀太郎を、手にかけた。

いずれも、やむを得ない事情だったとはいえ、宮川亀太郎の霊に対してこれほど大きな借りはない。その宮川亀太郎の最後の願いを叶えてやれなければ、もう永遠に借りは返せないのであった。

麻衣という娘と宮川亀太郎との関係については、見当のつけようもなかった。だが、そんなことは、どうでもいいのである。宮川亀太郎の望み通り、麻衣という娘が江戸へ帰れるように手段を講じてやればいいのだ。

宮川亀太郎は今朝になってその娘を、同じ西木屋町の富田屋という油屋に預けたらしい。何となく危険が迫っていることを、察知したのかもしれない。二、三日中に富田屋を訪れて、麻衣という娘に会ってみようと総司は思った。

だが、総司が実際に西木屋町の富田屋を訪れたのは、六月四日の日暮れどきであった。宮部鼎蔵の従僕忠蔵を捕えたことが、新選組に慌しい動きをもたらす結果となったのである。そのために総司も、私的な時間を奪われたのだった。

宮部鼎蔵の従僕忠蔵が捕えられ、宮川亀太郎が総司の手にかかった直後に、新選組の別働隊は西木屋町へ急行していた。西木屋町四条上ルの桝屋（ますや）喜右衛門方と、同じく武具商尾形屋を探索するためであった。

尾形屋は宮川亀太郎の寄宿先として、家探しを受けたのである。宮川亀太郎については、メモ程度の日記帳、手紙などを押収しただけに終った。尾形屋の家人を取調べたが、殆ど収穫は得られなかった。

尾形屋には、もうひとり寄宿人がいるということが確認されていた。江戸の儒学者水野孔明の娘で、十七歳になる麻衣であった。水野孔明は、長州藩江戸屋敷に出入りしていた人物で、藩士との付合いも古かった。

特に練兵館の塾生だった長州藩士と親交があり、その影響力は決して弱いものではなかった。

当時から桂小五郎と縁が深く、その後も緊密な連絡を絶やさなかった。麻衣は、その水野孔明のひとり娘だった。

父娘(おやこ)は元治元年四月に京に上り、西木屋町の尾形屋に寄宿した。宮川亀太郎を通じて、水野孔明は桂小五郎と連絡を取り合った。五月半ばになって急遽、水野孔明だけが江戸へ引き揚げた。

恐らく桂小五郎との会見を果し、何らかの事情があって急ぎ江戸へ戻ったものと思われる。急ぎ旅の足手まといになる娘の麻衣は京に残り、そのまま宮川亀太郎とともに尾形屋での寄宿生活を続けたのだ。

そこまで情報を摑(つか)んでいた新選組としては、尾形屋を襲って麻衣を捕えるつもりだったのである。だが、麻衣は六月一日の早朝、旅支度を整えて尾形屋を出たということであり、捕縛はできなかった。

一方の桝屋喜右衛門宅も、宮部鼎蔵が寄宿するようになったことから、新選組の監視の対象となっていたのであった。すでに可能な範囲での、情報集めは九分通り完了していたのである。

そこで宮川亀太郎と忠蔵の接触の現場を押えると同時に、宮部鼎蔵逮捕に踏み切ったのだ。そのために、新選組は桝屋喜右衛門方を探索したのであった。しかし、宮部鼎蔵もまた、姿を消していた。

外出中ということだったが、宮部鼎蔵はそれっきり桝屋喜右衛門宅へは戻って来なかった。忠蔵が捕えられたと聞けば、それは当然のことであった。宮部鼎蔵はいずこかに、身を隠したのである。

そうなっては、忠蔵を責め立てるほかに策はなかった。直ちに、忠蔵に対する厳しい取調べが行われた。忠蔵は主人の潜伏先を知らなかった。だが、その代りに意外な事実が、忠蔵の口から洩れたのであった。

二

六月四日の七ツ半、午後五時——。

沖田総司は、西木屋町の油商富田屋を訪れた。総司は白絣（しろがすり）の着物に黒袴（くろばかま）という私服姿で、顔さえ知られていなければ新選組隊士とはわからない外見だった。例によって、高下駄を突っかけていた。

富田屋は、小さな油屋であった。油の詰った甕（かめ）が幾つも並んでいるような問屋とは違い、店先の土間が細長くて狭かった。奉公人もいないらしく、中年の夫婦者が不安そうな顔つきで総司を迎えた。

「江戸からの客人、麻衣どのにお目にかかりたい」

総司は言った。意識して、柔和な表情を作っていた。夫婦者は一旦ハッとなってから、慌てて首を振った。そんな人はいないと言いたいのだろうが、声が出ないのである。尊攘派浪士に加担して、強かぶりを発揮する商人には程遠かった。

時流には無関係、無関心の善良な市民なのである。恐らく宮川亀太郎にそれなりの義理があったか、単純な人情からかで麻衣を匿うことを引き受けたのだろう。いまの総司にはそうした類いの人々が、懐かしく感じられるのだった。

「心配は無用だ。宮川さんから、麻衣どのの今後について頼まれた者ですよ」

総司は、白い歯を覗かせた。今度は、作り笑いではなかった。夫婦者もホッとしたように、肩を落して笑った。

「どうぞ……」

と、女房が案内に立った。細長い土間の奥に、急角度の梯子段があった。家の中の一部が土蔵造りになっていて、梯子段はその二階へ通じているのである。総司は、梯子段をのぼった。遠慮してか女房は、梯子段の下で総司を見送った。

二階の六畳二間は、いずれも薄暗かった。裏に面して、土蔵の窓が一つだけあった。だが、住居の体裁は整っているし、蒸し暑さを我慢すれば土蔵の二階という気はしなかった。総司は、立ち上がった娘の姿を見た。

「お初に、お目にかかります」

総司は、気さくに声をかけた。娘は、棒立ちになっていた。驚きと不安に、立ちすくんでいるのである。

「麻衣どのでしょう」

総司は、奥の六畳まで足を進めた。娘は無言で頷いた。

「宮川さんから、麻衣どののことを頼むと言われましてね」

総司は、娘の視線を眩しく感じた。総司は思わず、目を伏せていた。麻衣に対して、いったいどのように説明したらよいものかと、総司の胸のうちには翳りがあったのだ。何もかも、言いにくいことばかりだった。

嘘はつきたくないし、偽名を使うことも性に合わない。そうなると、新選組助勤筆頭の沖田総司と名乗らなければならなかった。そうとわかれば、麻衣は当然、同席することを拒むほど警戒するだろう。

また、宮川亀太郎を手にかけたのは自分だと、正直に打ち明けなければならない。そのことは一層、麻衣の恐怖心を煽るに違いなかった。総司を、敵視するはずである。そう思うと、気が重くなるのだった。

総司を凝視していた麻衣が、気を取り直したようにコマメな動作に移った。麻衣はまず行燈に火を入れて、それから夏座蒲団を総司のほうへ押しやった。そのあと自分も、畏まって正座した。

「麻衣でございます」

麻衣は、両手を突いて挨拶した。

「いや、どうも……」

戸惑いがちに、総司もすわった。行燈の火で、部屋の中が明るくなっていた。その明るさの中で、麻衣の顔をはっきり確かめることができた。声が少女のように可愛らしかったが、顔もそうであった。

総司が、麻衣という娘の素姓について知ったのは、二日前のことだった。土方歳三から、聞かされたのである。宮川亀太郎に関してそこまで調べが行き届いていたのかと、総司は改めて驚かされたのであった。

最高幹部のひとりではあっても、総司がタッチするのは基本方針か実際行動についてのみである。それも形式的に、会議の席につくだけであった。多くは近藤勇の指示を受けて、命令通りに行動する。それが総司の、役割というものだった。

それ以外のことには、殆ど関与しなかった。秘密裡に何が行われているか、どのような情報が収集されているか。そうしたことは総司にまで、いちいち知らされなかったのだ。総司のほうも行動隊員だと割り切っていて、知ろうとはしなかったのである。

それで土方歳三から、宮川亀太郎には同宿の女がいて、その正体は江戸の儒学者水野孔明の娘麻衣だと聞かされたとき、総司は呆気にとられたくらいだった。同時に総司は、儒学者の娘らしい麻衣を、想像していたのである。

利発で、知的な娘。気丈で、男勝りの娘。完成されて隙のない娘だろうが、どことなくギスギスしているのに違いない。どちらかと言えば無器量な娘だろうと、勝手にイメージを作り上げてしまったのだ。

だが、総司の想像は、単純にすぎたようだった。儒学者の娘というより、商家の箱入娘といった印象である。おっとりしていて、気品があって、弱々しく繊細で、いわゆる娘という感じの実物だったのだ。

美人とは言いたくないほど、円味のある可愛らしさであった。知性よりも、町娘の初々しさが感じられた。気丈どころか、ここにひとり取り残されて心細さに耐えきれなかったのではないかと、保護本能を掻き立てられるような娘だったのである。

「宮川さんについては、お気の毒なことだと思っております」

総司は言った。麻衣は目を伏せたまま、黙っていた。言葉が途切れると、重苦しい気分になる。話を続けて早々に用向きを片付けようと、総司は焦り気味であった。

「宮川さんからは、麻衣どのを江戸へ帰してくれと頼まれました。当然、麻衣どのも江戸へ帰ることを、望まれておいででしょうね」

総司は乱暴に、扇子の風を自分の顔に送った。

「はい」

麻衣は、小さな声で答えた。

「急ぎますか」

「できることなら……」

「しかし、麻衣どのには、新選組の目が光っております」

「はい」

「麻衣どのが尾形屋から姿を消したということで、新選組隊士数名が大津、草津まで馬を飛ばしたほどですよ」

「わたくしが江戸へ向ったものと見て、追手をかけたのですね」

「そうです」

「すると……」

「最も危険な西木屋町に麻衣どのがおられるとは、誰もが考え及ばなかったのでしょう」

「では、ここに留まっていたほうが、無難なのでございますか」

「ここしばらくは……」

「この富田屋のあるじには宮川さまが、十日の間という約束で、わたくしのことをお願いしたのだそうでございます」

「十日の間に限って、預かってくれと頼んであるのですか」

「はい」

「それではあと五日は、ここに匿ってもらえますね」

「多分……」

「よろしい。五日後の明け六ツに、お迎えに参りましょう」

「五日後の明け六ツ、でございますね」

「支度を整えて、お待ち下さい」

「あなたさまが、おいで下さいますか」

「参ります」

「江戸まで、ご一緒に……?」

「いや、それは叶うことではありません。しかし、麻衣どのひとりでは京を抜け出すことも覚束ないでしょうから、間違いなく江戸へ向うことができるというところまで同道するつもりです」

「どうか、よろしくお願い致します」

「承知致しました。では……」

総司は、立ち上がった。これ以上、何か訊かれないうちにと、半ば逃げ出したい気持だったのだ。早々に退散と、総司は大股(おおまた)に部屋を出た。

「あの……」

梯子段の上まで追って来た麻衣の声が、躊躇するように降って来た。梯子段の途中で、総司は振り返った。

「きっと……」

麻衣が、縋(すが)るような目で言った。

「必ず……」

総司は笑顔を見せて、そのあと梯子段を駆けおりた。総司は夫婦に五日後に迎えに来るので、それまでよろしく頼むと伝えてから富田屋を出た。

総司は、胸を撫(な)でおろしたい気分になっていた。麻衣は、総司と宮川亀太郎の関係について、まったく質問しなかったのだ。総司の姓名すら、尋ねようとはしなかった。軽率だと、言えないこともない。

しかし、それだけ麻衣が宮川亀太郎の人物を、信じきっているということになるのかもしれなかった。あるいは、麻衣が世間知らずの娘だ、というふうにも受け取れる。その逆であって、隠密行動をとる者は余計なことを訊かない答えないの鉄則を十分に心得ていると、そんなふうにも考えられるのだった。

いずれにしても、何も訊かれずにすんだことは、総司にとって大きな救いであった。いつになく明るい気持で、総司は宵の町中を歩いた。麻衣の可愛らしさが、荒涼とした総司の胸のうちに、爽快感を植えつけたのかもしれなかった。

総司は久しぶりに、親しい娘と出合ったような気がした。それは多分、言葉のせいであった。男の関東弁は、生活の中に生きている。しかし、女の関東弁は、殆ど聞いたことがない。

女はすべて、関西弁である。日常耳にするのは、女の京都弁であった。それが、しばらくぶりに江戸言葉の娘と、話をしたのだった。懐かしいというより、まずは親近感を覚えた。総司は姉のお光を思い出し、江戸へ心を走らせていた。

京では、人を斬るために生きている。だが、江戸には、血を見ない日々があるのではないか。笑うも泣くも自分の意志次第という生活が、江戸には過去の延長として存在しているのではないか。総司はふと、ほろ苦いような江戸への慕情を覚えていた。

しかし、壬生屯所に戻ったとたんに、江戸が恋しいといった感傷は吹き飛ばされた。ただ単に、総司も馴れきっている殺伐とした現実が、待ち受けていたわけではなかった。重大な事態というものが、新たに生じていたのである。

宮部鼎蔵の従僕忠蔵の口から、桝屋喜右衛門のもう一つの顔について、秘密が洩れたのであった。筑前御用達割木屋の桝屋喜右衛門は同時に、輪王寺宮家の臣、古高俊太郎でもあるとわかったのだ。

尊攘派浪士と長州勢の一連の慌しい動きの中心点に、桝屋喜右衛門の仮面をかぶった古高俊太郎が存在していたという判断が下された。古高俊太郎は意外な大物であり、尊攘派の動きに関する重大な秘密を握っていると目されたのであった。

直ちに、古高俊太郎の逮捕が決定した。翌五日の夜明け前、新選組は桝屋喜右衛門宅を再度急襲した。その場で多くの密書や武器を押収し、新選組は桝屋喜右衛門即ち古高俊太郎を壬生屯所へ連行した。

忠蔵の自白と押収した密書類から、極めて近い将来に尊攘派が何らかの行動を起すことになっていると、推察できたのであった。問題はその行動内容、計画遂行の日時、関係者の顔触れを知ることである。

「急がねばならない」

「何としてでも、古高俊太郎の口を割らせるのだ」

近藤勇も極度に緊張していたし、土方歳三は血相を変えていた。新選組始まって以来の重大事に、直面したのであった。宮部鼎蔵を監視し、桝屋喜右衛門方を探り、宮川亀太郎を斬り、忠蔵を捕えても、これほど大きな問題にぶつかろうとは予測していなかったのである。

古高俊太郎を、拷問にかけることになった。一刻の猶予もならないし、いかなる手段に訴えても白状させる。土方歳三は、その二点に徹しきったのだ。古高俊太郎は屯所の裏庭の土蔵の一つに監禁され、苛酷な拷問を加えられた。

容赦なく責め立てられ、休みはまったく与えられなかった。殺さないようにする拷問というのは、肉体的に最も苦痛を強いるものであった。それは全身に苦痛を与えずに、局部的に責めることになるからだった。

つまり、気絶によって苦痛から逃れるということが、できないのである。たとえば水責めにするよりも、指を一本ずつ切り取るほうが効果的だった。海老(えび)責(ぜ)めにするよりも、焼け火箸(ひばし)を押しつけたほうが、長引く拷問には適している。

水責めや海老責めは、気絶させることが多い。それを頻繁(ひんぱん)に繰り返すと、死に至らしめることになる。しかし、指を切り落しても焼け火箸を押しつけても、大の男は気絶しないし死ぬこともない。従って、苦痛と恐怖心が倍加するのであった。

ついに古高俊太郎は、すべてを白状に及んだ。自白の内容は、更に驚くべきことであった。近藤勇と土方歳三が仰天し、顔色を失ったほどだった。長州勢と尊攘派浪士が京に集結した目的というのが、明らかになったのである。

烈風の日を選んで皇居に火を放ち、その混乱に乗じて中川宮朝彦親王、松平容保など公武合体派の中心人物を襲撃するという計画だったのだ。しかも、そのための行動は、すでに起されているというのであった。

三百人に近い長州勢と尊攘派の藩士・浪士が、三条小橋の池田屋を中心に分宿し、集会を開くことになっている。桂小五郎、宮部鼎蔵、吉田稔麿など小人数ながら各藩の大物が池田屋に、あとは木屋町三条上ルの四国屋に集まる。

それも、今夜——。

古高俊太郎は、そのように自白したのであった。

しかし、事実はいささか違っていて、集会に参加することになっていた浪士の大半が大坂へ引き揚げるか、河原町の長州藩邸から出なかったかであったのだ。その主たる原因は、古高俊太郎が逮捕されたことにあったのである。

ただ、池田屋における長州、土佐、肥後などの藩士の会合だけは、予定通り開かれた。古高俊太郎が捕えられたその日のうちに、拷問によって一切を白状してしまうとは、誰も思っていなかったのだ。

それはともかく、近藤勇は池田屋及び四国屋襲撃を決定した。相手はかなりの人数であり、もちろん新選組独力ではどうにもならない。近藤勇はこの重大事を松平容保と所司代に報告するとともに、会津兵の出動を要請することにしたのである。

だが、一刻を争うときになっても、会津兵が出動する気配はまったくなかった。

三

日が暮れた。

蒸し暑い夜が訪れた。明日は、祇園祭の宵山である。しかし、そんなことが嘘のように、重苦しく緊迫した空気が祇園町会所を支配していた。祇園町会所には、制服姿の新選組隊士三十四人が集まっていた。

池田屋と四国屋襲撃のために、近藤勇は全隊士に出動命令を下した。当時の隊士は約百人だったが、出動命令に応じたのは近藤と土方を除いて三十二人だけであった。残りの隊士は、参加しなかった。

表立って、命令を拒否したわけではない。病気、不在、怪我など、それぞれ出動に応じられない理由があった。だが、それらは口実にすぎなかった。実質的には、出動命令拒否だったのである。

なぜ、拒否したのか。

確固たる信念をもって、拒んだ者もいる。それは、新選組が主導権を握って行動すべきことではない、という考え方に基づいているのだった。長州藩士が中心になって事を起そうとしているのに、末端の警備隊にすぎない新選組が前面に出て対処するのはおかしいという主張である。

当然、京都守護職が鎮撫すべきことではないか。会津藩兵が出動して、新選組は市中の治安保持に回る。それが、相応の行動というものである。何も新選組がシャカリキになって、先頭に立つことはない。

と、これは山南敬助と、それに同調する隊士たちの意見だった。このときとばかり乗り出そうとするのは、土方歳三流の売名行為である。山南敬助は、そのように読んでいたのだった。

しかし、そうした主張が容認されるはずもないので、山南敬助とその同調者たちは口実を設けて出動命令に応じなかったのである。その考え方とは別に、出動に気乗りしない隊士たちがいた。

西国出身の隊士たちである。ひとりや二人ならともかく、大勢の浪士を殺戮する。それが、同じ西国の人間たちなのだ。西国人同士が、殺し合いを演ずる。しかも、新選組としてどうしても、避けることのできない戦いというわけではない。

そのように思って、戦意を喪失した隊士たちもまた、出動に応じなかったのである。ほかに、これまでにない大規模な衝突、乱戦を予想して臆病風に吹かれたり、逃げ腰になったりした隊士が仮病を使ったのだった。

近藤と土方は、命令に応じた隊士だけを引き連れて、祇園町会所へ出張った。そこで会津兵の派遣を、待つつもりだったのである。だが、その肝心な会津藩兵が、一向に動こうとしないのであった。

汗を拭きながら、苛立たしさを堪えた。五ツ、午後八時をすぎた。焦燥感が、また汗を呼ぶ。なぜ、会津兵は動かないのか。その理由については、見当がついていた。会津が主体となって動けば、長州の反感をもろにかぶることになる。

会津兵と長州人の戦いが、そのまま会津藩と長州藩の対立になることを恐れている。

そうかと言って、会津兵のほかに軍隊らしいものはない。その辺のところで、松平容保も決断を下しかねているのだ。

「いかん」

と、土方歳三が大きく、舌打ちをした。すでに五ツ半、午後九時を回っていた。祇園町会所の奥の一室には、近藤勇、土方歳三、沖田総司、原田左之助、永倉新八、藤堂平助が顔を揃えていた。

「これ以上、待てませんな」

原田左之助が、好戦的な目を近藤勇に向けた。近藤勇は、黙っていた。瞑目(めいもく)したままの、仁王立ちであった。いかにも、近藤勇らしいポーズである。

「まさに千載一遇の好機を、見送ろうとしている」

土方歳三が言った。

「新選組だけで、乗り込みましょう」

原田左之助が忙しく、あたりを歩き回った。

「会津の兵は、動くまい」

「尊攘派の浪士どもを、見逃すつもりでしょうか」

「そうなれば、それもやむなし。守護職のお考えは、そんなところだろう」

「新選組が独自の動きとして、乗り込んだらどういうことになります」

「守護職はそれを、アテにされておいでかもしれぬ」

「そうなっても、会津の兵は動きませんか」

「新選組の旗色がいいと見れば、戦いがすんだ頃になって動き出すだろう」

「もし、新選組の旗色が悪ければ……?」

「見殺しにする」

「われわれは、見殺しにされるのですか」

「だが、それでも構わぬではないか」

「どういうことです」

「新選組の名を天下に轟かせ、その存在にこの上もない重味を持たせるためには、またとない機会(おり)なのだ。容易なことであれば、誰であろうと乗り込む。ところが、どうだ。会津の兵も所司代も動かぬし、京都見廻組の声も聞えぬではないか。だが、新選組だけが、わずか三十余名で斬り込んだ……」

「確かに、新選組の名は天下に轟きましょう。但し、勝てばの話です」

「敗れて、見殺しにされる。われらは、残らず討死する。そうなるならば、それまでのこと。戦(いくさ)とは、そういうものだ。しかし、虎穴に入らずんば、虎児は得られぬ。この新選組を日吉丸で終らせるか、それとも太閤(たいこう)秀吉にするか。いまこそ、そのいずれかを決めるときではないか」

土方歳三は、あたりを睥睨(へいげい)した。土方独特の名調子であった。しかし、口を開く者は、ひとりもいなかった。助勤たちの視線は、近藤勇に向けられていた。その近藤勇が、目を見開いた。

「副長、二手に分けるのだ」

近藤勇が、重々しい口調で言った。助勤たちの顔に、緊張の色が漲(みなぎ)った。

「同時襲撃ですか」

土方歳三の双眸が、夜明けを迎えたように光った。

「四国屋の敵は、多勢と聞く。そのほうへ、人数を割こう」

「局長は、いずれへ……?」

「池田屋へ向う。池田屋の敵は小人数だというから、五人ほどでよかろう。しかし、いずれも討ち洩らしてはならない相手らしいから、腕の立つ者を連れて行く」

「では、お選び下さい」

「総司、永倉、藤堂の三助勤、それに周平を連れて参る。副長にはあとの者を引き連れて、四国屋へ急行してもらおう」

「承知……」

「では、参るぞ……」

近藤勇は足早に奥の部屋を出て、隊士たちが屯している土間を横切った。途中で近藤勇は、ひとりの隊士を差し招いた。新選組最年少の隊士谷昌武であり、このとき十六歳であった。

だが、谷昌武は長兄三十郎に剣を、次兄万太郎に槍を学び、なかなかの使い手だった。兄弟三人とも新選組隊士で、揃って今回の出動に加わっていた。谷昌武はこれより少し前に近藤勇の養子となり、名を周平と改めたばかりだったのである。

近藤勇はこの若い養子を、池田屋へ向う少数精鋭に加えたのであった。近藤勇、養子周平、沖田総司、永倉新八、藤堂平助とわずか五名で、池田屋襲撃隊は三条小橋を目ざしたのだった。

　これは古高俊太郎の自白と、その後の情勢変化との違いによって生じた狂いのせいであった。池田屋に集まる敵の数を、八、九人と見ていたのだ。逆に集会を中止した四国屋に、かなりの人数がいるものと信じ込んでいたのである。

　一足遅れて祇園町会所を出発した土方隊は四国屋に到着したが、襲う相手がまったくいないという結果になった。池田屋は近藤隊に任せておいて大丈夫と思っているから、救援に急ごうという方針変更も行わなかった。

　逃げ散った敵が、近くに潜んでいるのではないか。あるいは四国屋をやめて、周辺のどこかに場所を替えたのではないか。そうした考えが先に立ち、土方隊はまず付近の探索に取りかかった。

　一方、わずか五人の近藤隊は池田屋に斬り込んでから、敵の人数がはるかに多かったことに気づいた。しかし、そうと知って退散するわけにもいかず、斬り死にを覚悟で襲いかかったのであった。

　池田屋の二階には、長州、土佐、肥後など数藩の藩士が二十八名ほど集まっていた。桂小五郎、吉田稔麿、宮部鼎蔵、松田重助、杉山松助、佐伯稜威雄（いづお）、望月亀弥太、北添佶磨（よしまろ）といった面々が顔を揃えていたのだ。

当面の議題は、古高俊太郎の救出についてであった。しかし、結論が出ないままに、公武合体派の中心人物に対する激しい非難に終始した。すでに食事も終り、酒が回っている者もいた。

その二階へ、近藤勇を先頭に五人が駆け上がった。吉田稔麿が最初に気づいて、大声で急を知らせた。藩士たちは、一斉に刀へ手を伸ばした。だが、混乱していた。自分の刀を手にした者のほうが、むしろ少なかった。

誰かが、自分の刀を奪ってしまった。仕方なく、誰かの刀を捜して手にする。捜しても身近に、刀が見当らない。手に触れたのが小刀であれば、それを抜き放つ。そのように、慌てふためいたのであった。

酔っている者は、咄嗟に逃げることを考えた。そして、転倒する。その上に、折り重なる。思い思いの方向へ走ろうとするので、あちこちでぶつかり合う。そうした混乱ぶりが、新選組の五人にとってはさいわいした。

限られた範囲、つまり室内で多人数が乱闘を演ずる場合は、不意を衝かれた大勢よりも小人数で襲った側のほうが、はるかに有利なのである。相手の人数の読み違いから、わずか五人で乗り込んだ新選組にとっては、怪我の功名と言えるかもしれない。

その大混乱の中を真先に、しかも巧みに逃げ出した者がいた。桂小五郎である。もともと逃げることにかけては、巧者の評判をとる桂小五郎であった。誰にも気づかれないうちに屋根へ出て、すぐ近くの対馬屋敷へ逃げ込んだのだった。

後日、桂小五郎は『木戸孝允自叙』で、その辺のところを体裁よく取り繕っている。それによると桂小五郎は午後八時に池田屋を訪れたが、同志がまだ来ていないので近くの対馬屋敷へ行ったというのである。

ところが、その対馬屋敷にいるうちに、新選組が池田屋を襲った。それで桂小五郎は、危うく難を逃れたのだという。もっともらしい弁解だが、それには多くの矛盾が含まれている。

近所の若者たちが池田屋に集まって、雑談でもしようという約束ではなかったのである。天下国家を動かすような重大な密議のために、長年の同志たちが命がけで集まって来る会合なのだ。

桂小五郎にしても、それなりの意欲と熱意と責任を持って、池田屋を訪れたはずだった。その桂小五郎がまだ同志が来ていないと聞いて、じゃあ出直して来ようと池田屋を出て行ったのだとしたら、あまりにも軽率にすぎる。池田屋の出入りにも警戒が必要だし、軽い気持で出たりはいったりできるものではない。同志がひとりも来ていなかったとしても当然、二階へ上がって待つべきではないか。

また、同志がひとりも来ていなかったということにも、疑問がある。今夕、池田屋に集まるということになっていたのに、八時になっても三十人近い同志がひとりとして来ていない。桂小五郎が、一番乗りだったというのは、どうかと思う。

恐らく、ひとりも来ていなかったわけではなく、まだ全員が揃うまで間があるということではなかったのか。そうだとすると、桂小五郎が出直して来ると言って立ち去ったことが一層、頷けなくなるのだ。

まだ誰も来ていないからと言って、一番乗りの人間が立ち去ってしまえば、会合は永遠に開かれない。従って、誰も来ていないから対馬屋敷へ回ったという小五郎の弁解は、まったく成り立たない。

それが更に、全員が集まっていないからという理由で対馬屋敷へ回ったのだとしたら、桂小五郎に池田屋会合の参加資格はない。そんなに甘ちょろい会合ではなかったのだし、暢気な小五郎の立場でもなかったはずである。ひとりでも二人でも同志が来ていれば、秘密の会合場所に留まるというのが常識ではないか。

次に対馬屋敷へ、足を伸ばした理由である。桂小五郎は、ただ池田屋を覗いてみるだけでよかった。同時に小五郎にとっては、池田屋の会合よりも重要な用向きが対馬屋敷にあった。と、二つの条件が重なってこそ、初めて桂小五郎が対馬屋敷へ足を向けたということが頷けるのだ。しかし、池田屋会合は桂小五郎にとって重要なことであり、それ以上に大切な用事が対馬屋敷にあったとは考えられないのである。

その対馬屋敷は、池田屋のつい目と鼻の先にある。仮に桂小五郎が対馬屋敷へ足を伸ばしたとしても、間もなく池田屋へ戻って来なければならない。近藤勇以下が池田屋に斬り込んだのは、午後十時であった。

午後十時には池田屋の二階に、三十人近い同志が集まっていたのだ。つまり八時にはひとりの同志さえ来ていなかったから、十時になっても集まらないという理屈にはならないのである。目と鼻の先の対馬屋敷にいたのだから、八時半、九時、九時半に池田屋へ戻って来てもよかったのだ。いや、戻って来るべきであった。いや、戻って来なかったのが、不思議だということになる。

二時間も池田屋での重要な会合や、危険を冒して集まって来ている同志たちを放置しておいて、桂小五郎はいったい対馬屋敷で何をしていたのか。

そうした矛盾以前の問題として、やはり八時に誰も来ていなかったから対馬屋敷へ行ったという桂小五郎の弁解は、成り立たないのである。その弁解が成り立つとしたら、池田屋での会合にはそんな程度の重要性しかなかったのかという新たな矛盾が、生じてしまうからなのだ。『木戸孝允自叙』は、以上のような多くの矛盾点を無視している。長州藩京都留守居役として河原町の藩邸にいた乃美織江の『桂小五郎儀は池田屋より屋根を伝ひ被逃(にげられ)対馬屋敷へ帰候由』という伝聞記録のほうが、はるかに素直に受け取れる。

しかし、逃げ出したのは、桂小五郎だけではなかった。池田屋の二階は広間には違いないが、巨大な空間があるわけではない。むしろ、狭い座敷ということになる。天井も低いし、欄間付きの鴨居(かもい)は頭上すれすれであった。そんな場所で三十人からの人間が、戦う体勢をとれるはずがなかった。

押し合いへし合い、右往左往の大混乱からまずは脱出しようとするのが、集団心理というものだった。夏の夜に、雨戸は不要であった。半数以上が二階から屋外へ逃げたり、逃げようとしたりしたのである。

四

近藤勇の豪剣を、最初に浴びたのは土佐藩の北添佶磨であった。

「北添佶磨！」

と、絶叫しながら飛び出して来たので、そうと知れたのである。北添佶磨は顔面と胸を割られて、廊下を転がり壁にぶつかって動かなくなった。誰が誰を斬ったか、はっきりしているのはその一例だけであった。

あとは加害者、被害者の結びつきなど、まったく不明だった。十分に面識ある者同士が、じっくりと顔を見定めてから斬り合うわけではなかった。知らない顔が互いに多いし、双方とも死にもの狂いなのである。

相手の顔を、見る余裕さえなかった。その上、夜のことであった。火を吹き消す者もいたし、行燈が倒れて自然に消える場合もあるのだった。松明（たいまつ）を用意し、消えた行燈に火を入れるのは新選組だけの役目であった。

それでも、池田屋の内部が皓々（こうこう）と明るくはならなかった。薄暗がりでの乱闘である。一対一の斬り合いに、なるはずもなかった。一対二、一対三、一対四であり、それにいきなり斬りつける飛び入りが加わったりする。殺し合いなのだ。

新選組の制服を着ているかいないかで、敵味方を区別するのが精一杯であった。誰が誰をどこで斬ったかはおろか、あとになって自分が何人に斬りつけ、何度の反撃を受けたかも思い出すことはできなかった。

戦闘の場所が、みるみるうちに拡大された。二階の座敷、廊下、屋根の上、隣家の物干台、階下の板の間、土間、梯子段の途中と、あらゆるところで斬り結び、逃げ回り、追い縋るという戦いになった。

新選組の五人は当然、苦戦を強いられることになった。最初の混乱状態には有利だったが、あちこちに散っての斬り合いになると多勢に無勢の差がはっきりして来る。新選組の五人は、敵の三倍は動いたし、体力を消耗しなければならなかった。

総司は絶えず、壁を背負うようにしていた。包囲されると、殆ど暴れ回るようにして動かなければならなかったからである。総司は、いつにない息切れを、自覚していたのだ。胸が圧迫されるように、苦しかった。

体力をできるだけ消耗しないように心がけないと、長続きしないのではないか。総司は本能的に、そう判断したのだった。総司は主に廊下にいて、敵が自由に動き回るのを阻止した。

「わあっ！」

と、絶叫しながら斬りつけて来るのが普通であり、無言で突っ込んで来る者は殆どいなかった。だが、その絶叫のために、刀の振りが一瞬鈍ることを、総司は知っていた。従って、総司は声の代り、息を吐き出した。それが呼吸を乱すことにもなって、総司は一層、胸が苦しくなるのを覚えていた。

突然、目の前の障子が打ち破られた。後ろ向きになった男が、障子の桟とともに飛び出して来た。新選組の制服が、総司の目に映じた。しかし、それが誰であるかを、確かめている余裕はなかった。

近藤勇ではないとだけわかったが、周平か永倉か藤堂かの区別はつかない。とにかく、新選組のひとりが総司の足許に尻餅（しりもち）を突いたのであった。それを追っていた男が、障子ごと突進して来た。

総司は反射的に、刀を水平に振るっていた。男の首の側面から、火花のようなものが散った。それが音を立てて、障子に降りかかった。その赤い色を見て、初めて血であることが確かめられた。

「ひえっ!」

悲鳴を上げて一瞬、男は怯んだようだった。尻餅を突いていた新選組隊士が、その男の腹へ刀を繰り出した。刀は男の腹を貫き、新選組隊士はそれを押し上げるようにして腰を浮かせた。

そこへ、男が二人走って来た。二人の男は横から、新選組隊士にぶつかった。四人が折り重なって倒れ、腹を刺されている男が苦悶の声を発した。総司は斜めに、刀を走らせた。いちばん上にいた男の背中に、黒々とした線が走った。

「おお!」

男はのけぞって叫び、四つん這いになってから立ち上がった。背中への一撃は、致命傷にならなかったのだ。一撃で致命傷を与えることは、不可能に近かった。天井が低いために上段に振りかぶることができないし、刀を半円形に走らせられるほどの広さもないからであった。

立ち上がった男の胴へ、総司は刀を叩きつけた。今度は、やや手応えがあった。男の胴が割れて、血が音を立てて滴り落ちた。それは、板戸に降りかかる雨の音に似ていた。倒れ込もうとする男を、下から支えたもうひとりの藩士が、顔に鮮血を浴びた。

新選組隊士が、ようやく起き上がった。起き上がりざまに、同志を支えている男に斬りつけた。刀の振幅は短かったが、うまく急所に食い込んだ。相手の喉(のど)を、断ち割ったのであった。

その男は、声も洩らさなかった。噴き出す血もそのままに、支えていた同志と抱き合うようにして倒れ込んだ。三つの死骸が積み重なり、あたりは血の海であった。新選組隊士が、総司を振り返った。

「よう」

ニッと笑ったのは、藤堂平助であった。もちろん、無理に笑って見せたのである。頭から返り血を浴びているから、恐らく紙のような顔色をしているのに違いなかった。

「大丈夫か」

総司は、声をかけた。藤堂平助の鼻柱に、濃い血の流れが見られたからである。返り血ではない。藤堂自身の出血だった。

「何がだ」

藤堂平助は総司と並んで、廊下の壁に凭(もた)れかかった。

「眉間(みけん)の傷だ」

総司は、藤堂平助の刀に目をやった。大変な、刃こぼれであった。まるで、鋸(のこぎり)のようになっている。

藤堂平助は、眉間に手を宛がった。その指の間から、血が溢れ出て来た。

「かなり、ひどいようだ」

「気がつかなかった」

「手当をしたほうがいい」

「いつ、どこで……」

藤堂平助は、血が溢れそうに溜まっている掌に目を落した。とたんに、藤堂の膝がガクンと揺れた。藤堂平助の背中が壁を滑り、そのまますわり込む恰好になった。軽く目を閉じている。

「傷……？」

「しっかりせい」

総司は廊下の中央に、立ちはだかった。血まみれになった男が、走って来たのである。男は片手上段から、刀を振りおろした。総司は、後方へ跳んだ。次の瞬間、総司は足をとられて俯伏せに倒れた。

廊下の血溜まりに、足が滑ったのである。空を切った相手の刀は、柱に深く食い込んでいた。総司は起き上がり、片膝を突いた姿勢で相手の胴を薙いだ。男は弾かれたように、座敷へ転がり込んだ。

不意に、足音が激しくなった。あちこちで聞える気合いや叫び声が、急に忙しくなったようだった。人数が倍以上に、増えた感じである。総司は、あたりを見回した。新選組の制服が、やたらと目に触れた。

返り血を浴びていない制服で、それらがひどく新鮮に見えた。知っている顔が、幾つもあった。四国屋へ向った隊士たちだった。土方隊は四国屋周辺を探索したが、目ざす敵の姿はまったく見当らなかった。

それで、やむなく池田屋へ、向うことにしたのだった。救援のつもりではなく、池田屋のほかに行くところがなかったからである。このとき、その土方隊が池田屋に到着したのであった。土方隊の一部は池田屋の周囲を固め、残りが屋内へ乱入したのだった。結果的には、近藤隊を救援したことになった。新たに二十数人の新選組隊士を迎えては、長州、土佐、肥後の藩士たちに勝ち目はなかった。完全に圧倒された尊攘派藩士たちを待つのは、死、捕縛、逃亡ということになった。

総司は、疲労困憊していた。手足が、思うように動かなかった。切先が折れてしまった刀を杖代りに使い、総司は階下へ降りることにした。一息入れようと、思ったのである。手摺に縋って、総司は梯子段を探るようにして踏んだ。

突然、目の前が暗くなった。立っているという気がしなくなり、雲の上を歩いているように感じられた。総司は宙を舞っている自分を頭に描きながら、階下の板の間まで梯子段を転げ落ちた。

「沖田さん！」

　そう呼びかけられて、総司は目を開いた。両側に、まるで泥水の中から這い出して来たみたいに返り血を浴びた周平と、永倉新八が立っていた。周平は、穂先が欠けた槍を持っていた。永倉新八の手にあるのは、鍔元にあと十センチのところで折れている刀であった。

「いやあ……」

　総司は笑って、上体を起しにかかった。そこで総司は、助け起そうとする周平の手を振り払った。火照る身体を異常な膨脹感が走って、胸を突き上げられるような衝撃を覚えたのである。誰にも見せたくないと、それが何であるかを知る前に、総司は思ったのだった。労咳という病気の決定的な症状と、総司は直感したのである。総司は夢中で這って行き、土間へ転がるように飛びおりた。

　胸をこみ上げて喉から溢れ出るものを、総司は抑えきれなかった。口の中をいっぱいにした生温い液体を、総司は吐き出さなければならなかった。総司は、激しく咳込んだ。その咳が、次の嘔吐を誘った。

　夥しい量の血が、土間に大輪の花を咲かせた。喀血は繰り返されて、その度に総司は意識がより薄れるのを感じた。現実が遠のき、眠気が深まった。眠れる、このまま永久に眠れると呟いたような気がしたとき、総司の意識は完全に途切れていた。

　土方歳三が予測した通り、その頃になって松平容保、一橋慶喜、京都所司代などの指示により会津、桑名、彦根の藩兵が出動したのであった。それらの藩兵が実際にやったことは、長州屋敷に対する牽制と、逃走志士の掃討作戦だった。

　掃討作戦は翌日にまで及び、新選組の壬生への引揚げが始まったのは六月六日の午前十時頃からであった。一夜明けてみれば、たかが浪士隊と思われていた新選組の評判は大変なものになっていた。評価と認識が、一変したのである。

　引き揚げる新選組を一目見ようと、沿道を人が埋めていた。新選組は隊列を整えて、粛々と壬生村へ向った。その隊列の中央部に、戸板で運ばれて行く隊士の姿が見られた。戸板は、五枚ほど用意されていた。

　先頭の戸板の上の寝姿には、蓆がかぶせてあった。新選組でただひとり即死した奥沢栄助の遺体であり、そのあとに重傷を負った安藤早太郎と新田革左衛門が続いた。この二人は約五十日後に死亡するほどの重傷者であったから、戸板で運ばれるのが当然だったのである。

　だが、更に戸板で運ばれる者が、二人いたのであった。総司と藤堂平助だった。総司は重病人だし、藤堂平助も重傷を負っているには違いなかった。しかし、戸板で運ばれなければ、身動きもできないというほどではなかったのだ。

総司は誰かの肩を借りれば、歩くことも可能であった。藤堂平助も眉間の傷であり、戸板で運ばれるほどのことはなかったのである。二人とも若かったし、見栄（みえ）というものがあった。それに、戸板で運ばれるといったことが、照れ臭かったのだ。

「戸板というのは、大袈裟ですよ」

総司は、土方歳三に言った。

「新選組の意気というものを示すためにも、戸板に乗ることは避けるべきでしょう」

藤堂平助も、そのように主張した。だが、土方歳三は取り合わなかった。

「新選組は、孤軍奮闘した。多くの犠牲者が出て、当然なのだ。何人もの隊士が、戸板で運ばれて行く。これだけの犠牲を払うことを覚悟の上で、新選組は行動を起したのかと、大勢の人々に見せつける必要がある。犠牲者も出さずに平然とやってのけたことに、世間というものは値打ちを認めないのだ」

土方歳三は酔ったような口ぶりで、そう言ったのであった。

一方、新選組に襲撃された側の犠牲者は、次の通りである。

即死及び自決。

吉田稔麿。

宮部鼎蔵。

大高又次郎。
石川潤次郎。
北添佶磨。
望月亀弥太。

重傷後死亡。
野老山(ところやま)五吉郎。
藤崎八郎。
杉山松助。
吉岡庄助。
松田重助。

負傷者多数。
捕縛された者、二十三名。

重傷を負ったのちに死亡した志士のうちには、池田屋の謀議に加わらなかった者もいる。たとえば騒ぎを知って駆けつけたところを斬られたり、たまたま近くを通りかかって会津藩兵の網にかかったりした者たちである。

また捕縛された二十三名についても、全員が池田屋の会合の参加者だったわけではない。翌日まで続いた掃討作戦で、単なる尊攘派志士ということで捕えられた者も含まれているのである。

かくて新選組の名と存在を天下に示し、一方では明治維新を一年は遅らせたと言われる池田屋騒動は終ったのであった。

五

六月八日になって、長州勢が報復のために新選組屯所を襲撃するという噂が流れた。新選組としても一応、屯所の周辺を固めて、警戒を厳重にした。しかし、そうした動きは総司にとって、まったく無関係なこととなっていた。

総司は、病人であった。

六月六日の正午に壬生屯所へ引き揚げて来てすぐ、病気療養に専念せよという局長命令が出たのである。総司は床につき、とりあえず近くの医者が呼ばれた。診断は、労咳だった。どんな藪（やぶ）医者でも、同じ診断を下したはずであった。

六月七日、八日と総司は殆ど眠り続けた。総司の世界は、寝ている部屋だけに限られていた。部屋の外で何が起ろうが、総司の知るところではなかった。何が起っても、それを総司に知らせる者がいないのだ。

部屋に、誰も近づかなかった。多忙であることは、よくわかっている。だが、それだけではない。労咳病みを敬遠する気持があるのに違いないと、総司は思っていた。当然のことなのである。

別に、寂しいとは感じなかった。むしろ、労咳ではないかと疑い、そのことを隠していたときよりも気が楽であった。来るべきところへ来た、なるようになったと、そんな気持でいられるのだった。

ただ、ここは自分がいるべきところではないのではないかと、思いたくなっていた。こうして、小さな世界である自分の部屋に、引きこもっているときはいい。しかし、この部屋は決して、隔絶された別の世界ではないのである。

障子一枚あければ、とたんにこの部屋は新選組屯所の一部分になるのだ。総司も、新選組助勤筆頭に立ち還る。労咳病みの新選組助勤筆頭など、いてもよいものだろうか。役立たずだし、命は長くない。

穀つぶしである。しかも、みんなから敬遠される。まったく、無意味な存在ではないか。そこから、自分がここにいるべき人間かどうかという疑問も湧く。招かれざる客として、長居はしたくないといった気持にもなるのであった。

八日の夜になって、幾らか元気を恢復したようだった。よく眠ったせいだろう。食欲も出て、煮魚と鶏卵と梅干とで粥(かゆ)を三杯も食べた。明日になれば、当り前に歩けるような気がした。

明日は九日であった。約束の日である。明け六ツまでに、西木屋町の富田屋へ行くことになっている。麻衣が首を長くして、待っているはずだった。約束は守らなければならないと、総司は思っていた。

麻衣との約束というより、宮川亀太郎と約束したのだからと、総司は自分に言った。何としてでも、一命を賭(と)してもと、自分自身にも約束したことなのである。それを実行しないための、いかなる弁解も通用しないのであった。

麻衣は、不安を感じているのに違いない。もちろん、池田屋騒動を知らないはずはなかった。その池田屋の事変のために、総司が来られなくなったのではないかと、麻衣は心配しているのかもしれないのだ。

麻衣は、新選組の沖田総司だということを知らずにいる。だから、そういう意味で総司が来られなくなるのではないかと、案じているのではないのである。むしろ、その逆であった。宮川亀太郎に頼まれて、麻衣の京都脱出に協力する。そうだとすれば、それは当然、尊攘派の浪士だということになる。そこで麻衣は総司が池田屋の事変で、捕えられたかあるいは動きがとれなくなっているのではないかと、心配するのであった。

そう思うと尚更(なおさら)、約束通りに迎えに行ってやらなければならないという気がして来るのだった。やはり明朝は出かけようと、改めて決心した。しかし、それには隠密裡に、行動しなければならなかった。

総司が出かけることを知れば、誰もが制止するだろう。近藤勇や土方歳三の耳にはいろうものなら、監視付きで禁足を命じられるかもしれない。どこへ何をしに行くと訊かれたら、更に困ることになるのである。

隠密裡に行動すると言っても、誰の目にも触れずに屯所を脱出することは不可能であった。堂々と屯所を出て行くことができる口実を、見つけるべきであった。口実はある。医者へ行く、という口実だった。

翌朝、総司は七ツ半、午前五時に起床した。隊士を呼んで、駕籠の手配をさせた。総司は、身支度を整えた。十五両ほどはいっている財布を、懐中深く押し込んだ。麻衣は十分な路銀を持っているだろうかと、ふと気になったからである。

やがて、駕籠が来た。総司は、部屋を出た。近藤勇や土方歳三が、早朝から歩き回るということはなかった。それでも用心して、総司はすぐ庭へ降りることにした。家の中の廊下を行くより、庭を迂回したほうが人目につかないからであった。

「沖田さん……」

表門から出ようとして、総司は呼びとめられた。声で、山南敬助だとわかった。

「おはようございます」

屈託のない笑顔で、総司は挨拶した。

「沖田さんが駕籠を呼んだと聞いて、まさかと思ったのだが……」

山南敬助が、怪訝そうな顔で近づいて来た。制服姿の山南敬助の目が、真赤に充血していた。

表門の警備の総責任者として、不寝番を勤めたらしい。表門の周辺には俵が積み上げてあり、木砲二門が据えてあった。屯(たむろ)している隊士の数も、平常の五倍ほどだった。

「ずいぶん、厳重ですね」

総司は言った。

「長州勢討入りの風聞が、しきりだということで……」

山南敬助が、照れ臭そうに笑った。総長である山南敬助が、夜間の警備に着くというのは異例のことであった。恐らく山南敬助が、池田屋斬り込みに参加しなかったことに関係があるのだろう。

「ご苦労さまです」

「今日は会津藩から、二十人ほどの加勢が来るそうだ」

「そうですか」

「ところで、出かけることを許されているのかね」

「いや、別に……」

「それは、まずい」

「病人として、当然のことをするのです。医者へ、行くのですよ。河原町に名医がいるという話を、思い出したものですからね」

「しかし、危険じゃないかな。長州の連中に見咎められでもしたら、ただではすまぬと思うがね」

「行き帰りとも駕籠ですから、まず大丈夫でしょう」

「とにかく、気をつけてもらおうか」

「すぐに、戻ります」

総司は門を出て、ゆっくりと駕籠に乗り込んだ。駕籠が走り出したとき、これでいいのだと総司は思った。駕籠は、西木屋町へ向った。だが、富田屋という行く先を、昇夫にも知られてはならないのであった。

西木屋町につくと、富田屋からかなり離れたところで、総司は駕籠をとめさせた。駕籠を降りて、総司は富田屋まで歩いて行った。身体が浮くように軽く感じられるが、足を運ぶのに不自由はなかった。意識してはいないが、気力が充実していた。

明け六ツという約束の時刻には、大分遅れていた。だが、麻衣は諦めずに、待っていたようだった。総司の顔を見ても、当然というふうに笑っただけであった。総司が必ず来るものと、麻衣は信じきっていたようである。麻衣は道中支度に、身を固めていた。

改めて二梃の駕籠を頼み、総司と麻衣はそれに乗り込んだ。総司の乗った駕籠が、先を走った。四つ辻や橋の袂に、会津藩兵の姿が見られた。長州勢の動きに備えての、物々しい警戒ぶりであった。

三条大橋の手前で、会津藩の検問が行われていた。大がかりな検問で、三十人からの会津藩兵が橋を固めていた。武士、町人、老若男女の別なく、ひとりひとりを調べているようだった。

「新選組の沖田総司だ」

駕籠の垂れがめくられて、会津藩士が覗き込んだとたんに、総司は押し殺した声で言った。後ろの駕籠の麻衣に、聞き取られないように気を配ったのである。その総司の掌には『会津藩御預り壬生新選組』と焼き印が押された手形が置かれていた。

「ご苦労に存じます」

総司の顔と手形を見比べて、会津藩士が言った。

「後ろの駕籠には、わたしの連れが乗っている」

総司は、会津藩士にそう伝えた。

「お通り下さい」

会津藩士が、一礼した。二梃の駕籠は、三条大橋を渡った。これで、洛外へ出たわけだった。京をあとにして、街道が大津へ伸びていた。大津まで三里、草津までは六里と二十四丁であった。草津からは中山道で百二十八里三十四丁、東海道で百十八里三十二丁、いずれを行っても江戸まで通じている街道なのである。

粟田口で、駕籠を降りることになる。洛中の駕籠はここまでであり、これから先は本格的な道中となるのだった。紺碧の夏空には、雲一つなかった。目にしみるような陽光が、容赦なく照りつけている。

総司と麻衣は、掛け茶屋の床几に腰をおろした。老婆が、冷やした麦茶を運んで来た。静かであった。旅人の往来は疎らで、掛け茶屋に寄る者もいなかった。老婆が奥へ引っ込むと、二人だけの世界にいるような解放感を味わうことができた。

「どのあたりまで、送って頂けるのでございましょう」

麻衣がそう言ってから、悪戯っぽくクスッと笑った。

「さあ……」

総司は、炎天下の白い道を見やった。

「あまり遠くまでは、お願いできませんでしょうね」

麻衣は顔の笑いを消して、心細そうに目を伏せた。

「正直なことを申せば、実は病み上がりでしてね。無理は利かないと思います」

総司は、本音を吐いた。

「わたくしも、正直なことを申し上げましょうか」

「どうぞ……」

「あなたさまが江戸まで、ご一緒して下さるものと思っておりました」

「先日も申したように、それはとても無理なことですね」

「でも、わたくしはそのように、決め込んでいたのでございます」

「それはまた、どうしてなのですか」

「宮川さまが、そのようなことを申されたからです」

「宮川さんが……？」

「はい」

「宮川さんが、どんなふうに言ったんですか」

「心が澄んでいて、おやさしいお方だから、場合によっては江戸までご一緒して下さるかもしれないって……」

「心が澄んでいて、やさしいとは、いったい誰のことなんです」

「沖田さまがです」

「え……？」

総司は思わず、首をすくめるようにしていた。足をすくわれたような心地だった。麻衣が『沖田』と、はっきり口にしたのである。麻衣は総司の正体を、最初から承知していたのだろうか。

「沖田だということを、麻衣どのはご存じだったのですか」

総司は、表情を固くしていた。

「それはもう……」

恥じらうように、麻衣は笑った。

「宮川さんから、聞いたんですか」

「はい。新選組助勤筆頭、沖田総司。麻衣どののことを頼むとすれば、その人を措いてほかにはいないと、宮川さまが何度もおっしゃっておいででしたもの」

「すると、宮川さんが何者の手にかかって、果てられたかも……？」

「存じております。宮川さまは新選組の沖田総司の手にかかったと、噂で聞いておりましたから……」

「それで、そのことについて麻衣どのは、どのように……？」

「どのようにって……？」

「麻衣どのは、宮川さんを手にかけたその相手を、憎んではおられないのですか」

「それは確かに、悲しいことでした。でも、だからと言って沖田さまを、憎いとは思いません。沖田さまにしても、私情によって宮川さまをお斬りになったのではないでしょう。それに当の宮川さまが、沖田さまのことを少しもお恨みしてないからでございます」

「どうして、そうとわかるのですか」

「宮川さまは、どうせ斬られるのなら沖田総司の手にかかって死にたいと、常々おっしゃっておいででした」

「それはまた、なぜなのです」

「あなたさまが、好きだったのでございましょうね」

「好き……?」

「宮川さまはいつもいつも、あなたさまのお噂ばかり……。沖田総司、沖田総司と、まるで口癖のようでございました。拙者も沖田総司も、目には見えないもののために精いっぱい働き、精いっぱい生きている。そして、用を果したときには死ぬ。あとには、何も残らない。拙者も沖田総司も、消えたあとには名も残さない。名も残せない者同士ということで、心が通い合うのだろうって……」

「そうですか」

「沖田さま……」

と、麻衣は哀願するように、総司の顔を覗き込んだ。

「何ですか」

総司は困惑しながら、麻衣の目を美しいと思った。

「お願いでございます。このまま江戸まで、ご一緒に道中をなすって下さい。女のひとり旅が心細いからと、それだけのことでお頼みするわけではございません。沖田さまのためにも、そのほうがよろしいと思うのです。沖田さまを、宮川さまのように死なせないためにも……」

麻衣は、総司の膝に手をかけて揺すった。総司はされるがままに、黙って揺すられていた。

その顔に、表情はなかった。麻衣の言葉に、真実の叫びといったものが感じられた。総司はいま、それを宮川亀太郎の声として聞いていたのだった。

いや、宮川亀太郎だけではない。千鶴の声でもあり、芹沢鴨の声でもあった。新見錦の声も、加わっていた。これまで総司が手にかけた何人もの浪士、池田屋で斬った志士たちの声かもしれなかった。

脱走——。

そんな声も聞えたようだが、総司はあえてそれを打ち消した。

労咳病みの新選組隊士など、必要はないはずだった。壬生村の屯所は、もう総司の住むところではなかった。総司がいなくなったとしても、惜しむ者や怒る者はいないだろう。総司の命がこの先短いことを、誰もが知っているのである。

江戸への慕情が、総司の胸のうちに広がった。京にいて病める身体を酷使するよりも、江戸でのんびりと余生を送るべきではないだろうか。宮川亀太郎の言葉を借りれば、総司はすでに用を果したのであった。

あとは、死ぬだけである。その短い命を、ただ笑いただ泣く江戸の暮しの中に置いてみたい。そして、名も残さずに消える。総司の目に、忘れかけていた江戸の町が浮んだ。懐かしかった。

「沖田さま」

麻衣が、腰を浮かせた。

「参りましょう」

われに還ったように、総司は立ち上がった。所持金が、十五両ほどある。江戸までの路銀には、不自由しないはずだった。まずは、道中支度を整えることであった。

総司は夏空を振り仰ぎ、遠くを見る目で道を見やった。同じ夏空の下に、江戸がある。眼前の街道は、江戸まで続いているのであった。

遥(はる)かなりわが友よ

一

大津までは、急がないことにした。京から大津までは三里、約十二キロである。大津は京の一部と、変らなかった。京を出発しただけでは、旅立ったという気分になれない。江戸にいて、川崎大師へ行くのと同じようなものだった。

大津をあとにして、初めて旅立ちをしたという実感が湧く。大津を出発して、一里歩けば旅の空――になるのである。麻衣(まい)はともかく、沖田総司は道中支度を整えてもいない。だから、尚更であった。

同時に、大津をすぎない限り、新選組を脱走したことにはならないという気持が働いていた。まだ、局ヲ脱スルヲ許サズの局中法度書(きよくちゆうはつとがき)に、違反してはいない。大津へ行くぐらいならば、ほんの遠出にすぎないのだ。

大津まで気晴らしに行ったで、すまされるのである。新選組を脱走して、遠くまで逃げたということにはならない。思い直すのも、引き返すのも、いまのうちではないか。大津をすぎてしまえば、そうはいかない。

歩きながら、総司はそんな考えに捉われていた。だが、未だに迷っている、というのではなかった。総司ひとりで、このまま江戸へ向う気にはなれない。しかし、麻衣がいる限りは一緒に江戸まで道中しようと、すでに総司の心は決っていたのである。

大津までは、のんびり歩く。今夜は、大津泊りにする。明日の朝に大津を出立して、本格的な道中を始める。そうは言うものの、病人と女である。先を急ぐといった旅は、いささか無理ということになる。

「沖田さま、今夜は大津泊りでございましょうか」

麻衣が眩しそうに、総司を見やった。麻衣もどうやら、同じことを考えていたようである。

「そう致しましょう」

総司も、麻衣の可憐な笑顔を見返した。

「大津には、まだ日が高いうちに、つくのではございませんか」

麻衣の目つきが、やや暗くなった。

「そうですね。しかし、大津についてから、やることがあるのです」

総司は言った。

「どのようなことでしょう」

「拙者の道中に必要な用具を、買い求めねばならんのです」

「それは、わたくしが買い求めて参ります」

「いや、拙者が自分で……」

「わたくしが、用意万端整えます。女の役目でございますからね」

「そうですか」

「そのようなことよりも、もっと気になることがございます」

「何でしょうか」

「沖田さまが、どなたの許しもお受けにならずに、京より江戸へ旅立たれる。そうしたことが、認められるのでございましょうか」

麻衣はもう、不安の色を隠そうとはしなかった。

「いや、厳しく禁じられておることです」

総司は、首を振りながら答えた。

「追手が、かかりましょう」

麻衣は縋(すが)るような目で、総司の顔を見上げた。

「どこにいるかが、わかればですよ」

総司は、苦笑した。

「大津などで、のんびりしていてよいものでしょうか」

「拙者が屯所へ戻って来ないと、はっきりするまでには、二、三日かかります」

「大津で追いつかれるようなことは、ございませんか」

「大丈夫です」

「本当に……？」

「ええ。それに今日のうちに大津の先まで行くというのは、とても無理な話です。ご存じのように、大津の先の宿場は草津ということになりますからね」

「はい」

「大津には日が高いうちについても、草津まで足を伸ばすとなると、夜になってしまいます」

「大津から草津までは、三里と二十四丁もございますものね」

「まあ、つまらぬことは気にかけずに、ゆるりと参りましょう」

「はい」

安堵(あんど)したらしく、麻衣は口許(くちもと)を綻(ほころ)ばせた。麻衣は総司に関することで、何かと気を揉(も)んでいるようである。総司の言葉に、一喜一憂している。気持のやさしい娘なのだと、総司は思った。

そうした麻衣と、江戸まで一緒に行く。送って行くというのは体裁がいいかもしれないが、結果的には宮川亀太郎との約束を果したことになるのだった。これで宮川亀太郎と千鶴の死に対して、ささやかな償いができるというものであった。

総司は、青銅の懐中鏡に着物の上から、手を触れた。千鶴の遺品の存在を、確かめたくなったのだ。宮川亀太郎と千鶴が、あの世から笑いかけているような気がした。総司はふと、解放感を味わっていた。

「東海道、中山道のいずれを選んで、江戸まで参りますか」

総司は、青い空を仰ぎ見た。旅の楽しさを、総司は心に描いていたのだった。

「沖田さまの、よろしいように……」

麻衣は、顔を伏せるようにして微笑した。麻衣もまた江戸へ帰れる喜びを、胸のうちで温めているのだろう。

「草津から江戸まで、中山道を行けば百二十八里と三十四丁ですよ」

総司は、記憶を確かめながら言った。

「ずいぶんと詳しく、頭の中に刻んでおいでなのですね」

麻衣が興味をそそられたように、半歩の遅れを縮めて総司と肩を並べた。

「これからの時代はますます、京と江戸との結びつきが大切になるはずです。東海道と中山道の道程(みちのり)ぐらいは、憶えておく必要があるでしょう」

「それでは東海道ですと、草津から江戸までどれほどの道程になりましょう」

「百十八里と三十二丁です」

「東海道のほうが、幾らか近いのでございますか」

「十里ほど、道程が短いという勘定になります」

「十里の違いでしたら、あまり変りませんね」

「麻衣どのは京へ参られるとき、東海道を来られたのでしょう」

「はい」

「難儀はしなかったですか」

「別に……」

「では、帰りも東海道に致しましょう」

「沖田さまも、東海道は通られたことがおありでございましょう」

「いや、まだ一度も……」

「京へ上られたときは……？」

「中山道を参りました」

「さようでございましたか」

「中山道は、難所が多いですよ。われわれならともかく、女の足には向かないと思いますね」

「それでも、京から江戸へお輿入れをなさいますお姫さまは、みな中山道を参られるとか聞いておりますが……？」

「それは、お姫さまが船を嫌われるためでしょう。すぐに、船酔いをしてしまうのです。そのために川が多い東海道を避けて、中山道の山路を選ぶのですよ」

「そのように、ちゃんとした理由があったわけでございますね」

「ほかにも、まだ理由があるのです」

「どのようなことで、ございましょうか」

「縁起を担いでのことでしてね」

「縁起……？」

「東海道は遠州でまず、今切の渡しを船で渡るでしょう」

「はい」

「それから駿州で、薩埵峠を越えますね」

「はい」

「その二つの地名が、輿入れをする道中には向かないというわけです」

「切れる、去る、は花嫁にとって忌むべき言葉だということに、引っかけているのでございますね」

「さすがは、麻衣どのだ。大変に、わかりがよろしい」

「まあ……」

二人は、声を揃えて笑った。すれ違った夫婦者らしい旅人が、二人を振り返って見て行った。

総司は、自分が明るくなっていることに、気づいていた。年相応に、若々しくなったと思った。新選組の沖田総司になってからは、自分の色合いというものが変ったことは事実だった。青から曇天の色に、変ったのである。妙に年寄り臭くなったし、定められた鋳型の中に嵌まったような自分を感じていた。

しかし、いまは広々としたところに、みずからを置いている。先のことは考えまいといった投げやりな気持も、なるようにしかならないという厭世気分も、どこかに消えてしまっていた。

改めて、青年になったようである。任務という鋳型から解放されて、もう血腥い仕事を押しつけられることもない。人斬りという重荷に、喘ぐこともなくすむ。大空に放たれた鳥のような気分ではないかと、総司はつくづく思ったのだった。

山科をすぎた。総司と麻衣の間で、何となく話が途絶えていた。麻衣の口数が、少なくなったせいである。麻衣は総司より、三歩ほど遅れて歩いている。総司もかなり、ゆっくりした歩き方であった。

それよりも更に遅いというのは、やはり旅馴れない女の足だからだろうか。そう思いながら、総司は麻衣を振り返った。麻衣の顔が、濡れて光っていた。汗の粒が額に浮き、それが顔を流れ落ちているのだ。

夏の旅だから、汗をかくのは当然である。総司も、何度か汗を拭っている。だが、麻衣の顔は汗に濡れているだけではなく、蒼白になっていたのだ。麻衣は小さく、唇を噛むようにしていた。

何かに、耐えている顔であった。女は辛抱強い。多少の苦痛は、黙って我慢する。しかし、それにしても、尋常な顔色ではなかった。汗は脂汗かもしれないし、足の運びも乱れがちであった。

「いかがしましたか」

総司は、足をとめた。

「は、はい」

総司にぶつかりそうになって、麻衣は無理に笑って見せた。

「どこか、痛むようですね」

総司は麻衣を押しやって、街道の脇に寄った。横木と追分の中間であって、人家が途切れている。近くに、掛け茶屋も見当らなかった。東に逢坂の関の跡があるあたりで、西寄りに逢坂山の峠が見えていた。

街道脇には、緑が多かった。木蔭が、涼しそうである。蟬の声が、聞えていた。桜の木の根元に、土埃を浴びていない草が見られた。総司はその草の上に、麻衣をすわらせた。麻衣は手を突いて、横ずわりになった。

「気分が悪いのです」

麻衣は顔を伏せて、小さな声で言った。

「顔色が、真青ですよ」

総司は、立ったままであった。

「吐き気がするので……」

「それは、いけないな」

「いいえ、大丈夫でございます」

「いや、無理はいけない。これから先、長い道中なのですからね」

「すぐに、よくなります」

「大津まで、急ぐことはないのです。ゆっくり、休んでから参りましょう」

「その大津までも行かないうちに気分が悪くなるなんて、これから先が思いやられますね。駄目な、わたくしでございます」

「とにかく、薬と水を手に入れて来ますから……」

「申し訳ございません」

麻衣は手で、胸を押えた。吐き気が、ひどくなったらしい。

「そこを、動かずにいて下さい」

総司は、歩き出した。もう少し先へ行けば、追分であった。追分は山城と近江の国境であり、人家も密集している。名物の大谷針、大津絵、算盤などを売っている茶屋やみやげ屋が多かった。

総司は追分のはずれの茶屋で、薬と竹筒に詰めた水を手に入れた。その足で、すぐ引き返すことになる。だが、走るわけにはいかなかった。旅人の往来が多くなった街道を、総司は大股に歩いた。

往復に、三十分は費やしている。その後、吐き気がひどくなってなければいいがと、総司は心配になっていた。それは一種の、いやな予感かもしれなかった。京を離れただけで、総司の気持は一変した。

短い間に、江戸へ戻って新しく出直そうなどと思ったりした。あまりにも簡単な自分の変貌に、すべてが夢のようにも思えるのだった。夢であれば、いつ醒めるかわからない。突然、夢から現実に引き戻されるのではないかという不安が、付きまとっている。

大津につかないうちに、麻衣は工合が悪くなった。そのことが、間もなく夢から醒めるという前兆なのではないか。戻ってみたら、麻衣の姿が消えていたということに、なったりはしないか。

　そうした心の不安定さがあったことは、事実である。それだけに、その人だかりを見たときの総司のショックは、激しいものだった。総司は、慄然となった。予感がそっくり的中したことに、恐怖感を覚えたのである。

　桜の木が、何よりの目印であった。その桜の木の手前の路上に、人垣が築かれていたのだ。通りかかった旅人たちが、みるみるうちに人垣を膨脹させてゆく。総司は人垣を掻き分けて、内側へ割り込んだ。

　眼前に、麻衣の姿があった。総司は、霞みかける目をこすった。しかし、路上に倒れ込んでいるのは、間違いなく麻衣であった。桜の木の下にいたはずの麻衣が、街道の真中に身体を横たえている。

　更に不思議なのは、麻衣の身体と路上に、多量の血が見られることであった。気分が悪くて、吐血したわけではない。麻衣の右肩から胸にかけて、袈裟がけに刀傷が走っていたのである。

　それに加えて、麻衣は左の首筋を断ち割られていた。出血量が夥しく、路上は血の海であった。但し、乾いた土が吸い取り、強い陽光にも照らされて、血の海はそのまま赤黒いシミになっていた。

　首筋を断ち割られたとき、麻衣は絶命したはずである。剣士としての総司の目が、そのような判断を下していた。斬り手が尋常な腕前でないことも、一目で知れた。最初の一太刀で麻衣を袈裟がけに斬り、返す刀で首筋を断ち割ったのだ。

麻衣は一瞬のうちに、斬り伏せられたのである。もちろん、素人に可能な剣技ではない。相当の使い手が、感情に任せてやったことなのだ。感情に任せてでなければ、女を相手にこれほどの剣技を用いることはできない。

だが、麻衣が何者かに斬り殺されて、いまは一つの死骸になっているということが、総司にはどうにも納得できないのであった。

二

本来ならば、麻衣の死骸に手を触れるべきかもしれなかった。駆け寄って、なぜこんなことになったのかと絶叫するのが、人間らしいやり方なのだろう。しかし、総司はあえて見物人のひとりに、なりきっていたのだ。

理由は、三つあった。

その一つは、剣士としての総司の心構えであった。すでに死亡している者に対して、感情を剝き出しにしても無意味である。何人もの男たちを斬り、多くの死骸に接して来た総司だけに、その無意味さがよくわかっているのだった。

理由の第二は、身近に何かが起ったときはまず冷静になることという日頃の教訓を、忘れていなかったのである。ここで真先に考えられるのは、新選組かその関係者が麻衣を襲ったということであった。

もし、そうだとするならば、迂闊には行動できなかった。麻衣の死骸を抱き起したりすれば、総司が同行していたということが明らかになるのだ。それは非常に危険なことと、言えるのであった。

第三の理由は、一種の挫折感であった。また同じことが繰り返されたという気持が、総司を躊躇させたのであった。千鶴そして麻衣と、二人の女を非運な死へ追いやった。そうした自責の念が、先に立ったのだ。

「いったい、どうしたんですか」

総司の横に立っていた男が、誰へともなく声をかけた。行商人らしい旅の男だった。

「無礼討ちってやつでしたよ」

最前列にしゃがみ込んでいる女が、行商人を振り返って言った。それも道中支度の、四十すぎの女だった。女は亭主と思われる男と一緒で、この騒ぎを最初から見届けているといった口ぶりであった。

「無礼討ちって、申しますと……?」

行商人が、乗り出すようにして訊いた。

「つまり、無礼者ってわけで、いきなりこの娘さんを斬り捨てたんですよ。ねえ、お前さん……」

女が隣の亭主に、同意を求めた。

「相手は、お侍さんでしたからねえ。無礼討ちってことに、なるんでしょうよ」

亭主が、行商人に言った。

「近頃はあまり、無礼討ちなんてものは流行らないんですがねえ」

行商人が、首をひねった。

「まだ少しは、侍風を吹かせる武骨者も、残っているんでしょうな」

商人らしい亭主は、鷹揚な言い方をした。

「その娘さんが本当に、無礼を働いたんですか」

「まあ、無礼と言えば無礼なんでしょうが……それにしたって、相手は加減の悪い娘さんなんですからねえ。何もそう、ムキになって怒ることもないのに……」

「娘さんが、何をしたんです」

「その桜の木の下で休んでいたらしいんですが、もうギリギリまで吐き気を堪えていたんでしょうな」

「吐き気……？」

「ええ。ところが我慢できなくなって、娘さんは小間物屋を広げちまったわけなんです。そこを運悪く、若い浪士ふうのお侍さんが通りかかりましてね」

「吐いたものが、かかっちまったんですか」

「お侍さんの袴に、まともにかかったんですよ」

「それで、無礼者ってことになったんですね」

「娘さんは道の真中まで這いずって来て、無礼をお許し下さいと詫びたんですがねえ。お侍さんのほうは、耳を貸そうともしませんでした」

「それでいきなり、バッサリですか」

「ええ。真青になって、怒りましてね。癇性な、お人だったんでしょうな」

「それにしても、惨いことをするもんですねえ」

「まったくですよ」

「武家がそうそう、大きな顔はしていられないという時代になったのに……」

「だからこそ、無茶をやりたがる侍も中にはいるということになるんでしょうな」

亭主はそう言って、女房の顔を覗き込んだ。女房のほうが、何か喋りかけたからである。

「惨すぎますよ。この娘さんは、ただの身体じゃあなかったんですからね」

女房が改めて、口を開いた。

「ただの身体ではないと、申しますと……?」

行商人が再び、女房のほうへ視線を移して訊いた。

「この娘さんは、身籠っていたんですよ」

女房が、憤慨した口調で言った。

「孕んでいたんですか」

「だからね、娘さんひとりを殺したんじゃないんです。お腹の中の赤子まで、一緒に殺してしまったってことになるんですよ」

「どうして、孕んでいたってことが、わかるんです」

「娘さんの苦しむ顔、人前でも吐き気を我慢できないときの様子を見て、一目で悪阻だってことがわかりましたからね」

「それだけで、わかることなんですかねえ」

「わたしだって、十二人の子を生んでいるんですよ」

「なるほど……」

「まったくねえ」

商人の女房は、そのことが残念で仕方がないというように、麻衣の死骸を眺めやった。十二人の子持ちだという女の観察眼は、信頼できるものである。麻衣が妊娠していたということは、事実に違いなかった。

麻衣は急に、気分が悪くなった。その点も悪阻だということを、裏付けているような気がする。総司にとっては、ちょっとした驚きだったが、同時にもう一つ責任が重くなったように思えた。

麻衣の腹の子の父親は、誰だったのだろうか。悪阻というものは、妊娠の初期に見られると、そのくらいのことは総司にもわかっている。麻衣が京に上ったのは、四月初旬であった。

麻衣が京にいて、接触を持った釣り合いのとれる男はとなれば、宮川亀太郎しかいなかった。二カ月前から麻衣は、宮川亀太郎と同じ屋根の下で過して来たのである。麻衣の腹の子の父親は、宮川亀太郎にまず間違いなかった。

若い男女が結ばれることを、理屈では分析できない。二人が江戸にいた頃からの知り合いか、あるいは京で会ったのが初対面か、文通程度でなら以前から交渉があったのか、その点についてはわからない。

しかし、そのいずれにしても宮川亀太郎と麻衣が京で肉体的に結ばれたことを、否定する材料にはならないのであった。若い男女であれば結ばれて当然と、言えないこともないのである。

水野孔明が娘ひとりを京に残して江戸へ引き揚げたのも、宮川亀太郎との仲を是認した上でのことではなかったか。それに宮川亀太郎が総司に、麻衣のことを託したのも、腹の子の存在を知っていたからではないのだろうか。

麻衣を何としてでも江戸に帰してやりたいと、宮川亀太郎は死を目前にして強く希望したのである。麻衣の身を案ずるのは当然としても、加えて無事にわが子が誕生することを宮川亀太郎は願ったのではないか。

そうだとすれば総司は、二重に宮川亀太郎の期待を裏切ったことになるのだ。麻衣を死なせた上に、その腹の子の命まで消してしまったのである。自分さえ麻衣から離れずにいたらと思うと、総司は目の前が暗くなるようであった。

人垣が、崩れた。若い衆が数人で、戸板を持ち込んで来たのだ。追分の住人に、違いなかった。とりあえず追分まで運んで、あとは検視役人の到着を待つのだ。若い衆たちに指図しているのは、追分村の村役なのだろう。

麻衣の死骸が戸板に乗せられ、その上に蓆が掛けられた。若い衆たちが、戸板を持ち上げた。野次馬が、散り始めた。総司はぼんやりと、運ばれて行く戸板を見送った。総司の胸を、風が吹き抜けた。

足を向けるべき方角が、総司にはわからなかった。東海道を通り江戸へ向うことが、決ったばかりなのである。だが、いまは江戸へ向う目的が、消えてしまったのだった。京へ引き返すより、仕方がなかった。

京へ引き返す――。

ほんの短い夢から、醒めたようなものであった。解放感は、どこへいってしまったのか、新しく生き直そうという希望は、単なる空想にすぎなかったのか。残ったものは、新選組を脱走せずに終ったということだけなのである。

麻衣が殺されたから、京へ引き返す。そうした事態が、総司には情けなく感じられた。あまりにも、主体性がなさすぎる。自分だけの意志では、なぜ江戸へ帰ろうとしないのか。どうして新選組に、訣別を告げることができないのか。

しかし、京へ帰るしかなかったし、総司はそこで大津への道に背を向けたのであった。京へ戻る道は、気が遠くなるほど長く感じられた。事実、総司は意識が朦朧となって、幾度も休息をとらなければならなかったのである。

精神的に衝撃を受けたせいばかりではなかった。疲労も、ひどかったのだ。大喀血をして、まだ四日目なのである。往復五里の道を歩いたりすることは到底、無理な身体だったと言えるだろう。

朝から、ロクに食べていない。しかも、炎天下を歩いたのであった。藪の下まで来たときには、もう足が前に進まなくなっていた。視界が黄色く染まり、無理に目を開くと眼前が霞んでしまう。

目をつぶると眩暈がして、倒れそうになった。総司は、道端にすわり込んだ。腰の大小が、捨てたくなるほど重かった。一旦すわり込むと、もう立ち上がれなかった。動けないと、総司は呟いた。

旅人の姿が、次第に疎らになり始めていた。駕籠や馬が、簡単に通りかかって人を乗せるという街道ではなかった。駕籠や馬が客待ちをしているのは、難儀する悪路とか山越えだとかに限られている。

駕籠、馬を利用するには普通、宿場でそれらを摑まえることになる。駄賃というものも、宿場から宿場までということで算定されるのであった。

小一時間して、ようやく客を乗せていない馬が通りかかった。だが、京の方向から来た馬であった。日が西に傾き始めている時刻になって、京のほうからやって来たのである。当然、大津へ戻る馬だと、考えなければならなかった。

「頼む、乗せてもらいたい」

総司はすわったままで、馬子に声をかけた。

「へえ」

馬子は馬を押し留めてから、総司の前に回って来た。

「軽尻だから、構わぬだろう」

総司は薄目をあけて、馬子を見上げた。宿場で雇う馬には二種類あって、本馬と軽尻に分けられる。本馬は三十六貫まで、荷物を背負わせることができる荷駄である。

軽尻は人間を乗せる馬で、一緒に五貫目までの荷物を背負わせることが許される。人間を乗せない場合は、本馬の半分の量までの荷物を運ばせることができるのだった。いま総司の前にいる馬は、軽尻であった。

「病人みてえだが……」

馬子が言った。

「その通りだ。一歩も、歩けぬ」

総司は、右手を差し出した。引き起してくれと、頼んだつもりだった。

「どこまでで……」

馬子は総司の手を、摑もうとしなかった。

「京だ」

総司は、目を閉じた。

「まさか……」

馬子は苦笑して、首を振った。

「三条大橋まででよい」

「駄目ですう」

「では、粟田口まで……」

「いまから京に向ったんでは……」

「駄賃は、思い通りだ」

「駄目ですう」

「病人なのだ。頼む」

「大津までなら、お乗せしますう」

「どうしてもか」

総司は、再び薄目をあけた。中年の馬子の顔は、いかにも頑固そうであった。それに、断わられることは、最初からわかっていたのである。総司の注文のほうが、無理というものだった。

このままでいても、仕方がなかった。ここで、野宿するわけにはいかない。間もなく日が暮れて、夜になろうというときである。これから京まで運んでくれるような乗り物が、通りかかる可能性はゼロと言っていい。

「致し方ない」

総司は改めて、右手を差し出した。

「大津までで……？」

そう念を押して、総司が頷くのを見届けてから、馬子はおもむろに手を伸ばした。用心深いと同時に、現金な馬子であった。馬子は総司を立たせると、馬に跨がせるのにも力を貸すことを惜しまなかった。

馬が、歩き出した。同じ道を、三度も通ることになる。しかし、総司にはそうしたことを、考えるほどの余裕もなかった。手綱を手にして、馬に揺られているだけだった。目も閉じたままであった。

日暮れ間近に、追分をすぎた。山城国から、近江国へはいったのである。麻衣と二人でもっと早く、通りすぎるはずの国境だった。その同じ国境をいま、馬に乗った総司ひとりで越えたのであった。

「宿は、どうしますう」

大津の宿内にはいると同時に、馬子が馬上の総司を振り返って訊いた。

「泊めてくれるところがあれば、どこでも構わぬ」

目をつぶったままで、総司は答えた。

「大津には七十軒よりも多い旅籠屋が、ありますう。それにまだ、暮れ六ツをすぎたばかりや。どこの旅籠でも、泊めてくれますうからに……」

馬子が言った。総司は、目を見開いた。近くに、『大坂屋』という旅籠屋の看板が見えた。どこでもいいのだし、考えるほどのことではなかった。

「その大坂屋というのは……」

総司は面倒臭そうに、大坂屋という旅籠屋を指さした。

「お客はん、新選組ってのが恐ろしくありませんかのう」

馬子がいきなり、そんなことを口にした。総司は、馬子の後ろ姿に目を据えた。

「なぜだ」

総司の口調が、鋭くなっていた。

「新選組の副長というお人、土方歳三ですう。その土方歳三が何度か、泊りに見えた旅籠ですうが……」

「何かそれなりの事情があるのか」

「大坂屋の旦那はんが、会津の人でしてなあ。養子ですうが……。それで会津贔屓(びいき)、延(ひ)いては新選組贔屓や」

「ただ、それだけのことか」

「それに大坂屋の旦那はん、土方歳三贔屓でもあるんですう」

「近頃でも、土方歳三は大坂屋へ来ることがあるのか」

「いいや、このところは新選組も忙しいと見えて、泊りには来られないみたいですう。それ、新選組が池田屋で暴れたって大騒ぎになりましたなあ。あのとき大坂屋では、これで天下の新選組やて、赤飯を炊いたそうですう」

「では、あの海老屋に致そう」

総司は少し先の、『海老屋』という看板を見て言った。大坂屋にしても一向に構わなかったのだが、何となく馬子の言うことに逆らえなくなったのである。馬子は、海老屋の前で馬をとめた。

その晩、総司は海老屋に一泊した。翌朝、馬を頼んで京へ向った。無断外泊は、初めてのことであった。だが、総司は別に、不安を感じたりはしなかった。なるようになるし、どうなろうといいではないかという以前の考え方に、総司は戻っていたのかもしれない。

永久に帰らないはずだった壬生屯所の門を、総司は疲れ果てた顔で潜った。総司は、近藤勇と土方歳三のそれぞれの部屋に顔を出して、ただいま戻りましたの挨拶をした。近藤も土方も、咎め立てはしなかった。

「河原町の名医とやらは、どのように申しておった」

近藤勇は、そう訊いただけだった。

「二日や三日では、労咳がどこまで進んでおるのか見定めることはできないから、次の機会には五日も泊るつもりで来なさいと、言われました」

総司は、そう答えておいた。

「その河原町の名医のところで養生することになったからと、今日あたり使いの者が知らせて来るのではないかと思っておった」

土方歳三は、そういう言い方をした。総司は近藤勇に対しての答えと同じことを、やや説明調で聞かせる結果となった。土方歳三の質問を封じようとする気持が、働いたからなのに違いなかった。

「それならば、五日も泊るつもりで、出直したらどうだ」

土方歳三は、真面目な顔つきで言った。それ以上は、何も訊こうとはしなかった。近藤も土方も、拍子抜けするほど寛大であった。それは親密な仲に生ずる狎れ、というものだろうか。あるいは、筆頭助勤ということで、大目に見たのだろうか。そうでなければ、病人に対する甘やかしなのかもしれない。恐らく山南敬助が、総司は河原町の名医のところへ行ったということを、強調してくれたのに違いなかった。そのことも、近藤たちを寛大にさせた一因だったのだろう。

その日から、総司は再び病床についた。同時に、総司は病人らしくなった。総司は朝夕の病床で、帰らぬ友人たちの冥福を祈った。帰らぬ友とは、千鶴、宮川亀太郎、麻衣、そしてもう一つの小さな命であった。

三

総司が病床についている間に、いろいろな事件が起り、多くの男たちがそれぞれ異った形でこの世を去って行った。

元治元年六月十二日。

柴司(しばつかさ)が、会津藩屋敷で切腹した。

柴司は応援隊として新選組に参加した会津藩士だが、総司が大津から帰った六月十日に明保野(あけぼの)亭事件を起したのである。その日、清水産寧(さんねん)坂の料亭『明保野』に長州浪士が潜伏しているという情報があって、新選組が急ぎ出動した。

柴司も、それに加わった。柴司は逃げ出そうとした浪士を槍で突いたが、それは土佐藩士の麻田時太郎であった。過失ではあるし、奇怪な行動をとった麻田時太郎のほうにも責任の一端はある。

しかし、公武合体を主張している土佐藩の者を傷つけたとなると、会津藩の立場がまずくなるのであった。新選組隊士のように浪士であればともかく、会津藩士なのだから問題も大きくなる。

会津藩は陳謝したが、土佐藩はそれを受け付けない。その上、刺された麻田時太郎が本復の見込みなしと判断し、覚悟の切腹をしたのであった。そうなっては柴司のほうも死なない限り、事態収拾を計れない。

そのために柴司は、実兄の介錯により切腹した。二十一歳の若さであった。

六月十三日。

柴司の葬儀が行われて、新選組からは土方歳三以下四名が参列した。

六月十四日より数日間。

情報に基づいて、あちこちに潜伏する長州浪士の襲撃と探索に、新選組は出動を繰り返した。

六月二十四日。

長州藩が行動を起し、いよいよ進軍を開始したという知らせが会津藩から届いた。新選組は直ちに出動して、竹田街道を固めるという軍事行動に移した。長州藩を激怒させたのは池田屋事変であり、その点でも新選組の責任は重大であった。

しかし、この日の長州勢の動きは、兵二百名が伏見の長州屋敷へはいったのに留まったのである。

六月二十七日。

長州藩兵が京に侵入する可能性が強まったという判断が下されて、一触即発の雰囲気(ふんいき)となった。総司もかなり元気を恢復していたし、とても落着いてはいられないという気分にさせられた。

総司は、床から離れて新選組の行動に、常人のひとりとして参加した。

長州藩の捲き返しは政治的取引きとしては成功せず、実力行動に移るほかはなくなった。七月九日には長州藩兵四百名が、十四日には六百名が京へ接近した。後続の長州藩兵多数が海路、大坂へ向ったという情報もはいった。

七月十九日。

戦闘が始まった。長州勢が、御所へ発砲したのである。元治元年七月十九日の禁門の変、即ち蛤御門の変はこうして起ったのだった。だが、勝敗は簡単に決って、長州勢は敗走した。

七月二十日。

新選組は会津藩兵や見廻組とともに、伏見へ行く。総司も、その中にいた。

七月二十一日。

伏見を出発、天王山へ向った。その日のうちに橋本へ引き揚げて来たが、新選組の一部は大坂へ移動した。総司は、大坂へ向う一隊に加わっていた。

七月二十二日。

長州藩の大坂蔵屋敷に火を放って、大坂に潜伏する長州勢の探索を行なった。この日、池田屋事変で負傷した安藤早太郎が死んだ。安藤早太郎は、辞退した総司に代って、野口健司の切腹の介錯人を勤めた助勤であった。

七月末日。

大坂へ下っていた新選組が、壬生屯所へ引き揚げて来た。

総司はすぐに床について、しばらく休養をとることになった。

八月四日。

池田屋における新選組の活躍に対し、幕府から会津藩を通じて恩賞が下った。

池田屋事変の新選組の功績には、すでに会津藩と朝廷から恩賞が贈られていた。朝廷からは、百両が下賜された。会津藩からは酒肴料として五百両、負傷者に五十両の見舞金であった。

幕府からの恩賞金は、次の通りであった。

金十両
別段金二十両　　近藤勇。

金十両
別段金十三両　　土方歳三。

金十両
別段金十両　沖田総司以下六名。
金十両
別段金七両　井上源三郎以下十一名。
金十両
別段金五両　松原忠司以下十二名。

また、近藤勇に対して『与力上席』にて召抱えるとの御沙汰(ごさた)があった。

幕府は新選組の全員に対して、恩賞金を贈ったわけではなかった。恩賞金を贈られたのは、池田屋乗り込みに参加した近藤・土方を含めての三十四名に限られている。これは、ある意味では当然の結果と、言えるかもしれなかった。

池田屋乗り込みに参加しないのが悪いと言われればそれまでだが、同じ組織の中にあって恩賞組と除外者がはっきり分れたということは、決していい影響を及ぼすものではなかった。

この辺に早くも、新選組分裂の兆(きざし)が見え始めていたということになるのだった。特に総長である山南敬助が、池田屋乗り込みに参加しなかったということだけで完全に無視されたのは、あまりにも単純な恩賞規準のせいであった。

九月にはいって、病床にいる総司にも無関心ではいられない出来事が二つあった。一つは、近藤勇の江戸への出発である。近藤勇は永倉新八、尾形俊太郎、武田観柳斎を連れて江戸へ向った。

その目的は、幕府の要人に会って将軍上洛を促すことと、新選組の新隊士を集めることであった。池田屋乗り込みに際して、尻込みした者が多かった西国浪士を頼むにたらずと、近藤勇は判断したのである。

そこで江戸へ行って、新隊士を集めようと近藤勇は考えたのだった。そうした目的もよく理解できるし、近藤勇が江戸へ下ることそのものに、総司は重大な関心を寄せたのではなかったのだ。

総司の関心は、近藤勇の留守中における新選組の統率者に、向けられていたのである。近藤勇が留守中の局長代行は当然、総長である山南敬助でなければならない。だが、そのことを土方歳三が、認めるかどうかに問題があったのだ。

山南敬助は、池田屋乗り込みに参加しなかった。総長でありながら、局長の命令に従わなかったということになる。そのために、幕府の恩賞からもはずされた。総長としての権威失墜であり、多分に影が薄くなっている。

一方の土方歳三は、意気軒昂である。近藤勇の右腕として実力者になりきっていたし、副長としての面目を大いに保っている。影の薄い総長より、実力者である副長のほうが、局長代行に相応しいのではないか。

そうした見方も、成り立つのであった。しかも、山南敬助と土方歳三は、いまや犬猿の仲であった。近藤勇の留守中に、山南と土方の勢力争いが、どういう形で具体化されるだろうか。総司は傍観者として、その点に興味を感じていたのである。

もう一つ、総司が無関心でいられなかったのは、水江勝之進という新入隊士のことであった。自称、川越藩の脱藩者で、北辰一刀流の使い手だという。同じ自称でも、川越脱藩についてはどうでもよかった。

総司が知らん顔をしていられなかったのは、水江勝之進の剣士としての強さであった。そのことに興味を持つのは、剣士沖田総司として当然だったと言えるだろう。だが、それだけではなかったのだ。

「二代目総司だ」

と、近藤勇が満足そうに、水江勝之進を褒めたことが、総司の気持を刺戟したのであった。

別に、嫉妬したわけではない。ただ近藤勇がそのように太鼓判を押すからには、水江勝之進の実力は確かなものに違いないのであった。

それほど、水江勝之進の腕前は凄いのかと、まず闘争心が湧く。同時に、いまはもう病人である自分に代って、水江勝之進が人斬りの役目を引き受けることになるのかという同情に似たものを、感じないではいられなかったのだ。

水江勝之進は、まだ十九歳であった。入隊三日後の九月七日、親長州の行動をとる水口貢など二名を捕えたが、そのときに水江勝之進は早くも抵抗したひとりを鮮やかに斬って捨てたのだった。

近藤勇たち一行が江戸へ出立して五日後に、その水江勝之進が初めて総司の部屋を訪れた。顔立ちの整った美男子だが、ひどい傷跡が走っていた。刀傷であった。額から斜めに眉間を経て、右の目の内側を抜けて頬に達する傷である。

向う傷は、男の勲章であった。恥ずることではない。だが、引き攣れた傷と、そのために小さくなっている右の目を見ると、どうしても正視していられなくなる。当人が一向に気にしていない様子に、何となくホッとするくらいだった。

「沖田先生、ご高名はかねがね承っておりました」

水江勝之進は、やや固くなってそう挨拶した。

「先生は、困るな」

総司は、面喰らっていた。水江勝之進のほうが年下には違いないが、総司にしてもまだ二十一歳なのである。

「いや、拙者は沖田先生のことを、尊敬しております。先生と、呼ばせて頂きます」

水江勝之進は、大真面目な顔で言った。一方的に決めてしまって、なかなか強情そうでもあった。

「まあ、勝手にそうするとなれば、口を押えるわけにもいかんだろう」

総司は、苦笑した。

「お加減は、かなり悪いのですか」

「不治の病だからな」

「残念ですね」

「何がだ」

「お手合せを、お願いできないことがですよ」

「手合せといった大袈裟なことでなければ、できないこともないがね」

「いや、ただの稽古でしたら、汗をかくだけで何も得られませぬ」

「ほう……」

「正式な手合せでなければ、何にもならないと思うのです」

「試合か」

「はい」

「試合にしても、同じことだろう。相手を斬らねば、自分が斬られる。そうなったときに初めて、剣客としての本当の力を発揮できるのだからな」

「はい、その通りだと思います」

「正式な手合せ、つまり試合にしても、相手を斬らねば自分が斬られるというところまでは、追いつめられないものだ」

「はい」

「所詮は、木か竹で作った刀で立ち合うわけだからだ」

「相手を殺さない代りに、自分も殺されることはない」

「斬らねば斬られるの心境に比べれば、昼寝をしておるようなものだろう」

「では、沖田先生。真剣でお手合せを、お願い致したらいかがでしょうか」

「真面目な顔をして、冗談を口にするのが好きらしいな」

「いや、冗談ではありませぬ」

「冗談ではない……？」

総司の顔から、すっと笑いが消えた。総司は、水江勝之進の顔を突き刺すように見つめた。

「はい。本気で、申していることです」

水江勝之進も、もの怖じしない目で総司を見返した。

「それでは、斬り合いだ。いずれかが、死ぬことになる」

「いけませぬか」

「私闘は、禁じられておるだろう」

「私闘とは、違います。人と人との争いではなく、剣を競い合うのですから……」

「それも、私闘と看做されるのだ」

「残念です」

水江勝之進は、口惜しそうな顔をして見せた。総司は内心、首をかしげていた。いったい、どういうつもりなのだろうか。あまりにも非常識にすぎることを、真面目な顔で堂々と提案するのであった。

それにしても、無気味な男である。自信過剰というか、絶対に勝つものと決めてかかっているようであった。

四

近藤勇の留守中、山南敬助と土方歳三のどちらが主導権を握るかということは、総司が関心を寄せたほどの確執とはならなかった。予想通り土方歳三が主導権を握り、局長代行の役目を果した。

それに対して山南敬助が、まったく反撥しなかったのである。飾りものの総長に甘んじて、実権をすべて土方歳三に任せたのであった。総司はそうした山南敬助に、好感を覚えたのだった。

そのほうが、賢明だと思ったからである。但し山南敬助は、争いを避けようとしたのではなかった。初めから、やる気を失くしていたのであった。みずからの立場や主張を、放擲したのである。

少なくとも、総司はそう解釈した。山南敬助は、一切を投げ出してしまったのだ。いまの新選組に情熱を失っていると、総司は感じ取ったのであった。そうした山南敬助に対して、以前にも増して友情みたいな連帯感を総司は覚えた。

近藤勇は十月十五日に、江戸をあとにした。新隊士の加盟工作においては、大収穫があったのである。人数は五十名ほどだったが、その中に北辰一刀流一派の頼りになるグループが含まれていたのだ。

その中心人物が、伊東甲子太郎であった。伊東甲子太郎は最初、水戸で神道無念流を学んでいる。その頃はまだ、鈴木姓であった。やがて国事奔走を志して江戸を出ると、北辰一刀流の伊東精一道場にはいった。

そこで師の娘の婿となり、伊東姓に改めたわけである。伊東甲子太郎は、思想的には尊攘派であった。だが、江戸にあっての尊攘派は、具体的な活動ができなかった。上洛する機会を、待っていたということになるのかもしれない。

京の新選組の幹部に、北辰一刀流の山南敬助と藤堂平助がいる。その藤堂平助からも、上洛の誘いを受けていた。それに加えて、近藤勇の新隊士募集の工作があった。そこで、伊東の心も決ったのである。

伊東甲子太郎は盟友の篠原泰之進、弟の鈴木三樹三郎、師範代の中西登、内海二郎などとともに新選組に加わった。元治甲子の年に上洛することを記念として、名前も甲子太郎と改め、伊東甲子太郎の誕生となったのである。

ほかに加納道之助、服部武雄、佐野七五三之助(しめのすけ)がいて、伊東甲子太郎一派の八名のグループは強力であった。それに伊東甲子太郎は才人であり、性格温厚で、しかも弁舌爽(さわ)やかだった。常識家で、妙な癖がない。誰にでも好かれるし、性格的にも何となく魅力のある人物であった。

武人というより、思想家である。言い換えれば、近藤勇と土方歳三に欠けているものをすべて、伊東甲子太郎は具(そな)えていたのだ。そうした伊東が強力なグループを引き連れて、新選組に加盟したのだから、尋常な存在でなくなることは当然であった。

藤堂平助はもちろん、伊東一派に与することになる。ほかにも心情的に、伊東甲子太郎に傾く者が少なくなかった。人気というのはおかしいが、大勢の新選組隊士の信望を得たことは事実である。

伊東甲子太郎に救いを求めようとした大物に、山南敬助がいた。山南敬助は、伊東甲子太郎に魅力を感じた。新しい時代の指導者としての器を、伊東に見出したのだ。近藤・土方に支配される新選組に絶望していただけに、伊東への傾斜も激しく早かった。

年が改まり、慶応元年になった。

新年早々、提案されたのは屯所の移転問題だった。前川邸ではもう、とても隊士たちを収容しきれない。とにかく狭すぎて不自由で仕方がない、という現実的な問題であった。従って、屯所移転に反対する者は、ひとりもいなかった。

だが、それなら移転先を、どこにするかであった。その移転先については、土方歳三から明確な提案がなされた。西本願寺の北集会所だった。六百畳もある大きな建物だが、集会がない限りは使われていない場所だと、土方歳三は説明した。

二月にはいって、新選組は正式に北集会所の借用を、西本願寺に申し入れた。しかし、西本願寺からは、新選組の屯所にされるなどとんでもないと、あっさり断わられてしまった。では、交渉を続けようということになり、その役目は土方歳三に一任された。

土方歳三は腹心の隊士を連れて、西本願寺へ日参した。威圧することもあったし、脅しの態度に出る場合もあった。いやがらせとは受け取られない程度に、デモンストレーションを繰り返した。

そんなことをしているうちに、ついに大爆発の日が訪れたのである。西本願寺への移転問題で、土方歳三と山南敬助が正面から衝突したのであった。いつかはそうなると予測されていたときが、到頭来てしまったのだ。

山南敬助にしてみれば、耐えきれなくなって火を噴いたというところであった。土方歳三としては、最も不愉快な存在だった男の反逆と受け取れるのであった。妥協することのない決定的な対決だった。

「副長、おぬしのやり方は許せない!」

山南敬助は、最初から喧嘩腰(けんかごし)であった。顔色は蒼白だし、大きな声を出していた。

「口出しは容易だが、大切なのは実行することだ!」

土方歳三も、負けてはいなかった。冷笑を浮べてはいるが、張り上げた声が震えていた。

「お好みの士道に、相反することをやっているではないか」

山南敬助は、強気であった。近藤や土方に訣別(けつべつ)することも辞さないし、自分には行くべきところもあると、やはり山南敬助にとっては伊東甲子太郎が心の支えになっていたのである。

「何を申す！」

土方歳三は、憤然となった。冷笑も、消えていた。『お好みの士道』という皮肉と『その士道に反している』という批判が、いずれも土方歳三の毛を逆撫でしたのだった。

「借用申し入れに、大勢で行く必要がどこにある」

「ひとりで行かなければならないという定めでも、あると申すのか！」

「脅しだ」

「馬鹿な！」

「力で押し、威圧する。それが、士道か。そうではない、市井のゴロツキどもが用いる手だ」

「拙者を、市井のゴロツキ呼ばわりするつもりか」

「当らずとも、遠からずだ」

「無礼な……！」

「先方は、断わったのだ。持ち主が断わっておるのに、なぜ借りようとする者が談判に出向くのだ」

「談判ではない」

「脅しながらの、強談判ではないか」

「交渉というものだ」

「新選組の副長ともあろう者が、愚かなことを申すな」

「愚かだと……！」

「話がまとまるかもしれぬという予測が成り立った上で、互いに譲歩し合いながら結論を出そうとする。交渉とは、そういうことを申すのだ」

「だから連日、交渉に出向いているではないか」

「先方は、断わって来ておる。断わられた以上、交渉とか掛け合いとかいうものにはならないのだ」

「いや、話し合いは続ける」

「それは、無理強い、無理押しだ」

「では、尋ねたい。新選組から屯所に使用したいと申し入れがあったと、喜んで指定の建物を貸す者がおるだろうか」

「おらぬだろうな」

「おらぬだろうなで、すましておってよいのか」

「貸す者がいなければ、借りることはできない。道理ではないか」

「たわけたことを……」

「どちらが、たわけ者だ！」

「新しい屯所に移転することを、断念しろと申すのか」

「致し方あるまい」

「それでも、新選組の総長か！」

「時期を待つか、自力で何とかするか。そうでなければ、この屯所で我慢するかだ」

「隊士にこれ以上、窮屈な思いをさせたくはない」

「贅沢を申せば、際限はない」

「何が、贅沢だ！」

「いったい、何さまだと思っておるのだ」

「なに……！」

「思い上がるな」

「思い上がってなどおらぬ！」

「池田屋斬り込みで、新選組の名は天下に轟いた。天下の新選組に相応しい屯所が、あってもよいはずだ。おぬしの心のうちには、そうした思い上がりが潜んでおる」

「僻むな！　池田屋斬り込みに加わらなかったことを、今更とやかく申す者などおらんのだ」

「心の狭き者よ。おぬしを、哀れみたいくらいだ」

「西本願寺に、食い下がって何が悪いのだ。そもそも西本願寺の坊主どもは、尊攘浪士を匿ったりして、新選組に楯を突こうとする。多少、交渉の仕方が厳しくとも、やむを得んだろう」

「本音を吐いたな」

「何が本音だ」

「西本願寺は、新選組の敵だ。だから、無理押しをしてやろう。わが意に反するものは、屈服させる。これほどの思い上がりが、ほかにあるだろうか」

「ほう、総長は尊攘派の肩を持つおつもりかな」

「そうではない。人の考え方は、自由だと申しておるのだ。西本願寺が尊攘派に与することは、それでよかろう。新選組の考え方を、西本願寺に無理やり押しつけることはできんのだ」

「それが、新選組総長の口にすべき言葉だろうか」

「それに、西本願寺と朝廷との結びつきを考えてみろ。西本願寺を敵と看做すことは、朝廷に弓を引くことに通ずるのだ」

「黙れ！」

「黙らぬわ！」

「総長はいつから、尊王の志士となったのかな」

「何を申す」

「伊東甲子太郎も、王政復古に大変な熱の入れようだと聞く。総長も伊東甲子太郎の、薫陶よろしきを得たのではないか」

「好きなように、受け取るがよい」

「伊東甲子太郎は、何しろ御陵衛士になりたがっておるのでな。局長が口をきいてくれぬというので、伊東甲子太郎は大分ご不満のようだ」

「少なくとも伊東どのは、おぬしのように思い上がってはおらぬ。おぬしのように、己れのための野心など持ってはおらぬ」

「山南！」

「何だ」

「この土方を愚弄し、明らさまに誹謗する気か！」

「事実を、申しておるだけだ」

「この土方に対して……」

「この土方に対して……？」

「無礼な！」

「おぬし、総長に面と向って、山南と呼び捨てにしたではないか。それを、無礼とは申さぬのか」

「己れ！」

「この思い上がりの、悪狐め！」

山南敬助は席を蹴って立ち、そのまま土方歳三の部屋を出たのであった。

さすがに両者とも、刀の柄に手をかけたりはしなかった。だが、このときの二人の争いの場には、誰も居合せなかったのである。仲裁役を買って出たり、中に割ってはいったりする者がいなければ、争いに終止符を打つメドが立たない。

議論によって、いずれかの主張が正しいと認め合える両者ではなかった。感情的な対立が、その頂点に達しているのだ。互いに悪口をぶつけ、非難して、傷つけ合うだけの喧嘩に終始する。

そうとわかっていたので、山南敬助のほうが一応のケリをつける態度をとったのだ。それはあくまで便法であって、気がすんだわけでも何でもなかった。そこで山南敬助は、近藤勇のところへ話を持ち込んだのである。

しかし、例によって近藤勇は、山南敬助の苦言を受け入れなかった。土方歳三との結束が堅かったというより、近藤勇はすでに山南敬助を近藤体制にとって不要な人物と見ていたのである。

「屯所移転の件、並びに西本願寺との交渉については、一切を土方副長に任せてある」

近藤勇はそう言って、山南敬助の進言を無視したのであった。

「総長の意見より、副長の考えのほうが優先するのですか」

山南敬助は、力なく言った。すでに、諦めがついていたのである。自分の存在は、無に等しいのだ。こうなったからには、総長というポストを辞任しよう。平隊士になってから改めて、伊東甲子太郎にみずからの将来を預けることにする。山南敬助は、そうした結論を出していたのであった。

「いまは意見とか、主張とかを重く見ているときではない。行動して、実際の上での結論を出す。そのことのほうが大事だ」

近藤勇は、表情を動かさずに言った。

「わかりました」

山南敬助は、近藤勇の部屋を出た。

それから、五日後のことだった。朝からの騒ぎが、総司を唖然とさせたのである。総司は、蒲団から抜け出すことにした。大急ぎで着換えをすませると、総司は伊東甲子太郎に会いに行った。

「総長が、姿を消した!」

「山南総長が、隊を脱走したぞ!」

「昨日、山南さんは行く先も告げずに出かけて、そのまま帰らないのだ」

朝からの騒ぎとは、そういうことだったのである。

五

慶応元年二月二十二日——。

山南敬助は五ツ半、午前九時に屯所を出ている。屯所を出て行く山南敬助の姿を見かけた者はいるが、その行く先を知る者はひとりもいなかった。単なる外出だと思うから、誰もが気にかけずにいた。

しかし、夜になっても山南敬助は、屯所へ戻って来なかった。一夜が明けて二月二十三日の早朝から、山南敬助が脱走したと大騒ぎになったのである。総司は、何とも釈然としなかった。一晩、帰らなかっただけで、どうして脱走だと決めつけてしまうのだろうか。無断外泊にしても、前例がなかったというわけではない。泥酔して寝込んでしまい、目が覚めたら翌日の朝になっていた。

予定していなかったのに、急に女と睦み合うということになった。ままよとばかり、女のところに泊ってしまった。そのような事情で無断外泊をする者もいたが、いきなり脱走したのだと騒ぎ立てられるようなことはなかった。

場合によっては叱責されることもあるが、大半が何事もなくすんでいる。総司自身にしても、麻衣が殺されたときに大津に一泊しているのだ。無断外泊である。その上、総司は短い時間だったが、脱走するつもりでいたのだった。

ところが、脱走と決めつけられるどころか、まったく咎め立てされなかった。山南敬助に限って、なぜ早々に脱走だという判断が下されたのだろうか。どうも、その点が腑に落ちなかった。

総司は、対策を協議しているという近藤勇と土方歳三のところへ、出向いて行った。どうして脱走だと看做されたのか、その根拠について訊いてみたかったのである。

「拙者も無断で一晩を、外で過したことがありました。しかし、そのときも脱走したのではないかと、疑われもしなかったではないですか」

総司は、抗議する口調で言った。

「総司は病人だったのだし、脱走するだけの理由もなかったではないか」

土方歳三が、苦笑を浮べた。

「山南さんは、平の隊士とは違うのです。総長が一晩帰らなかっただけで脱走だと騒がれるようでは、新選組の威信にもかかわるでしょう」

総司は訴えるような目を、近藤勇に向けた。

「総長が無断で、屯所をあける。それだからこそ、事は重大なのだ」

近藤勇が、冷やかに答えた。

「総長が無断外泊するからには、そこに余程のことがなければならない。つまり、総長なる者の責任まで放棄したとなると、その理由は脱走としか考えられないではないか」

土方歳三が、そう付け加えた。

「山南さんには、脱走しなければならないような事情があるのですか」

総司は訊いた。

「ある」

土方歳三が、重々しく領いた。

「どのようなことです」

「山南は拙者と、激しく言い争った。悪口雑言を、吐きおってな。新選組に居辛くなるようなことまで、山南は口にしたのだ」

「それだから……?」

「もう新選組にはいられぬものと、思ったのに相違ない。土方を敵に回したことが、恐ろしくなったのかもしれぬ」

「それで、脱走という判断が下されたのですか」

「そうだ」

「あまりにも、速断にすぎませぬか」

「そうは思わぬ」

土方歳三は、厳しい顔つきで言いきった。近藤勇も横を向いてしまっていて、取りつく島がなかった。総司は仕方なく、自分の部屋へ引き揚げて来た。だが、部屋では思いがけない相手が、総司を待ち受けていたのだった。水江勝之進であった。

「沖田先生は山南総長のことで、お気を揉んでおられるようですが……」

水江勝之進は、例の如くに人を食った態度で言った。

「いかにも」

総司は心ならずも、不快な表情を見せていた。苛立たしさを覚えていた上に、先日の水江勝之進の傲慢不遜な言動を思い出したからであった。

「実はそのことに関して、先生のお耳に入れておきたいことがございます」

水江勝之進は、立ったままでいる総司を振り仰いだ。総司は、水江勝之進に目を落した。

「昨日の朝、山南総長が屯所の正門前で町人ふうの男と話し込んでおられるのを、拙者はお見受け致しました。その際、二、三言葉も耳に致しましたが、町人ふうの男は、明里の実の弟、内々にて、大津の旅籠大坂屋で、などと申しておったようでした」

水江勝之進はそう告げると、さっさと立ち上がって部屋を出て行った。総司は、耳寄りの話だと思った。明里とは、山南敬助の馴染みの遊女の名前である。その明里の実の弟が内々にて会いたがっているとの呼び出しを受けて、山南敬助は大津の旅籠大坂屋へ赴いたということになるのではないか。

そう察しをつけた総司は、すぐに近藤と土方のところへ駆け戻って、そのことを伝えた。近藤勇も土方歳三も、気乗り薄といった顔つきだった。しかし、総司は必死に、食い下がった。

「それほどまでに申すなら、大津の大坂屋まで見届けに参るがよい。大津まで、馬を急がせよ」

近藤勇が期待のない顔で、うんざりしたという言い方をした。待っていたとばかりに、総司は馬の用意を命じて慌しく屯所の門外へ走り出た。馬上の人となった総司は、笞を入れ馬腹を蹴った。

馬は疾走を始めた。通行人が逃げ惑う町中を、総司は手綱さばきも鮮やかに馬を走らせた。三条大橋を渡ると、総司は馬に笞を入れ続けた。馬は狂ったように突っ走り、街道の風景が驚くべき早さで後方に流れた。

《山南さん、おって下さいよ》

総司は馬上で、そう念じ続けた。大津の旅籠屋にいる限りは、脱走ということにならない。大津は京の延長であり、他国という実感も湧かないところである。もし山南敬助が未だに大津に留まっていたならば尚更、問題ではなくなるのだった。

脱走の意志がある者ならば、まず可能な限り遠くまで逃げようとするだろう。京からわずか三里の大津で、のんびり構えているはずはない。つまり、それは脱走といったことなど、毛頭考えていない証拠なのである。

大津の宿内へはいった。大坂屋の前で馬から降りた総司は、旅籠屋へ駆け込んだ。帳場の男に、山南敬助はいないかと訊く。昨日からお泊りでございますと、男の答えが返って来た。

総司は、山南敬助の部屋へ案内してもらった。山南は、ひとりでいた。明里の実弟に会うために大坂屋へ来て、昨日から待っているのに相手が一向に現われないと説明する山南敬助の手をとって、総司は廊下へ引っ張り出した。

総司は勘定は新選組の壬生屯所へ請求に来いと番頭に言って、山南敬助を外に押し出した。馬に二人で、乗ることになる。総司が鞍(くら)に尻を据えて、手綱をとった。その背後に、山南敬助が跨(また)がった。

馬に笞を当てる。馬も疲れているし、二人乗りである。それに山南敬助を確保した上での、帰り道であった。馬を疾走させることはなかった。総司は速足で、馬を進めることにした。

馬上で総司は山南敬助に、脱走と看做されていることを話して聞かせた。山南敬助はひどく驚いたようだったが、慌てたり怒ったりはしなかった。むしろ、考え込んでしまい、口をきかなくなっていた。

壬生屯所に帰りついたのは九ツ、正午であった。当然、近藤勇も土方歳三も誤解だったことを認めるはずだと、総司は思っていた。だが、総司のそうした思惑は、完全に裏切られた。山南敬助の弁解、申し開きを許そうともしなかった。近藤勇が、山南敬助を一間に監禁しておくよう命じた。同時に近藤は、幹部会を招集したのであった。場所は前川邸を出て、八木邸でということだった。

会議に集まったのは近藤、土方、総司以下の助勤全員、それに伊東甲子太郎であった。まず土方が議題を説明して、総長山南敬助の行動を脱走と看做すかどうかを決定したいと述べた。

「どうかしたのではありませんか！」

総司は開口一番、そのように食ってかかった。総司としては、実に珍しいことであった。総司の凄まじい見幕に、助勤たちは呆気にとられていた。

「何が、脱走ですか！　山南さんは内々に話がしたいと呼び出されて大津へ赴き、そこの旅籠で一晩を過した。それが、どうして脱走ということになるのです！」

総司の血相が、変っていた。その双眸には生れて初めて、近藤と土方に対して爆発させた怒りの炎が宿っていた。

「証人がおるのか」

土方歳三が、ゾッとするような冷たい声で反論した。

「証人……?」

総司は、言葉に詰った。

「あるいは、証拠の品でもよい」

土方歳三の視線が、列席の面々の顔を流れた。

「たとえば……?」

総司が訊いた。

「山南を呼び出すための書状は、いかがだな」

「町人ふうの男が、口上で伝えに参ったのです」

「では、その町人ふうの男というのを、ここへ呼べ」

「どこの何者かわからぬ者では、捜しようがありませぬ」

「それでは、山南の作り話ではないと、どうして言い切れるのだ」

「現に山南さんは大津の旅籠におられたのだし、屯所へ戻っても来られたではありませぬか」

「戻ってさえ来れば、脱走ではなくなると申すのか」

「出かけた先は、大津ですよ。大津は、京の一部のようなものです」

「たとえ大津であろうと、京を離れて隣国へ走ったということになる」

「では、申し上げましょう。過日、拙者は大津へ参り、海老屋なる旅籠に泊り、翌朝になって屯所に戻りました。海老屋の宿帳を調べれば、事実は明白となりましょう。もし山南さんが脱走したものと看做されるならば、この沖田総司も同罪です」

「いまは山南について詮議を致しておるのであり、過日のことなど取り上げるには及ぶまい」

「ならば、このように片手落ちの詮議には、加わることにも及びますまい！」

総司は荒々しく席を立って、八木邸を出て行った。このあと伊東甲子太郎と藤堂平助が、山南敬助を弁護して熱弁を振るった。だが、効果はなかった。反対は三人だけで、山南敬助は脱走を目論んだものと判断するという結論に至ったのであった。

総司、伊東甲子太郎、藤堂平助の三人は前川邸に戻って、一室に押し込められている山南敬助と会った。

「山南さん、いまから本気になって脱走されるがよい。われらが手助けをするし、あとのことも引き受ける」

伊東甲子太郎が、山南敬助に言った。

「いや、この度のことは仕組まれた罠だ。そうだとすれば当然、拙者が改めて脱走を図るというところまで読んで、それなりの策が設けられておるはずだ。所詮は、逃げきれまい。事ここに及んだら、むしろ切腹して果てたほうが心が休まる」

山南敬助は青白い顔に、寂しげな笑いを浮べた。

仕組まれた罠と聞いたとき、総司はふと馬子の話を思い出していた。大津の大坂屋という旅籠の主人は会津贔屓、新選組贔屓、そして土方歳三とも親しい間柄だと、あのときの馬子が言っていた。

山南敬助が大坂屋へ呼び出されたのは、単なる偶然だったのだろうか。いや、そうとは思えない。近藤と土方の一貫した態度を見ていると、偶然といったものは一つもないように思えるのである。土方歳三と大坂屋の結びつきを、はっきりと見せつけられたような気がした。

「芹沢さんたちの場合と、まったく同じだ。今度は拙者が、あの世へ逐われることになっただけの話ではないか」

山南敬助はそう言ってから、総司を振り返った。

「沖田さん、最後の頼みだ。介錯を沖田さんに、是非ともお願いしたい」

山南敬助は、目顔でしらせるように、小さく笑った。

「山南さん……」

総司は、目を伏せていた。

「伊東さん、このままでは新選組は自滅する。早々に袂を分つほうが、よろしかろう」

山南敬助は、みずからの膝を強く摑んでいた。

「賢明な道を、歩むつもりです」

伊東甲子太郎が言った。

「藤堂さん、お世話になり申した」

山南敬助は、藤堂平助に会釈を送った。藤堂平助は黙って、身体を震わせているだけだった。

間もなく近藤勇と土方歳三が、助勤たちを引き連れて姿を現わした。

「脱走の罪は、切腹と定められておる。山南どのにも定めの通り、脱走の罪により切腹申し付ける」

近藤勇が、そう宣告した。

「ありがたく、お受け致す」

山南敬助は答えた。

切腹の場は前川邸の一室、坊城通りに面した部屋と決った。山南敬助は三ツ紋付きの衣服に着換えると、指定の蒲団の上に座を占めた。それから居並ぶ人々に別れの挨拶をすませて、切腹の支度に取りかかった。

総司は、山南敬助の背後に回った。抜刀する。山南敬助の後ろ姿が、微かではあるが震えていた。当然である。恐怖感よりも、緊張のための震えということになる。しかし、その震えをとめなければ、腹を切るときに余分な傷を作る恐れがあった。

「無作法ながら、喋らせて頂きます」

総司は、そう言った。介錯人が余計なことを口にするのは、禁じられているのである。

「山南さん……」

総司は、山南の背中に声をかけた。

「う……」

山南敬助は、唸っただけだった。声が出なくなっているのだ。

「遙かなり、わが友よ」

総司はそう言ってから、刀を振りかぶった。山南敬助の身体の震えが、ぴたりとやんだ。意識が総司の言葉に、向けられたためである。

「遙かなり、わが友よ！」

総司は一段と、声を張り上げた。山南敬助が、腹を突いた。総司は満身の力をこめて、刀を振りおろした。

燃え尽きて死す

一

山南敬助が三十二歳をもって、死という形で新選組を逐われたあと、新たに編成替えが行われた。その狙いから考えて、大改革と言えるだろう。狙いとは、警察隊を軍隊にすることであった。

それまでの新選組は、警察隊ということであり、受けて立つ側に回っていた。だが、それではいつまでたっても、そのままの体制に留まることになる。天下の新選組であっても、それ以上の勢力発展は望めない。受けて立つ側から、進んで制圧する一大勢力に転ずる必要がある。そうしなければ徳川幕府の下にあって、一国一城の主になるという野望を遂げることはできなかった。土方歳三は、その辺のことに、早くも着目していたのだった。

旗本になる日は、そう遠くないだろう。だが、それは階段を一段、上るだけのことにすぎないのだ。徳川幕府を支えて、天下に号令する大大名になるという日を、土方歳三は夢見ているのである。

いまは乱世だと、土方歳三は考えている。しかし、戦国時代のように群雄割拠して、天下人の地位を争うというときではない。また天下を掌握したいといった野心は、近藤勇にも土方歳三にもなかったのである。

それほどの器ではないと思っていたし、同時にそこまで好運に恵まれることを期待できなかったのだ。だが、乱世に野望は付きものであり、運に乗り、機を見るに敏であれば、目的完遂の可能性は十分にある。

現に天下の新選組と認められ、その首領として近藤・土方の存在は俄かにクローズ・アップされたではないか。徳川幕府を支える大大名になることも、決して夢だけに終るとは言いきれない。

すでに近藤勇には、与力上席にて召抱えの沙汰が下っている。やがて、土方歳三も直参旗本となるだろう。万石をもらえば大名であり、老中への道も開ける。しかし、階段を上るには、みずからの足を使うことになるのだった。

誰かが手を貸して、引っ張り上げてくれるわけではなかった。いままでのところは、土方歳三の計画通りに運んでいる。新選組の名を天下に轟かせることにも成功したし、資金調達にも不自由しなくなった。

新選組の警察隊としての存在意義、功績も十二分に認められている。だが、このままでは頭打ちになるし、限界に達してしまう。今後の新選組は治安維持のための便利な一組織として、あちこちに派遣される警察隊ということに終ってしまうかもしれない。

これまでよりも、はるかに強大な勢力を持たない限り、頭打ちを避けることはできない。無言の圧力を加えることはもとより、出動して積極的に敵を撃破するという武力を持たなければならない。

もう基礎はできている。あとは、実力を具えることであった。乱世に野望を遂げるには、第一に強い力が必要である。それには警察隊から軍隊へと、組織固めをすることが何よりだった。

これから近藤勇は、重要人物として各方面の要人と面談したり折衝に臨んだりする機会が多くなるだろう。その近藤勇の背後に新選組という軍隊が控えていることは、あらゆる意味で有利なはずであった。

実権を握るには、それなりの具体的な力を有することである。土方歳三はそういう意味で、一歩前進することを急いだのだった。山南敬助を粛清し、西本願寺の北集会所へ屯所を移し、隊士の気分が一新したいまこそ、いい機会ではないか。

土方歳三はそう思い、近藤勇もその通りだと判断を下した。だが、ここに一つだけ、問題があった。伊東甲子太郎に対する処遇と、沖田総司の扱い方である。それが近藤と土方の、頭痛のタネとなっていた。
伊東甲子太郎はまだ、新選組に加わってから半年余りであった。それなのに、新選組における伊東の存在はかなり大きなものになっていた。多くの隊士たちが、伊東甲子太郎に傾倒している。

伊町甲子太郎の知性、思想、人柄、それに才能を侮ることはできなかった。その実力は決して、メッキが剝げるといったものではない。隊士たちに人気があり、同調者の少なくないことが何よりの証拠だった。

現に、伊東甲子太郎派というグループが、形作られつつあった。その伊東甲子太郎が、近藤・土方体制にべったりであるならば、問題はなかった。しかし、事実はその逆であって、伊東甲子太郎にはわが道を行くという自主性が窺われる。

いや、むしろ近藤・土方に対して、批判的でもあった。山南敬助の切腹問題でも、伊東は強く反対した。近藤・土方の死罪を簡単に押しつける権力主義、取締るという強硬手段を、伊東甲子太郎はひどく嫌うのである。伊東は常に、近藤・土方に対して助命の口ききをした。

更に重大なのは、思想の違いであった。攘夷の点では両者とも一致しているが、伊東甲子太郎は勤王の士である。佐幕の近藤・土方とは、正反対ということになる。伊東が御陵衛士になることを熱烈に希望し、近藤がそれを容易に許さなかったのも、思想の対立が新選組の分裂に通ずることを恐れたからだった。

藤堂平助が伊東甲子太郎に、新選組に加盟することをすすめたとき、『自分たちは勤王のために微力を尽すつもりでいたが、近藤が幕府の爪牙となってそれを許さず、報国尽忠の志などどうなるかわからない。それで伊東どのを隊長として、新選組を完全な勤王党に変えたい』と言ったという。

また伊東とともに新選組を離れた阿部十郎も後日、『新選組は朝廷に弓を引く長州勢と戦い、勤王の士の集まりだと思ってそれに加わった。だが、事実は正反対で、近藤勇はこれから幕臣となって幕府のために尽すと言った』と語っている。

このように勤王と佐幕が、同じ新選組にいて勢力を張っている。近藤・土方にとって、伊東甲子太郎は危険人物と言えた。伊東甲子太郎は半年余りのうちに、伊東一派を作り、近藤・土方と殆ど同等の発言力を持つようになった。

再び主導権争いが起るという可能性も、十分にあるのであった。かつては芹沢鴨、新見錦を殺し、先日には山南敬助を粛清して近藤・土方体制を維持して来たのに三度、暗闘が繰り返される恐れもある。

「近藤さん、どうしよう」

土方歳三が、近藤勇の意向を質した。

「伊東をはずすことは、賢明なやり方ではない」

相変らずの固い表情で、近藤勇は答えた。二人だけの密談であり、言葉遣いも個人的なものになっていた。

「確かに伊東は、いまの新選組にとって、貴重な存在だ」

「伊東の人望、それに隊士の心の支えにもなりそうな新鮮さを、無視することはできない。伊東はいま心の迷いが生じておる隊士たちにとって、夜道を照らす提燈のようなものだと思う」

「しかし、その提燈の火が、大火事の因になるかもしれない」

「それは当然、覚悟の上だ」

「では、伊東に高い地位を与えるか」

「伊東を軽んずれば、隊士の中に不満の声が広がる」

「近藤さん、これまでの局長なる名称は、廃止しようと考えている」

「何とする」

「総長としたい」

「よかろう」

「副長は、そのままだ」

「その次の地位を、伊東に与えよう」

「参謀としたら、どうだろうか」

「よかろう」

「しばらくは伊東を、夜道を照らす提燈としておくか」

「いつ提燈の火が、火事の因になるか、精々気をつけることだ」

「火事になったときは……？」

「消せばよい」

近藤勇は、冷やかに言った。目つきだけが鋭く、熱っぽかった。

「ところで、総司をどうするかだ」

土方歳三が、顔色を窺うように近藤勇を見やった。

「総司か……」

近藤勇は目を閉じて、溜め息をついた。

「変ったな、総司は……」

さすがに土方歳三も、憮然たる面持になっていた。

「変った」

近藤勇が頷いた。

「いつから、ああなったのか」

土方歳三が、首を振った。

「総司も、大人になったのだろう」

近藤勇は、目を閉じたままだった。

「近藤さんやおれに逆らい、歯向うようにさえなった。かつての総司を思うと、とても信じられん」

「山南敬助の一件を取り決める際にも、総司は大した見幕で逆らっておったな」

「総司の心は、山南に傾いていたのだ。そうなると今後、総司が伊東一派と通ずる恐れもある」

「いや、その心配はない」

「そうかな」

「総司はこの近藤に逆らってはみるものの、裏切るということはできないはずだ」

「では、この際あの総司の頭を撫でてやったら、どんなものだろうか」

「頭を撫でる……?」

「伊東とともに、総司も参謀とするのだ」

「無駄だな。そうしてやっても、総司は喜ばぬ。あの男は地位といったものに、まったく欲がないのだ」

「すると総司を、いまのままにしておくということになる」

「それでよい。総司は、病人だ。不治の病にかかっておる」

「所詮は、役立たずか」

「楽をさせてやれ」

「水江勝之進という総司の二代目もおることだし、むしろそっとしておいたほうがよいかもしれん」

土方歳三が、眉間に皺を刻んで言った。近藤勇も、目を開こうとはしなかった。二人はいま無言のうちに、過去の沖田総司に訣別を告げようとしていたのだ。総司を今後、無用の存在とすることに、近藤と土方の心は決ったのである。

新選組は、軍隊となった。その第一段階が職制の改編であり、第二段階が洋式の軍事訓練であり、第三段階が規律と処罰をより厳しくしたことだった。会津藩から大砲二門をもらい受けたし、鉄砲も多数を入手した。

局長　近藤勇。

総長　山南敬助。

副長　土方歳三。

この最高幹部が、異分子の山南敬助粛清と土方歳三の昇格、それに伊東甲子太郎一派の懐柔という形で一変したのである。局長という新選組馴染みの呼称も廃止され、参謀なるポストが新設された。

総長　近藤勇。

副長　土方歳三。

参謀　伊東甲子太郎。

これまでの副長助勤というのも廃止され、代りに組長が新設の役職名となった。一組の人数は十名で、それを何番隊というように呼んだ。組長の補佐役として、一組に二名ずつの伍長というのが置かれた。

総司は、一番隊組長を命ぜられた。伊東派からは藤堂平助と鈴木三樹三郎の二人だけが組長に任ぜられ、これで近藤・土方の第二次安定体制が確立されたのであった。

総司は西本願寺の新しい屯所に移ってからも、寝たり起きたりの毎日を送っていた。日々、気力が衰えていくのが、はっきりと自覚できた。病気の進行のせいばかりではなく、山南敬助を救えなかったことで心の張りを失ったのであった。

新選組の改編や新しい人事にも、まったく興味を覚えなかった。竹矢来に囲まれた新屯所の中で、一日を無為に過す。ただそれだけの生活だったのである。聞えるのは、射撃訓練の音だけであった。

もちろん空砲だが、大砲と鉄砲の音が一日中鳴り続けていた。西本願寺へ来る善男善女たちは、参詣をすますと逃げるように帰って行く。僧たちが怖がるのを面白がって、連発する隊士もいたようだった。

やがて西本願寺では、会津藩に射撃訓練をやめるよう要請することになった。会津藩でも、それを無視するわけにはいかなかった。会津藩からの指示を受けて、新選組の射撃訓練は壬生寺の境内に移された。

西本願寺の屯所では、うるさい射撃音を聞かなくてもすむようになった。だが、総司は別に静かになったことを、喜んだりはしなかった。どうでも、よかったのである。環境に不満や満足を感ずるのは、まだ欲心が残っている証拠であった。

気分がいいときは、総司も壬生寺まで出向く。射撃訓練を、検分するためであった。だが、総司は訓練に参加しなかったし、部下を激励するようなこともなかった。総司は、見物人になりきっていた。

射撃訓練に参加している隊士たちも、熱心に打ち込んでいるようには見えなかった。大砲の扱い方や、射撃の基礎訓練をやっていない。小銃にしても、狙いを正確にと心掛けないで発射している。面白がって、撃ちまくっているだけだった。

後日、新選組の大砲や射撃が一度も威力を発揮できなかったのは、基本の訓練に欠けていたためなのである。それは軍隊に大砲や鉄砲が必要だというだけで、その威力を考えようとしなかった近藤・土方の頭の古さに責任があったのだ。

しかも、隊士たちのほうにも、なぜ軍隊になるのか、どうして軍事訓練をするのかという理解や目的意識がない。だから、ただ撃てばいいのだという義務感だけで、射撃を続けているのである。

だが、それ以上に無関心でいる自分に、総司は気づいていた。新選組からも、その将来に対しても、心が離れてしまっている。死ぬ前の山南敬助と、変りないのであった。

傍観者だ——と、総司は思った。

二

山南敬助の死後、新選組脱落者の数が急激に増加した。

新選組の誕生から消滅までに、隊士として加盟した者は四百三十九人と推定される。明治になってからの病死を除く死者は、八十八人である。八十八人のうちでは、土方歳三以下の戦死者が最も多い。

あとは近藤勇のような処刑者、戦死ではなくて殺害された者、それに自殺者である。明治の世まで生きていた新選組隊士は、負傷するか降伏するかで捕えられた者、流刑となった者、行方不明者に限られる。それらは当然、病死によってこの世を去ったのだ。

では、慶応年間にはいる前は、どうであっただろうか。この場合も病死を除いて、二十人の隊士が死んでいる。芹沢鴨のように暗殺された者、新見錦のように切腹を強制された者、戦って殺された殉職者、それに脱走など隊規違反で斬首（ざんしゅ）された者が、二十人いるというわけである。

ほかに、脱走に成功した者が九人いた。文久三年と元治元年で、二十九人が新選組と死亡、脱走という形で絶縁しているのだった。残るは、慶応年間である。まず慶応元年二月二十三日に、山南敬助が切腹を強いられて死んだ。

三月四日に、大谷良輔が病死した。大谷良輔は、河内（かわち）の出身であった。

六月二十一日には上州の産である石川三郎と、施山多喜人が隊規違反で切腹を命ぜられた。

七月二十五日に、佐野牧太郎が隊規違反で斬首となった。

九月一日には播磨（はりま）出身の松原忠司が、京都壬生天神横丁で人妻と心中した。二十七歳であった。松原忠司は四番隊組長であったが、勤務ぶりが悪いということで平隊士に落されていた。

十二月十二日に、桜井勇之進が病死した。

慶応二年にはいり、一月二十一日に薩長同盟が成立、一月二十四日には会津侯から広島出張の指示があり、近藤勇、伊東甲子太郎、篠原泰之進、尾形俊太郎が二十八日に京を出発した。

その近藤勇の留守中に、会計方の河合耆三郎（きさぶろう）が斬首されるという事件があった。土方歳三が、この河合耆三郎をひどく嫌っていたのだ。河合耆三郎は、播磨の塩問屋の息子であった。不正を働くような人物ではないし、金銀出納の不始末というのも何かの間違いと思われた。だが、土方歳三は嫌いな河合耆三郎に対して、私的感情をまじえての独断により斬首を申し渡した。

河合耆三郎が商人の息子で、土方歳三はそこに自分のコンプレックスを見出すことから、特に毛嫌いしたようであった。河合耆三郎が商家の出であり、金銀出納の不始末という罪の性質もあって切腹を許さなかったのは、いかにもそうした土方歳三らしいやり方であった。

同じ首を斬るにしても、死罪、下手人、斬罪の三種類がある。死罪は牢内の首斬り場で執行し、死骸は俎板のような土の台の上に置いて、刀の斬れ味を見るための試し斬りに使われる。

下手人は、同じく斬首なのだが、死骸を試し斬りには使ったりしない。取捨てのあと、肉親が葬ることも許された。死罪と下手人は武士以外の罪人に適用され、斬罪が士分以上の首斬り刑である。

刑場で、行われる。もちろん、死骸は試し斬りに供されない。それから、武士ということで目隠しをしない。しかし、武士の斬首は重罪人か、破廉恥罪に対して行われるものであった。

可能であるならば、切腹を申し付けるというのが、武士の情けであった。当然、河合耆三郎も切腹を望んだはずである。しかし、武家の出でない土方歳三には、武士の情けなどわかるはずがなかった。

成金が貴族の真似をしたがるが、貴族的な生き方を理解することはできない。同時に成金は、貧乏人を馬鹿にしたがる。それとまったく同じであり、土方歳三は形式的に町人の下手人とまったく変らない斬罪を、河合耆三郎に押しつけたのであった。

自分は天下の土方歳三であり、過去とは関係なく武士の中の武士である。そう思いたい土方歳三の気持の裏返しが、河合耆三郎に切腹を許さなかったのだ。成り上がりが権力を握ったときの、一種のヒステリー症状であった。

近藤勇や伊東甲子太郎が京にいれば、河合耆三郎は殺されずにすんだことだろう。総司は一応、近藤勇の帰京まで決定を待つべきだと、土方歳三に進言した。だが、土方歳三は耳を貸さなかった。

「総長の留守中は、副長の独断に任されることになる」

土方歳三は、そう言った。

総司もそれ以上は、口出しをしなかった。無駄だとわかっていたし、本気になって忠告するほどの熱意が湧かなかったのだ。土方歳三のやり方には、腹も立たなかった。愛想を尽かした上での、冷淡さであった。

監察方の吉村貫一郎、山崎烝(すすむ)、芦谷昇の三人が取調べを行なった。それは形式的なものであり、最初から斬罪と決っていたのであった。土方歳三の指示に従って、三人の監察方が有罪と斬首刑を決めた。

土方歳三は、なぜ河合耆三郎の斬首を急いだのか。近藤勇が帰京してからでは、河合耆三郎を死へ追いやることができなくなる。それ以前に河合耆三郎を沈黙させたいという何らかの事情が、土方にはあったのだろうか。

二月十二日、河合耆三郎は斬首となった。だが、首斬り役の隊士沼尻小文吾の不手際から何度も失敗し、河合耆三郎の死に方は凄惨（せいさん）なものだった。その沼尻小文吾は明治元年に脱走し、明治三十五年まで生きのびて、六十歳で死んでいる。斬首された河合耆三郎は、そのとき二十九歳であった。

河合耆三郎の斬首について後日、報告を聞いて近藤勇も非常に残念がった。しかし、近藤勇は例によって、土方歳三を厳しく責めたりはしなかった。土方は近藤の留守中に、もうひとりを死に追いやっている。

二月十八日に、美濃（みの）出身の小川信太郎に隊規違反を理由として、切腹の命令を下したのであった。

三月にはいって、まず近藤勇と尾形俊太郎が先に帰京した。伊東甲子太郎と篠原泰之進は、五日ほど遅れて帰って来た。この二人が旅先で多くの勤王派の士と面談し、活発に動き回ったことを、近藤勇は快く思わなかったのである。

四月一日になって、谷三十郎が祇園石段下で斬り殺された。谷三十郎は七番隊組長であり、三十四歳であった。

六月二十三日、柴田彦三郎が隊規違反ということで切腹を命ぜられた。

ほかに脱走した河島勝司が、二条河原で隊士の富山弥兵衛に斬り殺された。

そして、この年の秋頃から予測されていたことが、具体的な現実の事態となったのである。山南敬助が切腹する直前、新選組とは袂（たもと）を分つほうが賢明だと、伊東甲子太郎に忠告した。

それから一年と七ヵ月後に、伊東甲子太郎はその決意を固めたのであった。九月二十六日、伊東甲子太郎と篠原泰之進は、七条にある近藤勇の私邸を訪れた。そこで近藤・土方と激論を交わし、ついに分離の話を持ち出したのだった。

その日はもちろん、結論が出るはずもなかった。翌九月二十七日にも篠原泰之進が、引き続き分離の件について、近藤・土方と話し合っている。土方歳三はかなり感情的になって、篠原泰之進と激しくやり合った。

翌日の九月二十八日には薩摩と内通を図ろうとした五番隊組長の武田観柳斎が近藤勇の酒宴に招かれて、その帰り道に命令を受けた斎藤一（はじめ）の手にかかり、竹田街道の銭取橋で斬殺された。酒を飲ませたあとで暗殺を図るというのは、近藤勇の常套（じょうとう）手段であった。

十月七日、市橋鎌吉が病死した。

十二月二十五日に孝明天皇が崩御し、慶応三年にはいった。一月十日に田内知が隊規違反に問われて切腹した。総司の病状が小康状態を保ち、一旦床を離れることになったのは、この慶応三年の正月からであった。

一月七日に早速、四条橋の近くで衝突事件が起った。この日、総司は久しぶりに市中の巡察に出た。同行者は、永倉新八と斎藤一であった。定められたコースを辿って四条橋を渡りきったとき、浪士ふうの二人連れの男とぶつかった。

総司は、その二人の男の顔を見ても、誰であるのか思いつかなかった。だが、二人の男のほうが一瞬にして緊張し、反射的に刀の柄に手をかけたのであった。その様子から察して、只者ではないとわかった。

「中井庄五郎と片岡源馬……」

「そのようだ」

斎藤一と永倉新八が、そのように囁き合った。

十津川郷士、中井庄五郎。

土佐浪士、片岡源馬。

その名前は、総司も記憶していた。新選組が一年前から手配中で、見つけ次第、殺すか捕えるかせよという指示が下されている人物である。

　土佐藩を中心に義兵を挙げて、長州藩と協力、討幕の口火を切ろうとする陰謀が、土佐浪士浜田辰弥を中心としたグループによって進められたことがあった。このグループは大坂瓦屋町のぜんざい屋に居を定めて、武器弾薬を集めにかかっていた。

　大坂市中に火を放って混乱を招き、義兵を挙げようという計画だったのだ。これを嗅ぎつけた谷万太郎と兄の三十郎が、ほかの二名とともにぜんざい屋へ斬り込んだ。

　だが、そこにいたのは二人だけで、ほかの浪士たちは残らず外出中であった。結局、殺したのは、ひとりだけに留まった。十二日後に決行されるはずだった大坂焼き打ちを未然に防いだこの斬り込みを、『ぜんざい屋事件』という。慶応元年正月八日のことである。

　逃げ散ったグループの全員を、新選組は手配して行方を追っていたのだ。そのうちの中井庄五郎と片岡源馬が、京の四条橋の近くで新選組の強力なメンバーと鉢合せしたのであった。

　中井庄五郎も片岡源馬も、腕には自信がある。だから咄嗟に、相手を斬って捨てようと意を決したのだった。二対三の斬り合いになった。総司は片岡を、永倉と斎藤が中井を、それぞれ相手に回した。

　やがて中井庄五郎が、逃げ出した。永倉と斎藤が、そのあとを追った。だが、途中で永倉新八は、ひとり残して来た総司のことが心配になった。永倉は中井を斎藤に任せて、ひとり四条橋へ引き返した。

永倉新八はもちろん、病人だからというので総司のことが気になったのである。だが、これまで誰かが一度でも、剣士としての総司の身を案じたことがあっただろうか。総司の斬り合いであれば、安心して見物していられるはずだった。

総司の腕と剣には、新選組の全員が絶対の信頼を寄せていた。近藤も土方も安心しきって、総司に人斬りを命じて来たのである。総司に限り、斬り合って敗れるようなことはないと、決め込んでいたのだった。

病人だからと言って、腕が落ちるものではない。総司の剣は、天才的なのであった。それに、毎朝の素振りを欠かしたことのない総司だった。従って、永倉新八も病人の体力について、心配したわけではなかった。

永倉新八が案じたのは、総司の気力の点であった。総司という人間が、変ってしまったことに、永倉新八は気づいていたのだ。近頃の総司には、気迫というものが感じられなかった。

無口、無表情であった。ぼんやりしているし、何を考えているのかわからないようなところがあった。笑顔を忘れている。誰かの話を聞いていても、半ば上の空みたいだった。どうでもいいというように、投げやりでさえあった。

やる気を、失っている。心の病気に、かかっているようだった。不治の病にとりつかれたせいだけではなく、山南敬助の一件で精神的ショックを受けたらしい。永倉新八も、そのように見抜いていたのである。

近藤勇にも土方歳三にも、新選組にも総司は背を向けている。心の張りを失い、意味もなく遠くの空ばかり眺めているようである。あれでは、人を斬ることができない。悪くすれば斬れるほうだと、永倉新八は思ったのだった。

その永倉新八の見方は、正しかったのである。総司は積極的に、相手を斬る気になれなかったのだ。片岡源馬は、決して弱い相手ではない。だが、やはり総司とでは、腕の差があった。総司を十とすれば、片岡源馬は七である。だから、斬れる。しかも、ひとりだけの相手であれば、手間はそれほどかからない。しかし、永倉新八が引っ返して来るまでに、総司は片岡源馬にたった一ヵ所のかすり傷を与えただけだったのだ。

逆に斬られるという心配は、まったくなかった。だが、斬る気にもならないのだ。いつまでもそうしていれば、病人の体力は消耗し尽す。疲れ果てたところを、斬りつけられるという可能性はあった。

気力が、湧かない。

何のために、誰のために斬るのか。

無意味だ。

と、総司は対峙しながら、胸のうちで呟き続けていた。片岡源馬のほうに、むしろ気迫があった。この場を切り抜けようと、必死になっている。片岡源馬が、斬りかかる。総司は、受けて後退する一方だった。

「覚悟!」

駆けつけた永倉新八が、横から斬りつけた。その一撃が、片岡源馬の右腿を割った。片岡の身体が傾いて、そのまま泳いだ。総司は、刀を振りおろした。致命傷を与えるような、鋭さはなかった。

仕方なく、斬ったという感じであった。片岡源馬は、それでもかなり深い傷を左肩に刻まれて、地上に崩れ落ちた。総司は止めを刺そうともしないで、刀を鞘に納めてしまっていた。

「斎藤さんは、大丈夫だろうか」

総司は永倉新八に言って、あとを追うように歩き出した。

「どこまで、追って行ったのか」

永倉新八も、総司のあとに従った。

片岡源馬は致命傷も負わず、止めも刺されずにすんだのである。片岡源馬は知人の家に辿りつき救いを求め、医師の手当を受けた。その後、養生を続けた片岡源馬は負傷癒えて、十津川郷へ逃げ込むことができた。

一方の中井庄五郎も、斎藤一を振り切って逃げてしまった。結局、この四条橋の衝突事件は手配の者二名を、とり逃がしたことで終ったのである。

続いて一月十六日、総司はたまたま大坂へ行き、そこで脱走隊士の酒井兵庫を斬る羽目となった。酒井兵庫が住吉に隠れていることがわかり、それを斬るようにとの命令を受けたのであった。

もし病身であってそれが叶わぬというのであれば、水江勝之進を派遣するという伝言であった。総司は自分の手で、酒井兵庫を斬ることにした。だが、殺すつもりは、毛頭なかった。

総司は、酒井兵庫を斬った。致命傷を与えなかったし、止めも刺さなかった。本来ならば、酒井兵庫は一命を、とりとめたはずであった。しかし、酒井兵庫という脱走隊士は、あまりにも小心者すぎたのだ。

酒井兵庫はすぐに意識を取り戻したが、傷口と出血を見て、恐怖感とショックのために再び気絶した。そのために救いを求めることができず、手当が遅れたので死亡する結果となったのである。

一方、伊東甲子太郎一派の結束はますます固くなり、新選組分離のための動きも活発になっていた。伊東甲子太郎一派としての行動を、公然と示すようにもなったのだった。一月十八日に一派は、勤王運動のためと称して諸国へ旅立って行った。

そして三月十日に伊東甲子太郎、篠原泰之進、藤堂平助、鈴木三樹三郎、加納道之助、新井忠雄、毛内有之助、阿部十郎、服部武雄の九名が、崩御して間もない孝明天皇の御陵衛士を正式に拝命したのである。

新選組分離のために、これ以上の好材料はなかった。御陵衛士を拝命するからには、正真正銘の勤王の士ということになる。それが佐幕を強く主張する近藤勇たちと同じ新選組に属していることは、大きな矛盾だという正面からの主張を持ち出せるわけである。

御陵衛士が主張する正論を、近藤勇も無視することはできない。だからこそ、近藤勇は伊東甲子太郎の御陵衛士希望に背を向けていたのだ。だが、伊東一派の独自の運動が功を奏して、御陵衛士拝命が実現してしまったのである。

勤王と佐幕の同居、水と油の両輪は、ついに解消のときを迎えたのであった。新選組にとっては、初めての分裂だった。

三

御陵衛士拝命の二日後に、伊東甲子太郎は九州から京へ帰って来た。翌十三日に早速、伊東は近藤や土方たちと分離について話し合った。今度は相談あるいは議論ではなく、分離するという通告であった。

近藤勇はもはや、それを拒むことができなかった。ついに、分離が決定した。御陵衛士を拝命したことが、ものを言ったのである。そうした形をうまく利用した伊東一派の勝利であった。しかし、近藤勇は分離論に服しても、それを認めたわけではなかった。それは一種の脱走であり、脱走者がどのような制裁を受けるかを、近藤勇は胸に秘めていたのだった。思っていた通り、伊東甲子太郎という提燈が火事の因になった。そうなったときは、火を消すのである。

三月二十日に、伊東一派は新選組屯所を出て、三条の城安寺に引き移った。翌日には更に、五条の善立寺へ移った。とたんに、近藤勇が何よりも恐れていた出来事が起った。近藤が最も恐れていたのは、新選組に不満を持つ隊士が伊東甲子太郎を頼って、脱走するということだったのである。

その第一号が、早くも出たのだ。池田屋事変で活躍した浅野薫であった。浅野は前年九月の制札事件で、誤解が原因となり、隊内で臆病者呼ばわりされる結果となった。それが不満で、浅野は脱走を考え続けていたのである。

そこへ、伊東一派の分離という絶好の機会が訪れた。浅野は脱走して、伊東の許へ走った。伊東は土佐へ逃がそうと考えて、浅野を一旦山科に隠すことにした。だが、浅野は途中、近藤勇の私邸に立ち寄ったのだ。

脱走ではなく分離するのだと、浅野は近藤を説得する気でいたのである。近藤が留守だというので、浅野は待つことにした。そのことを知らせに、私邸の者が屯所へ走った。それを聞いて、土方歳三が烈火の如くに怒った。脱走者が総長の私邸を訪れたことで、舐(な)められたと受け取ったのである。

土方歳三は、総司と水江勝之進に、浅野薫を斬れと命じた。総司と勝之進は、近藤勇の私邸に急行した。勝之進が一緒では、致命傷を与えずにおくというやり方は通用しない。それではと、総司は一切を勝之進に任せるつもりでいた。

「同道を願おうか」

浅野薫を連れ出すと、総司は表情のない顔で言った。水江勝之進が、ニッと笑った。それを見て、浅野薫は顔色を失った。

「総長よりの沙汰か」

浅野薫が、震える声で訊(き)いた。

「いや、副長だ」

総司は答えた。

「そうであれば、何を申しても無駄だな」

浅野薫は、小さく頷(うなず)いた。観念したようだった。

「参られよ」

総司は、歩き出した。浅野薫は総司と肩を並べ、水江勝之進がその後ろを固めていた。ゆっくりと、西へ向って歩いた。間もなく日が暮れるが、まだ人通りが多かった。まさか町中で、新選組の脱走者を斬るわけにはいかなかった。

七条から西へ向い、すぐに洛外へ出る。春の夕暮れである。近くの農村地帯は夕日に赤く染まり、遠くの田園風景は夕靄に包まれていた。人の姿が疎らになり、三人の影が路上に長く伸びた。

「沖田さんは、満足しておるのか」

浅野薫が、思い出したように口を開いた。

「満足とか不満とかを覚えるうちは、まだ救いがある」

総司はやはり、表情を動かさなかった。

「わしには、不満があった。だから、新しい生き方を考えた。それが、悪いことなのだろうか」

「さあ……」

「これまでのわしの生き方が、誤っていたと気づいたのだ。それを改める自由を、なぜ得られないのか」

「何を申されても、愚痴に聞えるだけだ」

「そうか。確かだな、それは……」

「逃げる。それは、浅野さんの心が生きているからだ」

「まるで、沖田さんの心が死んでいるみたいな、言い方ではないか」

浅野薫が怪訝そうに、総司の顔を見やった。総司は、沈黙していた。川勝寺村であった。桂川が、流れている。総司は、立ちどまった。夕闇が迫るあたりに、人影はなかった。総司は、浅野薫のそばを離れた。

水江勝之進が、抜刀した。浅野薫は背を向けたまま、突っ立っていた。西の空を、見ているようだった。浅野薫は安芸の出身で、医者であった。故郷の安芸国は、遠く西の空の下にあるのだ。わが生涯を、悔いているような後ろ姿であった。

「犬死にだ。死にたくない！」

浅野薫は、そう叫んだ。同時に、水江勝之進が斜めに刀を振りおろした。鮮血が霧雨のように、噴き出して飛沫となった。浅野薫はのけぞって、向き直るように半回転した。水江勝之進の刀が、下から直線を描いた。

激しい音を立てて、刀は浅野薫の脇腹を割り、胸まで斬り上げていた。浅野薫は、転倒した。そこまで見届けると、総司は足許に目を落とした。水江勝之進は浅野薫の死骸を転がして行き、桂川へ蹴落した。

「先生、いかがでしたか。拙者の腕のほどは……」

近づいて来て、水江勝之進が言った。その顔が、得意そうに笑っていた。総司は黙って、山吹の花を眺めやっていた。今日も暮れて、またひとり死んだ。そう思っただけで、総司の胸には何の感慨も湧かなかった。

四月十五日、加賀出身の剣術師範、田中寅蔵が隊規違反で切腹した。二十七歳であった。四月二十九日には、矢口建一郎が病死している。

六月八日、伊東甲子太郎一派は、高台寺月真院に移った。これより一派を、高台寺党と呼ぶようになるのだった。

六月十日になって、近藤勇以下新選組全員を幕府直参とすることが決定された。近藤勇は、それを容認した。これで、新選組の性格というものが、明確になった。すでに会津藩預かりの、新選組という独立した組織ではなくなったのである。

思想的にも攘夷、公武合体に加えて、佐幕というものが鮮烈に表面化したのであった。佐幕というより幕臣となって、幕府に忠誠を誓うのである。新選組は幕府の、尖鋭部隊ということになる。

当然、隊士の中にも、反撥する者がいた。特に勤王思想の持ち主たちは、幕臣などになりたがらない。そういう新選組であるならば、去るほかはなかった。その中でも、とても耐えきれないという隊士が十人ほどいた。

茨木司　佐野七五三之助

富川十郎　中村五郎

高野良右衛門　中村三弥

松本俊蔵　町田克巳

小幡勝之進　松本主税

以上の十人で、もともと伊東甲子太郎派だったのである。

伊東甲子太郎は御陵衛士になったことを大義名分に、ほかに新選組には外部からの協力を惜しまないという約束を加えて、近藤勇に分離を納得させたのだ。そうなると、御陵衛士を拝命していない隊士まで連れて、分離するわけにはいかない。

そこで伊東甲子太郎は機会が訪れるのを待てと言って、御陵衛士ではない伊東派の隊士を新選組に残して来たのだった。しかし、茨木司たち十人は、もう我慢できなくなったのである。

このままでは、幕府直参を押しつけられることになる。

それで意を決した十人は六月十二日、高台寺月真院へ走ったのだった。高台寺の月真院には、『禁裏御陵衛士屯所』の札が掲げてある。山陵奉行戸田大和守の配下にあって、いまや単なる浪士の集団ではなくなっていた。

そこへ、新選組の大量脱走者が逃げ込む。新選組や近藤勇が、黙ってはいない。山陵奉行配下の御陵衛士が、軽率に事を構えることはできない。伊東甲子太郎は、茨木司たちを説得にかかった。

新選組の脱走者を、そのまま受け入れるわけにはいかない。しかし、新選組を正式に離脱した者であれば問題はないし、即刻高台寺党に加えよう。だが、近藤・土方に掛け合っても、離脱を許すはずがない。

京都守護職、つまり会津侯に離隊を嘆願してみたら、どんなものだろうか。幕臣となれば京都守護職の松平容保（かたもり）が、最高の上司ということになる。近藤勇を飛び越して、守護職に離隊を願い出てもおかしくはない。

そうした伊東甲子太郎の説得に応じて、茨木司たち十人は翌十三日、守護職に離隊の嘆願書を提出した。だが、それに対しては直接の上司である近藤勇が決定すべきこと、という態度と処置がとられたのであった。

翌日、茨木司たちは再び結果を聞くために、守護職邸に出頭した。しかし、そのときはすでに近藤勇の決定が下されていて、守護職邸では新選組の面々が待ち受けていたのであった。

陸奥（むつ）出身の茨木司、尾張出身の佐野七五三之助、常陸（ひたち）出身の富川十郎、下野（しもつけ）出身の中村五郎の四人が、守護職邸内で斬殺された。残りの六人、小幡勝之進、高野良右衛門、中村三弥、町田克巳、松本主税、松本俊蔵は追放ということになった。

このことを知った高台寺党は、態度を硬化させた。特に伊東甲子太郎はそれを、近藤勇の挑戦と看做したのだった。もはや新選組との共存は不可能であり、近藤勇を叩き潰すほかはないと、伊東甲子太郎は密かに方針を決定していたのである。

六月二十三日に、加藤熊が病死した。

十月十四日、大政奉還が決定した。この日、総司は激しく喀血して、またもや寝込むことになった。

十一月三日、江戸から新規に集めた隊士を引き連れて、土方歳三が帰京した。そこで急遽、伊東甲子太郎の暗殺計画がまとめられたのであった。

伊東甲子太郎は、精力的に動き回っていた。諸国へ走るのは倒幕運動のためだが、同時に新選組を叩き潰す計画を練っていたのだ。まずは近藤勇を殺すことであり、その好機到来を待っていたのである。

ところが、そうした情報が残らず、新選組へ筒抜けになっていたのだった。斎藤一が、高台寺党に潜入していたのである。その斎藤一が、十一月十日に帰隊した。いよいよ、計画実行のときが訪れたのであった。

坂本竜馬と中岡慎太郎が暗殺されて三日後の十一月十八日、近藤勇は醒ケ井にある妾宅へ伊東甲子太郎を招いた。長州へ潜入させる密偵のための費用三百両を工面したから、受け取りに来るようにという口実だった。

伊東には、油断があった。自分のほうも機会があれば、殺そうと思っている相手である。もう少し、用心すべきであった。現に伊東は坂本竜馬たちが暗殺される二日前に、危険を忠告にわざわざ出向いているのだった。

その当の自分が早々に暗殺されるとは、夢にも思っていなかったのだろう。それに、高台寺党に関する情報が、すべて新選組に聞えていることを、伊東は知らなかった。その上、近藤勇が暗殺を何よりも好むということに、気づいていなかったのである。

また、御陵衛士である自分を、簡単に手にかけられるものではないという気持もあったのだ。自己過信であった。それが、あまり疑うということを知らない性格も加えて、伊東に警戒心を持たせない原因になった。

醒ケ井通りの近藤の妾宅を辞して、伊東は油小路木津屋橋の近くにさしかかったとき、新選組の大石鍬次郎、宮川信吉、横倉甚五郎たちに襲われた。伊東は重傷を負い、近くの尼寺まで逃げて、そこで絶命した。まだ、三十三歳の若さであった。

考えてみれば、儚(はかな)いものである。伊東甲子太郎を手にかけた大石鍬次郎は、翌年の明治元年に江戸で捕縛されて明治三年に処刑されている。横倉甚五郎も箱館で降伏し、明治四年に処刑された。宮川信吉に至っては、わずか二十日後の十二月七日の天満屋騒動で、死亡することになるのである。

伊東甲子太郎の死骸は高台寺党をおびき寄せるために、七条油小路の四つ辻の中央に置かれた。やがて伊東暗殺を知って鈴木三樹三郎、篠原泰之進、服部武雄、加納道之助、毛内有之助、藤堂平助、富山弥兵衛の七人が駕籠で駆けつけた。

それを待ち受けていた新選組の十七人が押し包み、大乱戦となったのである。その場で高台寺党有数の剣士たち、藤堂平助、服部武雄、毛内有之助の三人が斬殺された。これが『油小路の変』である。

高台寺党の生存者たちは、それぞれ薩摩屋敷へ逃れて保護を求めた。

十二月九日、王政復古の大号令が下り守護職と所司代が廃止されて、新選組の存在の名目は新遊撃隊御雇という妙なものになった。同時に、新選組は伏見鎮撫ということで、伏見奉行所へ移ったのである。

十二月十六日、少年隊士の小林敬之助が、密偵の疑いありということで絞殺された。十二月十八日、近藤勇の妾宅にいる総司を、伊東暗殺の報復として血祭りにあげようと、阿部十郎など高台寺党の者が踏み込んだ。

だが、総司は伏見奉行所へ向ったあとで、高台寺党の目的は達せられなかった。同じ日の夕刻、高台寺党の篠原泰之進たちが、近藤勇を襲撃した。近藤勇は二条城での軍議に出席して、伏見へ戻る途中であった。

伏見街道の墨染で、馬上の近藤勇は左肩に銃弾を喰らった。あとは夕日を浴びての乱戦で、新選組の石井清之進が討死した。十二月二十日、近藤勇は傷の治療のために大坂へ向った。

総司も一緒であった。用心棒としてではなかった。総司の病気も、悪化していた。新選組にいても、役には立たない。近藤勇と一緒に、大坂で療養に努めたほうがいいということになったのである。

総司は近藤勇とともに、大坂奉行屋敷で療養することになった。恐らく総司が、帰隊することはないはずだった。もう現役の隊士ではなく、事実上の離脱であった。新選組の沖田総司は、消えたのである。

この慶応三年の十二月には、脱走が相次いでいる。伊木八郎が、京都で脱走した。江田小太郎は脱走後、御陵衛士になっている。辛島庄司、鹿内主税、谷川辰蔵、吉村貫一郎の四人が大坂にいて脱走した。

また森庵六之介、中村吉六、高山次郎が伏見で脱走している。このほかに、分離した者が三人ほどいた。それに舟津釜太郎が、天満屋騒動で死亡しているし、木村良之助が病死を遂げた。更にこの年の暮には、近藤勇が養子にした谷周平までが脱走したのだった。谷三十郎が殺害されたのは、どうやら新選組隊士の手にかかってのことらしいという噂が流れてから、弟の谷万太郎がまず目立った働きをしなくなった。

新選組に対して嫌気がさしたらしく、勤務態度が悪くなったのだ。万太郎は高台寺党の篠原泰之進に接近したりで、結局は鳥羽伏見の戦いにも参加しなかった。長兄三十郎の怪死と次兄万太郎の意欲喪失の板ばさみになったのが、近藤勇の養子となっている谷周平だったのだ。

養父の近藤勇との仲も、しっくりいかなくなった。そうなると、伏見奉行所にいても何となく落着けない。次兄の万太郎が脱走するようなことになったらと、周平は神経を尖らしていた。谷三兄弟の存在は、新選組と無縁のもののように思えて来る。そして養父の近藤勇が、狙撃されるという事件が起った。狙撃されるような近藤勇と新選組の前途に、谷周平は暗雲を見たのであった。

近藤勇と総司は、大坂へ療養に行っている。総長代行の土方歳三は、多忙を極めていた。いまなら、自由行動をとることができる。谷周平はそう判断して、伏見から姿を消してしまったのである。

山南敬助が死んで、新選組が軍隊組織を目ざしてから三年の慶応年間に、五十五名の隊士が消えたことになる。病死、切腹、斬殺、討死などの死者が三十三名。分離、追放、脱走などの絶縁者が二十二名であった。

その数のうちにはいってはいないが、総司も事実上の離脱者になろうとしていたのである。

四

年が明けて、明治元年となった。

一月三日、鳥羽伏見で開戦となる。薩摩、長州、土佐の藩兵と戦う幕軍とは言っても、会津、桑名の藩兵が主力であった。新選組も近藤勇に代って土方歳三が指揮をとり、幕軍の一部隊として出陣した。

だが、幕軍不利となって、新選組も多くの戦死者を出しながら、退却に退却を重ねた。一月四日が淀、一月五日が千両松、一月六日が八幡・橋本、大坂の天満八軒屋と、退却及び布陣を繰り返した。

一月七日には、大坂城へ逃げ込んだ。その前夜に、徳川慶喜は大坂城を出て、天保山沖の開陽丸に乗り込んでいた。幕軍は将軍の出陣を促して、決戦を挑むつもりだったのだ。しかし、徳川慶喜はそれを承諾しておきながら、夜になって密かに大坂城を抜け出したのだった。

徳川慶喜、松平容保、松平定敬、板倉伊賀守たちを乗せた開陽丸は一月七日朝、天保山沖を出航した。幕府の最高首脳が揃って、こそこそ逃げ出したことで、幕軍は完全に戦意を喪失した。

幕軍は大坂城を捨てて、総退却することになった。新選組も江戸へ、逃げるほかはなかった。船による引き揚げである。天保山沖に碇泊中の幕艦に、乗り込むのであった。負傷者を含めて新選組の生き残り全員が、富士山丸に便乗させてもらうことに決った。

一月十二日、木造一〇〇〇トン、砲十二門、一〇八馬力の富士山丸は天保山沖を出航した。

総司も近藤勇も、富士山丸に乗船していた。負傷者でなくても、心身ともに疲れ果てている。甲板に出てみようとする者も、いないようであった。

総司が熱っぽい身体に潮風を当てようと甲板に出てみると、そこには近藤勇と土方歳三の姿だけがあった。総司は、遠ざかる陸地を眺めやった。近藤と土方のやりとりを、風が運んで来た。

「奇妙だ。こうしておっても、何の感慨も湧かない」

近藤勇の声が、そう言っていた。

「それが、当り前だ。何もわしたちは、敗れて兵を引くわけではないのだ」

土方歳三の声は、妙に明るかった。虚勢とは、思えない。むしろ、力んでいるように明るいのだ。

「そうは、思いたいが……」

近藤勇の口のきき方のほうが、重苦しくて沈んでいた。

「気弱な。戦（いくさ）はこれからだ」

　土方歳三が笑った。

「江戸でか」

「東国はまだ、手つかずではないか」

「江戸で、敗れれば何とする」

「会津がある。日本国は広い」

「しかし、それではもう幕軍とは、言えまい。西国兵に逆らうだけの、軍勢ということになる」

「それでも、よいではないか。もし何なら、蝦夷地（えぞち）に渡って新しい国を築くことにもなるだろう。近藤さんが総裁、わしが副総裁になって、その新しい国家を治めるのだ」

「夢としては、楽しかろう」

「夢ではない」

「わしは、徳川家の臣だ。徳川家のために戦い、敗れれば徳川家のために潔く死ぬ。それが、まことの武士だ。わしは武人としての生き方を、貫き通したい」

「それもまた、よかろう。しかし、いまはまだ、戦いに敗れたと思うべきではない」

「敗れたと、決めてはおらぬ。だが、すべては将軍家のご意志次第だ。戦っても利なしというご意向であるならば、この近藤は死ぬ覚悟だ」

「とにかく、近藤さんが大坂を去るにあたって、何の感慨も覚えないというのは、敗れて退くと感じていない証拠なのだ。退くのに感慨を覚えるのは、敗軍の将に限られておることだからな」

土方歳三は口許に、笑いを漂わせていた。

「これが、新たな門出か」

近藤勇は海を眺めながら、自嘲的にそう呟いた。武人でありたいと思い、幕閣としての権力を得たいと願う近藤勇であった。それに対して土方歳三は、何が何でも構わないから権力者の座を得ようとする野心家である。

その両者の違いが、はっきりとわかる会話であった。総司の場合は、更に違っていた。総司は遠ざかる陸地を眺めて、ひどく冷たくて乾いた感慨を覚えるのだった。少なくとも視界にある空の下には、五年に近い歳月を過した京、大坂の地が広がっているのであった。

総司は近藤や土方のように、江戸と京の間を往復したりはしていない。遠くへ、旅に出たこともなかった。総司は五年に近い青春時代を、ずっと京大坂とその周辺で過したのであった。

それは新選組の歴史であると同時に、総司の歴史も刻まれている五年間だった。いろいろな出来事があったが、振り返りたくなるような青春時代では決してなかった。血塗られた歴史と、呼ぶのが相応しい。

そこには、常に死があった。多くの人々の血を見たし、総司が流させた血も少なくはなかった。何人もの相手と知り合い、いつも死という形で別れのときを迎えた。いったい何のために、そのような歳月を過して来たのだろうか。

だが、いまはもう、そんなことを考えずにすむ。新選組の沖田総司の歴史は、その幕を閉じるのである。五年に近い過去に、いま訣別を告げるのだ。そうした意味での感慨を、総司は覚えるのであった。

死者よ、さらば――。

総司は胸のうちで、そう呟いていた。死んだ者に対して、親しみと懐かしさを感ずる。生きている人間には、心の扉を開こうとしない。それは自分にも死期が迫っているせいだろうかと、総司は思いたくなるのだった。

「総司……」

と、近藤勇が、不意に振り返った。総司は、黙っていた。

「大丈夫か」

近藤が訊いた。

「ええ」

総司は、分厚く巻いた木綿の晒でふくらんでいる近藤の左肩に、視線を向けた。

「痩せる一方だし、顔色もよくない」

久しぶりに近藤の、しみじみとした口調を聞くようだった。

「もう長いことは、ありませんよ」

総司は、悪戯っぽく笑った。だが、弱々しい笑いであった。

「気休めは言いたくないが、そのように死に急ぐな」

「しかし、命の火が弱まっていくのが、日々わかるのです」

「江戸へ戻ったら、御典医の松本良順先生に診てもらうのだ」

「それこそ、気休めでしょう」

「そうかもしれぬが、死ぬときが訪れるまでは、何とか生きようと努めなければならぬ。いずれにしても、江戸へ帰れるということで、ホッとしたのではないか」

「どうやら、それも遅すぎたようです」

「遅すぎたか」

「ええ」

「わしを恨んでいるように、受け取れるが……」

「いや、恨むとすれば……」

「誰だ」

「自分です」

「自分を、恨むのか」

「ええ」

「どういうことだ」

「なぜ、もっと自分を大切にしなかったのかと……」

総司はそう言って、近藤たちに背中を向けた。

「総司……」

近藤勇の声が、あとを追って来た。

「ご覧なさい。波の白さが、あのように美しい」

総司は海上を指さしながら、近藤たちから遠ざかったのであった。

二日後の十四日に、富士山丸は横浜に入港した。そこで負傷者だけを下船させて医学所へ送り込み、富士山丸は翌十五日に品川についた。品川に上陸したのは新選組だけであって、一同は旅籠(はたご)屋の釜屋に落着いた。

近藤勇はすぐ総司を連れて、神田和泉橋の医学所へ向った。総司は、松本良順(後の松本順)の診察を受けた。結果は、最悪であった。ほかの病人に、感染させる恐れもある。医学所に、置いてはおけなかった。

新選組は一月二十三日に鍛冶橋（かじばし）の鳥居丹後守（たんごのかみ）の屋敷へ移ったが、総司だけは医学所から更に浅草今戸八幡にある松本良順の別宅へ運ばれることになった。総司は駕籠に乗り、それに隊士のひとり水江勝之進が付き添って行った。

神田和泉橋から浅草今戸八幡まで、総司は無言のまま駕籠に揺られていた。松本良順の別宅の近くまで来たとき、総司は駕籠から出ることを希望した。駕籠屋が去って、あとには総司と水江勝之進だけが残った。

「先生、歩けますか」

水江勝之進が、手を差しのべた。

「大丈夫だ」

苦笑して総司は、冬の青空を振り仰いだ。京の空と、同じ青さだった。だが、江戸の青空には、やさしさが感じられた。異郷の空とは違って、子どもに微笑（ほほえ）みかける母親のような温かみがあった。

「気分がいい」

総司は、そう呟（つぶや）いた。江戸の空は美しく、眺めているだけで救われるような気持になる。駆け回る子どもたちの姿、言葉、家並みにも江戸独特の情緒がある。

「とにかく、送りましょう」

勝之進が、総司に寄り添って歩き出した。

「おぬしは、まったく恐れんのだな」

総司は、軽く咳込みながら言った。

「何をですか」

勝之進が訊いた。

「労咳をだ」

「みなさん、そんなに労咳を恐れるのですかね」

「まるで、疫病神扱いだ。もっとも、その通りなのだが……」

「拙者は、気にもかけません」

「しかし、染るかもしれぬぞ」

「拙者は、元来が丈夫です。それに剣の道を極めんとする者には、病につけ入られる隙もありませんからね」

「皮肉か」

「え……?」

「わたしも、剣の道を極めんとする者のはずだった。だが、こうして労咳に、つけ入られたではないか」

「いや、それは先生が、善人だったからですよ」

「おぬしは、悪人なのか」

「少なくとも、先生ほどの善人ではないでしょうね。拙者には、笑って人を斬ることができますからね」

そう言って、勝之進はニッと笑った。顔の大きな向う傷が、引き攣ったようだった。本気で言っているのか、冗談なのかはわからなかった。相変らず、傲慢不遜な言動であった。だが、笑って人を斬れるというのは、事実に違いなかった。

「しかし、すでに京にあっての新選組ではなくなったのだし、もう笑って人を斬るような機会もあるまい」

総司は言った。

「さあ、そうでしょうかね」

水江勝之進は、首をかしげて見せた。

「江戸には、斬れと命ぜられるような相手もいない。お互いに、人斬りのお役御免になったわけだ」

「しかし、戦になれば、話は別でしょう」

「そんな噂があるのか」

「薩長の画策が功を奏して、徳川追討の勅命が下ったそうですからね。まるで罪人扱いだと、憤激している徳川の臣も少なくない。そうなれば、このままですむはずがありませんよ」

「新選組も、戦に加わるのか」

「最も、頼りにされておりますからね。実際の戦を、経験しているということで……。ですから、まだ笑って人を斬ることも、できるというわけです」

水江勝之進は、不敵に笑った。その瞬間に総司は、総毛立つような嫌悪感を覚えた。勝之進が怪物のように思えて、総司は吐き気を催していた。

「これでもう、おぬしとも二度と会うことはないだろう」

不快そうな顔で、総司は言った。

「いや、もう一度ぐらい出陣の前に、先生のお顔を見に参りますよ」

勝之進は、まるでからかっているみたいに笑っていた。

「結構だ。わたしはもう、誰にも会いたくない」

「新選組のみなさんとも、お会いにならんのですか」

「誰であろうと、みな同じだ」

「親しい間柄ではありませんか」

「そんなことはない。いまのわたしに、友などひとりもおらぬ」

「しかし、見舞に来たがる人だって、おるはずです」

「来させないでくれ」

「無理ですよ、そんな……」

「それならば、こうしてもらおう。総司は病が重く、明日をも知れぬ命だ。従って、見舞も不要。出向いても、無駄足になる。このように、来たがる連中に伝えてくれ」

総司は、そう言ったのであった。

その総司の頼みには、水江勝之進も素直に応じたようだった。総司の容体について尋ねる者に、勝之進は言われた通りのことを伝えたのである。だから、松本良順の別宅を訪れる者は、ひとりもいなかった。

永倉新八が同志連名記に『沖田総司、江戸浅草今戸八幡松本順先生宿にて病死』としたのも、そのせいだったのである。

五

恭順派と主戦派に、二分された江戸城中であった。当然、主戦派は独自に、行動を起すことになる。近藤勇と土方歳三は主戦派として、甲府城を確保する任にあたることになった。

もっとも、このことについて恭順派の勝海舟は後年『人を斬ることしか知らない連中を府内に置いていたら、恭順の成果が大いに邪魔されたことだろう。あの連中を遠くへ追い払っておいたからこそ、江戸も無事にすんだ。そう思えば、新選組にくれてやった五千両など安いものだ』というふうに、語っている。

甲陽鎮撫隊が編成され、近藤勇は若年寄格で大久保大和と名を改めた。土方歳三は寄合席格に出世して、内藤隼人と名乗ることになった。お手許金五千両と大砲二門、小銃五百挺が与えられた。

江戸出発は、三月一日に決った。それに先立ち、近藤勇は総司を松本良順の別宅から、ほかに移すことを考えた。甲州から無事に、帰還できるかどうかわからない。もし自分が死ぬようであれば、総司を預けられたままの松本良順も困るだろう。

それに、自分の死は官軍の勝利を、意味しているのだ。薩長兵が江戸へはいれば、新選組隊士だった総司には、容赦ない制裁が加えられるはずである。どこか人目につかないところへ総司を移して、死が訪れるときまで静かな日々を過させてやりたい。

それが、近藤勇の総司に対する最後の思いやりだった。総司の移転先は、江戸の郊外と決った。千駄ケ谷の植木職、平五郎方の納屋であった。その納屋に畳を入れて、住まいらしく整えただけの病室だった。

環境は、よかった。周囲は緑に埋まっているし、空気も澄みきっている。人家の密集地帯ではなく、緑に囲まれた植木屋の納屋が人目につくはずもなかった。気楽に寝ていられるところには、違いないのである。

二月二十八日には、近藤勇から総司へ十両の金が届けられた。それを最後に、総司は完全にひとりぼっちとなったのである。たまに姉のお光が顔を出すだけで、あとは雇いの老婆ひとりが総司と接していた。

甲陽鎮撫隊は、甲州街道を西へ向った。一種の賭である。勝てば近藤勇が十万石、土方歳三が五万石、助勤クラスで三万石の大名になれるのであった。平隊士ですら三千石の旗本となって、新選組だけで甲州百万石を領することになるのだ。

念願の大名を目の前にして、近藤勇と土方歳三は馬を進めたのであった。だが、夢と現実には、開きがありすぎた。甲府城はすでに、官軍の手に落ちていたのである。甲陽鎮撫隊の数百数十名、それに対するは因州、土州、諏訪の連合軍八百五十名だった。

数の上だけでも、勝てるはずがない。その上、甲陽鎮撫隊の大半が、鉄砲の撃ち方も知らなかったのだ。大砲もまったくの、役立たずに終った。三月六日の柏尾の戦いで一蹴され、甲陽鎮撫隊は敗走したのである。

四月にはいって間もなく、総司は姉のお光と別れることになった。お光は夫の林太郎や子どもとともに、庄内へ向うことになったのだ。もうお光が、植木屋の納屋に顔を出すことはないのである。

今生の別れであった。

総司は、孤独だった。この世にただひとり、取り残されたような気がした。世間も時代も人間も、忙しく動いている。だが、総司だけが、静の中にいるのだった。誰とも口をきかずに、じっと寝たままでいる。

何も聞えない。海の底にいるような孤独感が、総司を包み込んでいた。それを、苦痛とは思わなかった。孤独と静寂の中に、間もなく楽になれるという救いと安らぎを感じ取っていた。

四月十日になって、珍客が訪れた。珍客には違いないが、総司は少しも嬉しくなかった。むしろ、歓迎したくない客だった。億劫にもなるし、厭う気持のほうが強かった。それでも総司は、蒲団の上に起き上がって、その客を迎えた。

水江勝之進であった。

「約束を果しに、参りました。それこそ、二度とはお目にかかれないだろうと、思いましたのでね」

勝之進は、ニヤリとした。

「その後、どのようになったのだ」

総司は、勝之進の背中に言った。

「世間の動きについては、何もご存知ないのですか」

勝之進は上がろうとせずに、背を向けて上がり框(かまち)に腰を据えていた。

「甲陽鎮撫隊が江戸へ逃げ帰ったということは、姉の口から聞かされたが……。それだけだ」

総司はそこで、咳込んだ。

「でしたら、知らないままでおられたほうがいい」

総司の咳がとまるのを待って、勝之進が言った。

「何を聞いても、驚くことはない」

総司は手拭で、口を被(おお)っていた。

「近藤先生が、捕えられましたよ」

勝之進が振り返って、総司の反応を窺(うかが)う目つきになった。

「近藤さんが……?」

総司は眉をひそめただけで、まったく平静であった。

「流山(ながれやま)で、追いつめられたのです。近藤先生は恭順の意を表されて、みずから越ケ谷の官軍陣地に赴かれたのです。土方先生が泣いて諫(いさ)められましたが、近藤先生は耳を貸そうともなさいませんでした。近藤先生は江戸城の明け渡しが決って以来、もはや戦いは無用と申されておったのです」

「いつのことだったのだ」

「七日前でしたか」

「それで……？」

「翌日、板橋へ送られました」

「江戸城も、明け渡しか」

「明日、明け渡しになるそうです」

「おぬしは、どうしてここへ……？」

「流山から土方先生と同道して、江戸へ参りました。しかし、明日は土方先生たちとともに、江戸を脱出することになっております」

「どこへ、行くのだ」

「鴻(こう)の台(だい)に集まり、市川で勢揃い、それから宇都宮へ向うことになりましょう」

「まだ、戦うのか」

「土方先生が拙者を必要とされておりますし、拙者もまだ人を斬りたりてはおりませんからね」

水江勝之進は、顔の傷を引き攣らせて笑った。だが、総司はその笑顔を、おぞましく感じなかった。総司は富士山丸の甲板で耳にした近藤と土方のやりとりを、ぼんやりと思い浮べていたのである。

あのときの言葉通りの結果になったと、総司には頷けるのであった。近藤は敗軍の将になりきっていて、徳川家の臣として死ぬつもりでいるのだ。一方の土方歳三は、最後まで夢を捨てきれずにいるのである。

「先生は、江戸で人は斬れないと、おっしゃいましたね」

不意に水江勝之進が、妙なことを言い出した。総司は、返事をしなかった。

「しかし、拙者は昨夜、江戸で人を斬りましたよ」

勝之進は、ニヤリと笑った。

「どうしてだ」

総司は、表情を動かさなかった。

「拙者を見て、物騒な連中が来たと言い、拙者を押しのけて逃げようとしたからです」

「腹を立てて、斬ったのか」

「別に、腹は立ちませんでした。ですから、笑って斬ってやりましたよ」

「相手は、武士か」

「いや……」

「では、町方の者か」

「ええ。女でした」

「女……?」

「いけませんか。女や子どもを斬らぬといった綺麗事は、剣客には通用しません。女であろうと生きものを斬れば、それだけ真剣を振るう腕に磨きがかかります」

「おぬし、どうかしておるのではないか」

「先生には、女が斬れませんか」

「当り前だ」

総司の顔が、心持ち硬ばっていた。胸のうちにはまだ、千鶴の思い出が生きているのである。それだけに、総司の心は疼くのであった。

「そうですかね。拙者は特にそうしたことには、こだわりませんが……。女を斬ったのも、二度目ですよ。最初というのは、もう四年も前のことですがね」

勝之進は立ち上がって、向き直りながら言った。

「四年前……?」

「場所は、大津から京へ向う街道筋でした。道端にすわっていた武家娘ふうの女が、小間物屋を広げておりました。そこを通りかかった拙者にも、その女が汚物を吐きかけたのです。拙者は袴を汚されたので、見逃すわけには参りません」

「女は、詫びなかったのか」

「詫びましたよ。何とかいう学者の娘で、江戸へ戻ろうと旅立ったとたんに工合が悪くなり……」

「それに、耳を貸さなかったのか」

「無礼討ちです」

「何ということだ」

「では先生、これで失礼仕ります。拙者も長くは、生きられますまい。いずれ冥土で、お目にかかりましょう」

水江勝之進が、一礼した。総司は、刀懸けに手を伸ばした。大刀だけをはずして、総司はそれに縋って立ち上がった。

「そこまで、送ろう」

総司は言った。

「そのお身体で、刀は無理でしょう」

勝之進が納屋を出てから、振り返って声をかけて来た。

「杖代りだ」

総司は、草履を突っかけた。事実、枯れ木のように痩せ細った身体に刀は重く、杖に使うとしても引きずらなければならなかった。納屋を出ると、夕闇が匂った。浅野薫を連れ出した洛外の、桂川のほとりの夕景が総司の頭にあった。

それにしても、恐ろしいようなめぐり合せである。麻衣を斬り殺したのが水江勝之進だったとは、夢にも思っていなかった。麻衣が斬殺されてから、四年近くになるのだった。あのとき斬ったのは浪士ふうの若者だと聞いたし、水江勝之進が新選組に入隊したのはその直後のことであった。

千駄ケ谷は小さな町人地であり、周囲は畑と百姓地、それに武家屋敷で占められている。勝之進は、四ツ谷へ抜けるという。二人は、川沿いの道を歩いた。古川または新堀と、呼ばれている流れであった。

総司は、勝之進の左側を歩いた。抜き打ちに、斬りかかることができる。まともに斬り合ったのでは、いまの総司に勝ち目はない。新選組最後の暗殺方式で、勝之進を斬殺するつもりであった。

夕闇が、濃くなった。人影はない。総司は両手で、大刀の柄を握った。鞘を払い落す。刀の重味で、身体が傾いた。総司は渾身の力を振り絞って、大刀を横に振るった。ドスッと音がした。

次の瞬間、総司は路上に倒れ込んでいた。勝之進を、見やった。勝之進が攻勢に転じたら、もう防ぎようがないと総司は覚悟を決めていた。勝之進は、棒立ちになっていた。大刀を三分の一ほど抜きかけたままであり、顔には驚愕の表情が見られた。

左の肋骨の下から胃袋のあたりまでを、完全に割られていた。血が雨のように、滴り落ちている。勝之進は、尻餅を突いた。総司は這いずるようにして近づくと、刀の切先を勝之進の喉に据えた。

「いつか先生に、真剣勝負を望んだが、このような形で……」

勝之進が、重そうに唇を動かした。

「四年前の女も、笑って斬ったのか」

総司はそう言いながら、一瞬にして止めを刺した。水江勝之進の死骸を古川へ落とし、総司は再び刀に縋って植木屋の納屋へ戻った。その夜、総司は気絶するほど多量の血を吐いた。翌日から、身動きできない重病人となった。

総司は毎日、青銅の懐中鏡を覗き込んでは考えに耽るようになった。懐中鏡に、語りかけることもあった。懐中鏡だけが、総司の相手だった。ほかには、誰もいなかった。孤独な総司と、孤独な鏡の二人だけであった。

その懐中鏡に映って、総司の話し相手になる人間はいろいろだった。千鶴、宮川亀太郎、麻衣、山南敬助と、すべてこの世にはいない者ばかりであった。近藤勇と土方歳三の顔が映ることもあるが、それは試衛館時代の二人だった。つまり、とっくに死んでしまった昔の近藤と土方なのである。

懐中鏡を見ていないときは、浅い眠りに落ちている総司だった。眠ると必ず、黒猫に飛びかかられる夢を見た。目を覚ますと全身、汗まみれになっていた。そこで総司は再び、懐中鏡を覗き込むのである。

五月にはいった。

四月二十五日に近藤勇が斬首となり、三十五歳で生涯を終えたことを、もちろん総司は知らなかった。総司はもう、近藤や土方のことを思い出さなくなっていた。いつの間にか懐中鏡に映るのが、麻衣と山南敬助の顔に限られるようになった。

五月の半ばをすぎると、麻衣の顔も映らなくなった。五月二十日すぎには、山南敬助も鏡から消えてしまった。それだけ、眠っている時間が長くなったのである。懐中鏡をたまに見ても、そこに映るのは憔悴(しょうすい)しきった総司自身の顔だけであった。

五月三十日になった。その日、総司は厠(かわや)に立ったとき、珍しく庭先へ視線を投げかけた。そこに総司は、露草の花を見た。昼顔の花も、咲いていた。枇杷(びわ)の木に、独特の色の実がなっている。美しいと、心から思った。

「また、あの黒い猫が来るだろうな」

総司はふと、雇いの老婆に呟きかけた。これから長い眠りに落ちる。また例の黒猫にお目にかかると、総司は思ったのである。夕暮れに、沖田総司の命は燃え尽きた。

二十五歳――。

参考文献

平尾道雄『新撰組史録』
栗原隆一『幕末諸隊始末』
今川徳三『考証・沖田総司』
新人物往来社編『新選組隊士列伝』のうちの「新選組隊士総覧」
新人物往来社編『続・新選組隊士列伝』のうちの「新選組年表」
新人物往来社編『新選組事典』
新人物往来社編『沖田総司のすべて』
新人物往来社編『新選組覚え書』

P+D BOOKS ラインアップ

少年・牧神の午後	北 杜夫	北杜夫 珠玉の初期作品カップリング集
剣ケ崎・白い罌粟	立原正秋	直木賞受賞作含む、立原正秋の代表的短編集
残りの雪（上）	立原正秋	古都鎌倉に美しく燃え上がる宿命的な愛
残りの雪（下）	立原正秋	里子と坂西の愛欲の日々が終焉に近づく
サド復活	澁澤龍彥	澁澤龍彥、渾身の処女エッセイ集
マルジナリア	澁澤龍彥	欄外の余白（マルジナリア）鏤刻の小宇宙
玩物草紙	澁澤龍彥	物と観念が交錯するアラベスクの世界
廻廊にて	辻 邦生	女流画家の生涯を通じ〝魂の内奥〟の旅を描く

P+D BOOKS ラインアップ

わが青春 わが放浪 | 森 敦 | ●太宰治らとの交遊から芥川賞受賞までを随想

血族 | 山口瞳 | ●亡き母が隠し続けた秘密を探る私

魔界水滸伝 8 | 栗本薫 | ●人類滅亡の危機に立ち上がる安西雄介の軍団

剣士燃え尽きて死す | 笹沢左保 | ●青年剣士・沖田総司の数奇な一生を描く

（お断り）

本書は１９８４年に新潮社より発刊された文庫を底本としております。
あきらかに間違いと思われるものについては訂正いたしましたが、
基本的には底本にしたがっております。
また、底本にある人種・身分・職業・身体等に関する表現で、現在からみれば、
不当、不適切と思われる箇所がありますが、著者に差別的意図のないこと、
時代背景と作品価値とを鑑み、著者が故人でもあるため、原文のままにしております。

笹沢左保（ささざわ さほ）
1930年（昭和5年）11月15日―2002年（平成14年）10月21日、享年71。本名は笹沢 勝（ささざわ　まさる）。東京都出身。1961年に『人喰い』で第14回日本探偵作家クラブ賞を受賞。代表作に『木枯らし紋次郎』シリーズなど。

P+D BOOKS

ピー プラス ディー ブックス

P+Dとはペーパーバックとデジタルの略称です。
後世に受け継がれるべき名作でありながら、現在入手困難となっている作品を、
B6判ペーパーバック書籍と電子書籍で、同時かつ同価格にて発売・配信する、
小学館のまったく新しいスタイルのブックレーベルです。

剣士燃え尽きて死す

2016年1月10日　初版第1刷発行

著者　笹沢左保
発行人　田中敏隆
発行所　株式会社　小学館
〒101-8001
東京都千代田区一ツ橋2-3-1
電話　編集　03-3230-9355
販売　03-5281-3555
印刷所　中央精版印刷株式会社
製本所　中央精版印刷株式会社
装丁　おおうちおさむ（ナノナノグラフィックス）

ISBN978-4-09-352250-2

P+D BOOKS